DIE RESIDENZ

THRILLER

DIE RESIDENZ

THRILLER

DANIELA ARNOLD

86179 Augsburg, Almenrauschstr. 6a

www.daniela-arnold.com

Umschlaggestaltung: Kristin Pang

Collage mit Motiven von Shutterstock.com, Stock.adobe.com

Shutterstock: 149969261 (Frau) Alex Tihonovs, 709708288 (Wasserfall) Swen Stroop, 1811063413 (Landschaft) Andrew Mayovskyy, 2065580501 (Haus) Gestur Gislason, 722666452 (Riss) Cafe Racer, 1277051935 (Wasser) lindamka,

Adobestock: 245977814 (Blut) Илья Подопригоров, 270249949 (Blut) Ilya

Lektorat: Inca Vogt

Korrektorat: Ilka Bredemeier

Buchsatz/Innendesign: Inca Vogt

Motive von Depositphotos: (Kreuz) 483362044, (Villa) 7915677, (Auge) 63698465

ISBN: 9798323096480

Imprint: Independently published

ÜBER DIE AUTORIN

Die Thriller-Autorin Daniela Arnold wurde 1974 geboren und lebt mit ihrer Familie im schönen Bayern. Daniela Arnold hat Journalismus studiert und viele Jahre als freie Autorin für zahlreiche und namhafte Zeitschriften gearbeitet.

Sie schrieb mit ***Lügenkind*** und ***Scherbenbrut*** zwei Kindle-Top 1 Bestseller und Bild-Bestseller.

Mit ihrem Thriller ***Die Nacht gehört den Schatten*** schaffte es die Autorin unter die Finalisten des Kindle Storyteller Award 2020.

Die Residenz ist der 47. Thriller der Bestseller-Autorin.

EINE INSEL MITTEN IM NORDATLANTIK.
EINE HANDVOLL FREMDE MIT SCHWEREN TRAUMATA,
MITTEN UNTER IHNEN EIN KALTBLÜTIGER KILLER.
UND KEINE CHANCE ZU ENTKOMMEN!

Careful Living - ein luxuriöses Retreat, das gut betuchten Menschen neben Ruhe und Entspannung eine bahnbrechende Therapie zur Heilung ihrer Probleme verspricht. Die perfekte Zuflucht für all jene, die dem Alltag entfliehen wollen.

Auch Johanne aus Kopenhagen kann sich glücklich schätzen, an diesem traumhaften Ort verweilen zu dürfen, um eine schwere Schuld aufzuarbeiten.

Doch dann wird die erste Leiche gefunden und das Paradies wird zur tödlichen Falle ohne jeden Ausweg.

Für Tim

PROLOG

2006

»Kann ich dir helfen?« Die Fremde wandte sich ihr lächelnd zu. »Dein Name ist Dinette, nicht wahr?«

Sie nickte, spürte, wie sie rot wurde, weil sie sich partout nicht an den Namen der anderen erinnerte. Was typisch für sie war. Sie hatte schon immer Probleme damit gehabt, sich Namen zu merken.

»Ich suche meinen Sohn«, gab sie daher nur zerknirscht zurück. »Er ist nicht mehr im Zimmer.«

»Ach ja, Tommes. Ist das nicht der Kleine, der diese Probleme hatte?«

Dinette nickte. »Die letzten Tage ging es ihm überhaupt nicht gut. Ich durfte immer nur ein paar Minuten zu ihm, weil er so schwach war.«

»Das ist ganz normal«, gab ihr Gegenüber immer noch lächelnd zurück. »Bei meiner Tochter hat es damals auch eine ganze Weile gedauert, bis die Prozedur anschlug. Aber dann ging alles ganz schnell, und heute …«, ihr Lächeln hatte jetzt etwas Versonnenes ..., »heute geht es ihr besser als jemals zuvor.«

»Das klingt verheißungsvoll«, sagte Dinette.

»Du hast meine Tochter doch gleich nach deiner Ankunft kennengelernt. Sie hat dir dein Zimmer gezeigt.«

»Richtig«, sagte Dinette halbherzig, obwohl sie sich kaum an die Tochter erinnerte. Bei ihrer Ankunft hatte sie nur Augen und Ohren für ihren Jungen gehabt. Sie hoffte, dass die Frau ihr nicht anmerkte, wie wenig sie ihr Gerede über deren Tochter interessierte. Aber zumindest schien die Frau sich hier auszukennen und konnte ihr vielleicht helfen, Tommes zu finden.

»Ich muss ihn sehen«, stammelte sie.

»Deinen Jungen?«

»Ja, er muss doch irgendwo sein.«

»Sicher! Aber ehrlich gesagt, weiß ich auch nicht, wo er ist.«

»Ich versteh das nicht. Heute morgen war er doch noch im Zimmer. Pater Bishop war bei ihm und bat mich, ein wenig Geduld zu haben. Deswegen bin ich eine Weile herumgelaufen. Als ich zurückkam, war das Zimmer leer.«

»Vielleicht haben sie ihn umquartiert?«

»Möglich«, murmelte Dinette und hatte ein ungutes Gefühl, das sie sich nicht erklären konnte. Aber sie blieb höflich, nickte der Frau dankend zu. »Dann gehe ich mal und sehe, ob ich jemanden finde, der weiß, wo mein Junge ist.«

Die Frau nickte ihr lächelnd zu und für den Bruchteil einer Sekunde glaubte Dinette, in ihren Augen etwas aufblitzen zu sehen, das sie nicht zuordnen konnte. Wenn es nicht absolut seltsam gewesen wäre, hätte sie es als etwas Dunkles beschrieben.

Reiß dich zusammen, redete sie sich ein und schob diese vermeintliche Beobachtung weit von sich. Aber ihr Körper reagierte unmittelbar. Ihr Mund wurde trocken. »Okay, danke noch mal«, stieß sie hastig aus, und alles in ihr schrie danach, wegzukommen, selbst auf die Suche zu gehen. Sie wandte sich ab, wollte ihrem Impuls nachgeben und davoneilen.

Doch die Frau hielt sie am Ärmel zurück. »Wenn du willst, rufe ich Maria an und frage sie nach ihm. «

Dinette nickte, obwohl ihr beim Klang des Namens Maria ein eisiger Schauer über den Rücken lief.

Diese Maria – sie erinnerte sich daran, dass sie in Wahrheit einen völlig anderen Namen hatte – jagte ihr eine Heidenangst ein, obwohl sie beim besten Willen nicht sagen konnte, warum. Maria war genau wie die Frau vor ihr immer freundlich gewesen und hatte verständnisvoll auf die Probleme, die sie mit Tommes an diesen Ort gebracht hatten, reagiert. Dennoch fühlte sie sich in ihrer Gegenwart nicht wohl. Sie strahlte etwas aus, das sie nur schwer in Worte fassen konnte. Macht? Eine zu tiefe Einsicht in das, was in anderen vorging?

Ja, gestand sie sich ein, das passte.

Wenn Maria einen ansah, glaubte man, sie würde tief in das Innere jedes Menschen blicken und seine verborgenen Gedanken und Geheimnisse lesen.

Dinette beobachtete, wie ihr Gegenüber ein Handy aus der Tasche zog und eine Nummer wählte.

»Maria, ich bin hier bei Dinette«, begann diese das Telefonat. »Sie sucht ihren Jungen.«

Schließlich nickte sie, beendete das Gespräch und steckte das Gerät weg. Dann blickte sie auf. »Alles geklärt«, sagte sie. »Ich soll dich zu Sami bringen. Er fährt dich dann zu Tommes.«

»Was soll das heißen?«, fragte Dinette irritiert. »Wohin haben sie meinen Sohn gebracht? Wieso muss ich in ein Auto steigen, um zu ihm zu kommen?«

»Maria sagte, es sei ihm nicht gut gegangen, weshalb sie ihn zu einem Arzt gebracht haben. Er wird über Nacht dortbleiben, bis er wieder stabil ist.«

Dinette schossen die Tränen in die Augen. »Was war mit meinem Jungen?«

Ihr Gegenüber suchte den Blickkontakt. »Hör zu, Dinette. Du weißt doch genau, warum es Tommes schlecht geht! Wir haben es dir doch erklärt. Sein Körper ist vergiftet und wir helfen ihm dabei, dass er wieder gesund wird. Dass er wieder er selbst sein kann.«

Dinette nickte. »Aber was genau fehlt ihm, dass er zu einem Arzt musste?«

»Ich vermute, dass er einen Schwächeanfall hatte. Vielleicht einen kleinen Kreislaufkollaps. Genau wie meine Tochter damals.«

»Musste sie auch zum Arzt?«

»Ja, das versuche ich dir gerade zu erklären.« Die Frau nickte ihr zu, ohne sie aus den Augen zu lassen, nahm erneut ihren Arm, drückte ihn sanft. »Er wird wieder gesund, hörst du? Du musst nur fest daran glauben, genau wie ich es damals bei meiner Tochter getan habe.«

Dinette nickte tapfer, straffte die Schultern. »Und wo finde ich Sami?«

»Er wartet auf dem Parkplatz auf dich.«

Dinette sah Sami bereits von Weitem. Er lehnte an einem SUV, rauchte eine Zigarette. Und das, obwohl jegliche Arten von Drogen oder Genussmitteln an diesem Ort verboten waren.

Sie schätzte, dass er sich dank seiner engen Freundschaft mit Maria Freiheiten rausnehmen konnte, die bei jedem anderen undenkbar waren.

Sie ging auf ihn zu. »Ich bin Dinette.«

Sami nickte. »Weiß ich doch. Ich soll dich zu Tommes bringen. Steig ein.«

Sie wollte die Tür zur Beifahrerseite öffnen, doch Sami schüttelte den Kopf. »Es wäre mir lieber, wenn du hinten sitzt.«

»Klar«, gab sie zurück, öffnete die Wagentür, setzte sich auf die Rückbank.

Sami stieg ebenfalls ein, startete den Wagen.

Doch anstatt vom Parkplatz in Richtung der Schotterpiste zu fahren, von der aus man auf die Hauptstraße gelangte, legte er den Rückwärtsgang ein, wendete den Wagen, fuhr auf das geöffnete Garagentor zu.

Dinette runzelte die Stirn. »Was soll das? Ich dachte, wir fahren zu dem Arzt, bei dem Tommes behandelt wird.«

Sami antwortete nicht.

»He, wo willst du hin? Sag mir auf der Stelle, was hier los ist.«

Sami reagierte nicht, fuhr geradewegs ins Innere der großen Garage, drückte auf eine Art Fernbedienung. Als sich nur Sekunden später das Tor hinter ihnen schloss, spürte Dinette, wie ihr der Schweiß ausbrach. »Ich will, dass du mich zu Tommes bringst«, verlangte sie und trommelte aufgebracht mit den Händen gegen Samis Sitz.

Er stellte den Motor ab, drehte sich langsam zu ihr um und lächelte. »Aber das hab ich doch getan, Dinette. Ich hab dich zu ihm gebracht. Dein Sohn ist genau hier und er wartet schon auf dich.«

Sie schüttelte den Kopf, riss am Öffnungshebel der Tür. Doch ein Klicken verriet ihr, dass Sami die Kindersicherung aktiviert hatte. »Lass mich sofort hier raus!«, schrie sie zunehmend panisch. »Ich will jetzt zu Tommes! Er ist mein Sohn und er gehört zur mir.«

»Das weiß ich doch, Dinette«, sagte Sami mit sanfter Stimme. »Dein Junge und du, ihr werdet zusammen sein, für immer. Das verspreche ich dir!«

EINS
KOPENHAGEN
2006

Ihr Nokia summte, als sie gerade den Aufzug betreten wollte. Verärgert blickte sie auf die angezeigte Nummer. »Nicht jetzt, verdammt«, murmelte sie. Nahm den Anruf aber dann doch entgegen.

»Was?«, meldete sie sich so ungehalten, wie sie sich fühlte. Sie war ohnehin viel zu spät dran, um ihren wohlverdienten Feierabend wenigstens noch ein wenig zu genießen. Exakt zwei Stunden zu spät, die ihr wieder keiner als Überstunden anrechnen würde.

»Bist du noch im Haus?«, fragte Asger Poulsen.

»Wo denn sonst? Aber ich bin schon so gut wie weg. Der Spätdienst hat längst übernommen, ich hab nur noch paar Akten aufgearbeitet. Und ich will jetzt nur noch eins, nach Hause und endlich mal ausschlafen.«

»Nee, das willst du nicht«, entgegnete Asger. »Nicht, wenn ich dir sage, wohin wir fahren.«

Laja runzelte die Stirn. Asger klang aufgekratzt, aber auch ziemlich bestimmt.

»Komm zur Sache, Asger. Ich war seit zwei Wochen nicht mehr vor Mitternacht im Bett«, erklärte Laja. »Für Ratespielchen fehlt mir echt der Nerv.«

Asger am anderen Ende wurde augenblicklich ernst.

»Du hast recht, entschuldige. Aber wir müssen ins Seaside. Angeblich hat sich dort eine junge Frau vor den Augen etlicher Gäste umgebracht.«

Laja versteifte sich. »Hab ich das richtig verstanden? Ein Suizid vor Augenzeugen?«

»Ganz genau.«

»Gibt es Verletzte?«

»Soweit ich weiß, nicht. Es gibt nur die tote Selbstmörderin.«

»Wieso sind wir nicht früher informiert worden? Hätte man die Tat nicht verhindern können?«

»Wahrscheinlich nicht«, antwortete Asger. »Du kennst doch das Seaside?«

»Ja, das ist eine Bar im Hafenviertel.«

»Ganz genau. Und dort ist es um die Zeit proppenvoll. Angeblich ist keinem die halb nackte, verstörte junge Frau aufgefallen, als sie reingekommen ist. Später sei sie zur Toilette verschwunden, wo es dann passiert ist.«

»Was passiert?«

»Na, sie hat sich selbst umgebracht. Eine der Zeuginnen, die zur gleichen Zeit auf der Toilette waren, sagte aus, Sie hätte es nicht verhindern können.«

»Scheiße«, stieß Laja aus. »Wie alt ist das Opfer?«

»Keine Ahnung. Das Team der Spurensicherung ist auch gerade erst aufgebrochen.«

»Okay«, gab Laja leise seufzend zurück. »Ich warte unten am Wagen auf dich und rauche noch eine.«

»Du stinkst«, murrte Asger und warf ihr einen missbilligenden Seitenblick zu.

»Na schönen Dank auch«, gab sie zurück.

»Nicht nach Schweiß … Dein Atem. Du riechst wie ein Aschenbecher. Kannst du die Scheißglimmstängel nicht mal im Dienst weglassen?«

Laja verdrehte genervt die Augen. »Das sagt der Richtige! Du hast doch selbst bis vor einem Jahr noch Kette geraucht.«

»Und jetzt kann ich den Geruch nicht mehr ab, na und?«

Laja hob die Schultern, sah zur Seitenscheibe hinaus. »Da musst du jetzt wohl durch«, murmelte sie leise. »Aber je schneller du fährst, desto eher hast du es überstanden.«

Asger grinste gutmütig. »Dich kann man total schnell hochschießen, weißt du das? Vielleicht solltest du mal Urlaub machen.«

»Um Himmels willen! Das würde ja bedeuten, dass ich eine gefühlte Ewigkeit auf deine geschätzte Gesellschaft verzichten müsste.«

Sie drehte sich zu Asger, grinste innerlich, als sie bemerkte, dass er sich seufzend geschlagen gab.

Na also, geht doch. Zufrieden lehnte sie sich zurück und schloss die Augen. »Weck mich, wenn wir da sind«, murmelte sie und kuschelte sich tiefer in ihren Sitz. Fast augenblicklich dämmerte sie weg.

Gefühlt nur Sekunden später wurde sie in ihrem Gurt nach vorne gedrückt, als der Wagen scharf bremste.

Sie riss die Augen auf. »Was ist los?«

»Da war ein Tier vor uns auf der Straße. Vielleicht eine Katze ...?«

Entsetzt blickte Laja nach draußen, dann zu Asger, der zufrieden vor sich hin grinste.

»Sag mal, spinnst du? Das hast du doch inszeniert! Was soll das? Gönnst du mir nicht mal eine Minute Schlaf?«

»Ja, ist schon frech, dass die junge Frau sich umbringt, obwohl du dringend deinen Schönheitsschlaf brauchst.«

Sie fiel in sein Lachen ein, boxte Asger spielerisch in die Seite. »Ich mag deinen Humor, Kumpel.«

Das Lachen verging ihr, als sie von Weitem die bunten Lichter des Hafenviertels sah. Sie war jetzt seit zehn Jahren im Polizeidienst, hatte schon so einiges gesehen, dennoch tat sie sich bei Tatortbegehungen immer noch schwer. Der Anblick toter Menschen war etwas, woran sie sich wohl nie gewöhnen würde. Jeden von ihnen hatte es mitten aus ihrem Leben gerissen, ob durch eigene oder fremde Hand.

Beim *Seaside* angekommen, stellte Asger den Wagen auf einem der freien Behindertenparkplätze ab. Sie stiegen aus und eilten auf den Eingang zu, vor dem sich eine Menschentraube gebildet hatte. Ihre Ausweise zückend, kämpften sie sich durch die Menge bis zur Tür durch, traten ein.

Auch im Innern der Bar herrschte Aufruhr. Die Musik war aus, die Leute standen in Grüppchen beieinander und tuschelten. Vereinzelt nahm Laja ein paar junge Frauen wahr, die weinten oder scheinbar unter Schock standen.

Sie eilte voraus zur Bar und winkte den Kellner hinterm Tresen zu sich, zeigte ihm ihren Dienstausweis. »Könnten Sie uns bitte zum Tatort begleiten?«

Der Mann schluckte sichtbar, nickte aber.

»Ich kann sie hinbringen, aber ich geh nicht mit rein. Ich kann kein Blut sehen.«

»Keine Sorge, das müssen Sie nicht«, beschwichtigte Laja ihn. »Bleiben Sie einfach in der Nähe, falls wir Fragen haben.« Unterwegs zu den Toiletten fragte sie den Barkeeper nach den Kollegen der Spurensicherung.

»Die sind schon hinten«, erklärte er.

Als sie in einen schmalen und mit Neonlicht ausgeleuchteten Gang traten, in dem es nach Urin und Seife roch, erlöste Laja den immer nervöser werdenden Barkeeper. »Wir kommen jetzt klar, danke.«

Der Mann machte auf dem Absatz kehrt, während Laja neben Asger auf die Tür der Damentoilette zulief. Bevor sie eintraten, zog sie ein paar Einmalfüßlinge und Handschuhe aus ihrer Tasche und streifte sich beides über. Ihr Kollege tat es ihr gleich.

Danach betraten sie den engen Vorraum. Emil, ein Kollege der Spurensicherung, kam ihnen entgegen. »Kein schöner Anblick«, warnte er. »Da drin sieht es aus wie im Schlachthaus.«

Er eilte an ihnen vorbei nach draußen.

Als Laja den Waschraum der Toilette betrat, sah sie, dass Emil nicht übertrieben hatte. Das sah nicht nur aus wie im Schlachthaus, es roch auch so. Die Blutspritzer waren überall. An den Waschbecken, an den Fließen, auf dem Boden, auf dem sich eine rote Lache gebildet hatte.

Laja atmete tief durch und versuchte, sich vorzustellen, was hier passiert sein konnte. Ein Mann im ärmellosen Shirt und in Jeans näherte sich ihnen.

»Sie hat sich mit einer Spiegelscherbe die Halsschlagader durchtrennt«, erklärte er.

»Wer sind Sie?«, fragte Laja.

»Ich bin Arzt«, erklärte der Mann, ohne seinen Namen zu nennen. »Ich bin mit Freunden hier, hab mitbekommen, was passiert ist. Ich wollte die Blutung noch stoppen, doch es war zu spät. Sie muss innerhalb von Sekunden verblutet sein.«

Laja sah sich um, entdeckte den zerstörten Spiegel über einem der Waschbecken. Eine spitze, etwa zwanzig Zentimeter lange Scherbe fehlte.

»Damit hat sie es getan«, sagte der Arzt, ihren Blicken folgend, und stieß hart den Atem aus. »Kaum zu glauben, dass sich jemand etwas so Grausames antut.«

Asger nickte nur stumm und versuchte, wie Laja auch, sich ein erstes Bild von der Leiche zu machen.

Die junge Frau war nur mit Slip und Shirt bekleidet, trug nicht einmal Schuhe. Ihre Beine waren vollkommen verdreckt, genau wie ihre Arme. Das lange Haar wirkte ungepflegt, verfilzt und war blutdurchtränkt.

Doch Lajas Blick blieb an dem Gesichtsausdruck hängen. Trotz des grausamen Dahinscheidens der jungen Frau wirkten ihre Gesichtszüge entspannt, fast friedlich. Ihr schien es, als sei dieses arme Lebewesen im Augenblick seines Todes vollkommen mit sich im Reinen gewesen.

»Was hat sie wohl zu dieser Verzweiflungstat getrieben?«, fragte Laja leise und mehr zu sich selbst.

Der Arzt nickte ihr zustimmend zu. »Ach ja, es gibt eine Augenzeugin. Eine junge Frau hat alles mit angesehen. Sie muss irgendwo da draußen sein.«

»Okay, danke«, wandte Laja sich ihm zu. »Könnten Sie vielleicht hierbleiben und warten, bis der diensthabende Arzt kommt? Vielleicht hat er Fragen an Sie, bevor er den Totenschein ausstellt.«

»Wie ist Ihr Name?« Laja sah die Zeugin freundlich an.

»Fria«, sagte die junge Frau und schniefte leise vor sich hin. Der Schock stand ihr deutlich ins Gesicht geschrieben. Laja machte sich in Gedanken eine Notiz, der Frau nach Ende ihrer Aussage ein Gespräch mit jemandem von der Opferbetreuung anzubieten.

»Gut, Fria, setzen wir uns doch«, bot Laja an und wies auf einen etwas abgelegenen Tisch, wohin sie die Zeugin begleitete. Nachdem sie Platz genommen hatten, sah sie, dass Fria ihre Hände immer wieder gegeneinanderrieb, in einer Geste, die sie an einen Waschvorgang erinnerte.

»Ich kenne die Frau nicht«, begann sie dazu passend, als müsse sie sich von jedem Verdacht freisprechen.

»Keine Sorge, ich befrage Sie als Zeugin«, ging Laja betont leise sprechend darauf ein. »Erzählen Sie mir einfach mit Ihren Worten, was passiert ist.«

Fria hielt in ihrer Bewegung inne, entspannte sich leicht. »Sie stand plötzlich neben mir, als ich mir die Lippen nachschminken wollte.«

»Welchen Eindruck machte sie auf Sie?«

»Sie war seltsam.«

»Warum das?«

»Sie war nahezu nackt, bis auf die Unterwäsche. Das war schon ziemlich komisch.«

»Haben Sie sie angesprochen?«

»Nein, nur beobachtet. Sie starrte sekundenlang in den Spiegel und zitterte am ganzen Körper. Und dann …«, Fria brach ab, schien sich sammeln zu müssen, »dann hat sie mit der Faust in den Spiegel geschlagen.«

»Was war danach?«

»Sie hat eine der Scherben herausgefummelt, sie angesehen und in der Hand gehalten.«

»Hat sie was gesagt?«

»Erst als ich sie angesprochen habe. Ich fragte sie, ob sie Hilfe braucht, ob ich jemanden rufen soll, einen Arzt. Oder einen Freund. Doch sie reagierte nicht mal.«

»Und anschließend?«

»Sie hat sich das spitze Ende der Scherbe an den Hals gedrückt und geweint. Ich hab noch versucht, sie aufzuhalten, hab auf sie eingeredet, und dann fing sie auf einmal an zu sprechen.«

»Sie hat Ihnen geantwortet?«

»Nein, mich hat sie auch da noch nicht beachtet. Sie hat mit sich selbst gesprochen. Es ging darum, dass Selbstmord eine Sünde ist.«

»Das hat sie gesagt? Wörtlich?«

Fria nickte heftig. »Sie murmelte es die ganze Zeit. *Selbstmord ist eine Sünde…* immer und immer wieder.«

»Aber trotzdem hat sie dann zugestochen?«

»Nicht sofort. Sie hat kurzzeitig die Scherbe sinken lassen und ich dachte schon, sie hätte sich gefangen. Doch dann sah sie mich an und lachte total irre. Sie schrie, dass es in der Hölle auch nicht schlimmer sein könne als hier, und dann hat sie es einfach getan.«

ZWEI
KOPENHAGEN

2019

»Nein! Aufhören, lass sie in Ruhe, runter von ihr!«

Johanne zuckte hoch, warf ihre Decke beiseite, sprang aus dem Bett. Ihr Herz hämmerte so heftig, dass sie das Rauschen ihres Blutes in den Ohren wahrnahm. Sie blickte sich um, blinzelte verwirrt. Wo zur Hölle war sie?

Als das Licht anging und das kleine Schlafzimmer ausleuchtete, blickte sie sich um. Dann starrte sie auf ihre Hände, schließlich auf das ausgeleierte Shirt, das sie trug. »Blut«, stammelte sie irritiert, »da war gerade alles voller Blut.« Sie schüttelte den Kopf, bemerkte, dass ihre Wangen feucht waren, ihr die Sicht vor den Augen verschwamm. Sie weinte.

»Du hast nur geträumt, Schatz.«

»Was?« Immer noch völlig verstört, bemerkte sie, dass sie nicht allein war. Dass sie auch nicht in ihrem eigenen Schlafzimmer war.

Sie war bei Frey, der jetzt aufrecht auf der Seite seines Bettes saß. Er wirkte übernächtigt, sah blass aus und musterte sie mit einem besorgten Blick. Wahrscheinlich hatte sie ihm einen heftigen Schrecken eingejagt. Schon wieder.

»Du hast geschrien«, erklärte er mit sanfter Stimme.

»Was hab ich geschrien?«

»*Nein! Aufhören, lass sie in Ruhe, runter von ihr!* Dabei hast du wie irre um dich geschlagen. Dann bist du wie ein Derwisch aus dem Bett gehechtet und hast gezittert und geweint. Ich dachte schon, du würdest wieder auf mich losgehen, wenn ich dir zu nahekomme. Also hab ich dich erst mal in Ruhe gelassen.« Er grinste, tippte auf seine Nase.

Augenblicklich fühlte Johanne sich schuldig.

Frey hatte nicht übertrieben. Als sie das letzte Mal aus einem Albtraum erwacht und aus dem Bett gesprungen war, hatte Frey vergeblich versucht, sie festzuhalten, sie mit seiner Körperwärme zu beruhigen. Sie hatte ihn grob weggestoßen. Dabei hatte sie ihn unglücklich im Gesicht erwischt, seine Nase fast gebrochen. Er hatte stark geblutet, anschließend den ganzen Tag Kopfschmerzen gehabt.

Deshalb hatte sie danach auch eine Weile lieber allein in ihrer Wohnung geschlafen. Frey hatte alle seine Überredungskunst gebraucht, um sie davon zu überzeugen, wenigstens ab und zu bei ihm zu übernachten. Immer wieder hatte er ihr erklärt, dass er dafür auch gern in Kauf nahm, dass sie mal um sich schlug.

Das änderte aber nichts an ihren Schamgefühlen.

»Es tut mir leid«, stammelte sie.

»Was denn?«, fragte Frey. »Du hattest einen Albtraum und dachtest, er sei real. Ich hatte als Kind auch solche Träume und weiß, wie beängstigend die sein können.«

»Nur bin ich inzwischen neunundzwanzig Jahre alt und kein Kind mehr.«

Frey stand auf, kam auf sie zu. Als er bei ihr war, nahm er ihre Hände in die seinen, sah ihr fest in die Augen. »Ich weiß, wir sind erst ein Jahr zusammen und das ist noch nicht lange, aber dennoch hoffe ich, dass du dich mir eines Tages öffnen wirst. Lass mich wissen, woher deine Albträume kommen. Sag mir bitte, was dir Schreckliches widerfahren ist, was dafür verantwortlich ist, dass du dich in diesem psychischen Ausnahmezustand befindest.«

Sie sah ihn an, runzelte die Stirn. »In einem Ausnahmezustand? Das klingt seltsam. Was meinst du damit?«

»Du lebst wie in einer Art abgeschirmter Blase«, erklärte er. »Nach strikten Regeln und mit festen Strukturen und Abläufen. Als ob du diese brauchst, um dich sicher zu fühlen. Du versuchst es zwar zu verbergen, aber ich kenne dich inzwischen gut genug, um zu erkennen, dass das alles aufgesetzt ist. Dass du damit etwas kaschierst, was dir gehörige Angst einzujagen scheint.«

Sie starrte ihn an, spürte, wie sich ihr gesamter Körper verspannte. Dennoch schüttelte sie den Kopf, wollte nicht wahrhaben, was er sagte. »Das stimmt nicht«, wehrte sie sich halbherzig.

»Ach Johanne, ich liebe dich, und du brauchst dich vor mir nicht zu verstellen, hörst du? Du kannst dich mir anvertrauen und mir sagen, warum du niemanden an dich heranlässt.«

»Das stimmt so nicht«, setzte sie erneut an, schwieg aber, als er ihr Gesicht in beide Hände nahm und sie ernst ansah.

»Du lässt niemanden in deine eigene Wohnung, selbst mich nicht. Was hab ich alles tun müssen, damit du wenigstens ab und zu bei mir übernachtest. Es war ein echter Kampf. Erinnerst du dich?«

Johanne zuckte hilflos mit den Schultern. Natürlich erinnerte sie sich. Aber sie schwieg, erwiderte nur seinen ernsten Blick.

»Noch vor ein paar Monaten bist du jedes Mal, nachdem wir miteinander geschlafen hatten, gleich danach in deine eigene Wohnung gefahren. Und selbst jetzt bringst du, wenn du bei mir übernachtest, dein eigenes Bettzeug mit, weil du sonst nicht zur Ruhe kommst. Du stehst jeden Morgen zur selben Zeit auf, gehst immer zur selben Zeit ins Bett, weichst niemals von deinem gewohnten Tagesablauf ab.«

Johanne seufzte leise. »Ja, es stimmt. Es gibt mir ein Gefühl von Sicherheit, wenn ich mich in meinem gewohnten Rhythmus bewege.«

»Genau das meine ich«, erklärte Frey lächelnd. »Irgendwas hast du durchgemacht, das dich so werden ließ. Und du willst nicht darüber reden. Immer wenn ich es versuche, machst du dicht und wechselst das Thema ...«

»Aber das stimmt so nicht«, protestierte sie und dachte genau das Gegenteil.

»Ach Schatz, ich merke doch, dass du etwas verbirgst«, beharrte er und suchte erneut den Blickkontakt, als sie dem seinen auswich. Er griff unter ihr Kinn, hob es an.

Doch sie hielt es nicht aus, entzog sich ihm, wendete den Blick ab, ließ ihren Kopf kreisen.

»Da, schon wieder. Das machst du auch immer, wenn du nervös wirst. Du verspannst dich, vor allem im Schulter- und Nackenbereich. Und dein kleiner Finger zuckt ...«

»Verdammt, was soll das? Was willst du von mir?«

»Ich will nichts von dir, ich will dich! Und dazu gehört, dass du mich an dich heranlässt, mich teilhaben lässt an dem, was dich beschäftigt, mir zeigst, wer du wirklich bist.«

Sie stieß die Luft aus, spürte, wie sich der Druck in ihrem Inneren aufbaute, wie immer, wenn sie das Gefühl hatte, die Kontrolle zu verlieren.

Mit einem Schaudern erinnerte sie sich daran, was passiert war, als sie das letzte Mal die Kontrolle verloren hatte. Es wäre um ein Haar in einer Katastrophe geendet.

Sie wich zurück, drehte sich um, suchte ihre Klamotten am Boden von Freys Schlafzimmer zusammen.

»Nicht schon wieder«, stöhnte er.

Doch sie blendete seine Stimme aus, konzentrierte sich nur auf das Nächstliegende. Sie schlüpfte in ihre Hose, dann in ihre Sneakers, riss ihren Hoodie von der Lehne des

Sessels. Schließlich wirbelte sie herum, nahm ihr Handy vom Nachtkästchen, tippte die Nummer der Taxizentrale ein. Als am anderen Ende der Leitung die Stimme einer jungen Frau erklang, holte sie tief Luft. »Ist Mo im Dienst?«

Die Frau am anderen Ende der Leitung lachte. »Sie schon wieder … Ja, er fährt heute Nacht. Wo soll er hinkommen?«

Johanne nannte ihr die Adresse. Dann beendete sie das Gespräch, starrte Frey an. »Ich krieg heute Nacht kein Auge mehr zu und würde dich mit meinem Herumgewälze im Bett sowieso nur nerven.« Sie hielt inne, wusste nicht, was sie noch sagen konnte, um ihm klarzumachen, dass es nicht seine Schuld war. »Sehen wir uns morgen?«

Er sah verletzt aus, nickte jedoch.

Als sie ihr Kissen samt Decke schnappen wollte, kam Bewegung in ihn. Er eilte ums Bett herum, riss sie in seine Arme.

Sie atmete seinen dunklen, erdigen Geruch ein, den sie so liebte, ließ ihren Kopf gegen seine Schulter sinken, musste sich beherrschen, nicht gleich wieder in Tränen auszubrechen. Sie wusste, das würde ihn noch mehr verunsichern.

Eine Weile standen sie einfach nur so da. Eng umschlungen, wie zwei Ertrinkende, die sich aneinanderklammerten, weil sie den jeweils anderen nicht loslassen konnten.

Ein Klingeln ertönte.

»Dein Taxi ist da«, sagte Frey. Seine Stimme klang rau vor Kummer und Schmerz.

Sie umarmte ihn noch fester, sog seinen Duft ein, als könne sie auf diese Weise etwas von ihm mit nach Hause nehmen.

In ihrem Innern tobte das Chaos. Sie wollte nicht weg von Frey. Er tat ihr gut und sie liebte ihn von ganzem Herzen. Alles in ihr wehrte sich gegen den Gedanken, in weniger als einer halben Stunde ihre karge Wohnung zu betreten und den Rest der Nacht dort zu verbringen. Allein. Sie wollte nicht allein sein und doch ertrug sie den Gedanken nicht, hierzubleiben. Hier, wo Frey weiter versuchen würde, ihren Schutzwall zu durchbrechen, den sie sich über die Jahre mühevoll aufgebaut hatte.

Sie löste sich von ihm, küsste ihn flüchtig auf die Wange, sah ihm schließlich in die Augen.

Dabei fragte sie sich, ob sie es jemals schaffen würde, sich diesem Mann zu öffnen, ihm zu sagen, wer die Frau war, in die er sich verliebt hatte.

Würde er sie auch dann noch wollen?

Wahrscheinlich nicht.

DREI
KOPENHAGEN
2006

»Wie weit seid ihr?«, fragte Laja und sah Elisa vom Rechercheteam ungeduldig an.

»Bis jetzt hab ich nichts, was auf die gesuchte Person passt.«

»Fingerabdrücke?«

»Keine Übereinstimmung. Ich hab die komplette Datenbank durchforstet. Auf die Blutanalyse warten wir noch, vielleicht ergibt sich da was.«

»Hast du Druck gemacht im Labor?«

»Ich hab gesagt, dass wir die Ergebnisse gestern brauchen, mehr geht nicht.«

»Mist«, stieß Laja aus. »Was ist mit Vermisstenmeldungen?«

»Landesweit nichts«, gab Elisa zerknirscht zurück. »Ich kann die Suche noch auf Schweden und Deutschland ausweiten.«

»Erst mal nicht«, sagte Laja. »Die Zeugin hat die Frau ja belauscht. Es sei kein ausländischer Akzent hörbar gewesen. Sie hat sie für eine Dänin gehalten.«

»Okay«, bestätigte Elisa. »Sonst noch eine Idee?«

Laja schüttelte den Kopf. »Keine Ahnung. Die Unbekannte hatte nichts bei sich, als sie in die Bar stürzte. Sie trug noch nicht einmal Schuhe. Mein Team sucht bereits die Umgebung der Bar ab. Mit Glück finden wir etwas, was sie verloren hat.«

»Warum schalten wir nicht die Medien ein? Ihr Gesicht ist unversehrt, also könnte man ein Foto von ihr veröffentlichen, vielleicht erkennt sie jemand.«

»Darum kümmert Asger sich bereits«, erklärte Laja. »Wir haben sogar ein Foto der noch Lebenden. Im Eingangsbereich der Bar befindet sich eine Kamera. Diese hat die junge Frau erfasst, als sie die Bar betreten hat. Die Aufnahmen sind nicht prickelnd, aber wenigstens erkennt man ihr Gesicht und wir müssen kein Bild einer Toten veröffentlichen.«

»Mmh«, machte Elisa und krauste die Stirn.«

»Hast du sonst noch eine Idee?«, fragte Laja.

»Ja, vielleicht ist es relevant. Ich hab unter anderem auch die Vermisstenmeldungen aus Odense gecheckt. Dort ist vor einigen Wochen eine junge Frau verschwunden.«

»Passt sie vom Alter her?«

»Ja. Und das Foto, das uns die Angehörigen ausgehändigt haben, lässt darauf schließen, dass beide Frauen sich in ähnlichen Kreisen bewegt haben könnten.«

Laja runzelte die Stirn. »Was soll das heißen? Ist sie es nun oder sieht sie ihr nur vage ähnlich?«

Elisa gab einige Befehle in ihre Tastatur ein, dann drehte sie den Bildschirm zu ihr und Laja sah, was ihre Kollegin zweifeln ließ.

Die extravagante Frisur der Toten und deren Piercings im Gesicht ähnelten denen der Toten. Aber das war es auch schon. Wahrscheinlich waren beide Frauen Mitglieder der Punkszene.

»Okay«, bestätigte Laja. »Schick mir die Daten der Vermissten auf den Rechner. Ich rede mit deren Angehörigen. Vielleicht wissen die, wer unsere Tote ist. Das mach ich gleich ...«

»Warte, ich hab vielleicht noch was«, hielt Elisa sie auf.

»Nachdem ich bei den Vermisstenmeldungen und im Strafregister nichts fand, hab ich die Suche auf Suizidfälle der letzten Jahre ausgedehnt.«

»Und?«

»Es ist etwas vage, aber sieh es dir selbst an.«

Laja blickte Elisa über die Schulter, als diese die Akte eines älteren Falles auf den Bildschirm rief.

»Der Fall ist aus dem Jahr 2004«, erläuterte Elisa. »Er hat damals viel Aufsehen erregt. Ein junger Mann hat ein Auto geklaut und ist damit zur Öresundbrücke gefahren. Dort hat er angehalten, ist in aller Seelenruhe ausgestiegen und hat sich in die Tiefe gestürzt. Blöderweise kam unten gerade ein Ausflugsboot vorbei. Er ist auf die Reling geknallt und war sofort tot. Ein Wunder, dass er mit diesem Suizidkommando nicht noch andere Menschen verletzt hat. Der Kerl trug nur Boxershorts und in seinem gestohlenen Fahrzeug hat man weder Klamotten noch Ausweispapiere gefunden, also ähnlich mysteriös wie bei unserer Toten aus der Bar.«

Laja starrte Elisa an, schüttelte den Kopf. »Das war vor meiner Zeit in Kopenhagen. Damals war ich noch im Norden. Aber ich erinnere mich daran. Hab wohl darüber was gelesen. Kannst du mir die Akte auf meinen Rechner schicken? Ich schau mir das nachher in Ruhe an und entscheide anschließend, ob ich mich auch mit den Angehörigen des Mannes unterhalten sollte.«

Auf dem Weg zurück in ihr Büro klopfte Laja bei Asger und brachte ihn auf den neuesten Stand.

»Du willst zu den Leuten nach Odense, die ihre Tochter vermissen? Ist das nicht etwas überstürzt? Was willst du denen sagen? Dass wir eine Tote haben und du glaubst, das Verschwinden ihrer Tochter könnte in Zusammenhang mit dem Suizid unserer Jane Doe stehen, weil sie zufällig beide Piercings und eine ähnliche Frisur hatten?«

»Jane Doe?«

»Das ist ein Platzhaltername für nicht identifizierte Tote. Nie was davon gehört?«

»Für wie bekloppt hältst du mich? Na klar weiß ich, was du meinst, aber wir sind hier nicht in den Staaten.«

»Ich bleibe bei Jane. Du kannst sie ja nennen, wie du willst.«

Laja verdrehte die Augen. »Schon gut. Aber was meinst du? Könnte es uns weiterhelfen?«

»Schwer zu sagen.« Asger hob die Schultern. »Im schlimmsten Fall verängstigst du die Leute. Aber überprüf besser vorher, ob der Tote von 2004 irgendwie in Verbindung zu der Frau aus der Bar steht.«

»Nun ja, beide haben sich vor den Augen vieler umgebracht. Der Typ an der Brücke und das Mädchen in der Bar.«

Asger nickte. »Meiner Erfahrung nach passieren die meisten Suizide in aller Stille. Die Leute knipsen sich die Lichter aus, wenn sie ungestört sind. Sie nehmen Medikamente, erhängen sich, spritzen sich Überdosen von Drogen oder schneiden sich die Pulsadern auf. Die wenigsten spazieren in überfüllte Bars oder springen am helllichten Tag von einer der meistbefahrenen Brücken Dänemarks.«

»Der Selbstmörder von 2004 hilft uns aber nicht, unsere Jane aus der Bar zu identifizieren. Ich werde den Eltern des vermissten Mädchens aus Odense auch nicht sagen, dass es sich bei der Frau auf dem Bild um eine Tote handelt. Ich lasse mir von der Technik ein Bild ausdrucken, das von der Kamera kommt, und lass mir was einfallen.«

»Willst du, dass ich mitkomme?«

»Besser wir teilen uns auf«, schlug Laja vor. »Kümmer dich lieber weiter um die Ausstrahlung in den Medien. Ein öffentlicher Suizid passiert nicht alle Tage und bevor die Leute da draußen sich wilde Verschwörungsgeschichten ausdenken und eine Panik ausbricht, solltest du vielleicht ein paar beschwichtigende Worte dazu sagen. Vielleicht veröffentlichen einige einen Suchaufruf, der uns weiterbringt.«

Als Laja eine knappe halbe Stunde später in ihrem Wagen in Richtung Odense saß, gingen ihr die Bilder des toten jungen Mannes nicht aus dem Kopf. Er war gerade neunzehn gewesen, als er sich umgebracht hatte. Laut gerichtsmedizinischem Gutachten hatte er keinerlei Drogen im Körper, als er von der Brücke in den Tod gesprungen war. Einige der damaligen Zeugen hatten ausgesagt, dass er wie weggetreten gewirkt hatte, als er auf die Brücke zugelaufen war.

Einige der Autofahrer, die ihn beobachtet hatten, waren ausgestiegen und hatten versucht, auf ihn einzureden. Der Junge war trotzdem gesprungen.

Genau wie die junge Frau in der Bar hatte er panisch und verzweifelt gewirkt und musste den Freitod als letzten Ausweg aus seinem Dilemma gesehen haben.

Bei der Obduktion waren zahlreiche ältere Hämatome am Körper des Toten festgestellt worden, die auf einen Misshandlungshintergrund oder ein Aggressionsproblem hindeuteten. Außerdem hatte der Junge seltsame Zeichen auf der Haut gehabt. Eingeritzte Kruzifixe, Brandnarben, die ebenfalls wie Kreuze aussahen, und ältere Narben, die auf eine massive Persönlichkeitsstörung hinweisen könnten.

Laja stieß die Luft aus. Auch bei dem Mädchen aus der Bar hatte sie bei der ersten Untersuchung am Ort des Geschehens ältere Brandmale und Narben gesehen, die sie für Selbstverletzungen gehalten hatte.

Konnte auch etwas anderes dahinterstecken?

Die letzten Worte des Mädchens hatten irgendwie kryptisch geklungen, fast paranoid. Aber solange sie das Ergebnis der Blutanalyse nicht vorliegen hatte, konnte sie auch keine Drogen oder Medikamente ausschließen. Demnach war noch ungeklärt, ob die junge Frau Herrin ihrer Sinne gewesen war, als sie sich umbrachte.

Laja schluckte.

Suizide passierten immer wieder, doch dieser Fall setzte ihr mehr zu als jeder andere zuvor. Vielleicht, weil das Mädchen noch so jung gewesen war.

Genau wie der Junge von 2004.

Neunzehn …

Warum taten junge Menschen so etwas?

Als sie die Stadtgrenze von Odense passierte, legte sich Laja in Gedanken ein paar Worte und Erklärungen für Lily Overgaards Eltern parat. Asger hatte recht. Sie musste vermeiden, die Leute zu beunruhigen, solange niemand etwas Genaues wusste.

Als sie die Adresse gefunden hatte, eine Anliegerstraße im Villenviertel von Odense, stellte sie ihren Wagen ab, lief auf das Gartentor zu. Sie musste gar nicht klingeln, denn im Vorgarten des Hauses war eine Frau mittleren Alters gerade dabei, ihre Rosensträucher zu schneiden.

»Kann ich Ihnen helfen?«, fragte sie und richtete sich ächzend auf. »Mein Rücken macht mir zu schaffen«, schob sie gequält lächelnd hinterher.

»Ich bin von der Polizei Kopenhagen«, stellte Laja sich vor.

Das Gesicht der Frau erstarrte.

»Keine Sorge«, schob Laja schnell hinterher. »Ich bin nicht wegen Ihrer Lily hier.«

Die Züge der Frau entspannten sich ein wenig, dennoch wirkte sie alarmiert. »Wie kann ich Ihnen helfen?«

»Es geht um eine andere junge Frau, von der ich glaube, dass Lily sie gekannt haben könnte. Darf ich Ihnen das Foto zeigen?«

Die Frau nickte, kam näher.

Laja reichte ihr das Foto über den Zaun, beobachtete das Gesicht der Frau.

Diese betrachtete das Foto eingehend, schüttelte schließlich mit dem Kopf. »Mir sagt sie nichts. Wenn Sie wollen, gehe ich und hole meinen Ehemann. Vielleicht kennt er sie ja.«

»Das wäre sehr hilfreich«, gab Laja zurück und wartete geduldig, während die Frau im Haus verschwand.

Keine Minute später kam sie mit einem Mann zurück, der deutlich jünger wirkte als seine Frau.

Er begrüßte sie freundlich, nahm dann das Bild, betrachtete es, gab es schließlich mit bedauerndem Blick zurück. »Ich hab das Mädchen noch nie gesehen, tut mir leid. Was ist mit dem Mädchen, geht es ihm gut?«

Kurz erwog Laja, dem Mann tatsächlich eine Lüge aufzutischen, doch dann entschied sie sich dagegen. »Leider nicht«, sagte sie.

Der Mann horchte sichtbar erschrocken auf. »Was ist mit dem Mädchen? Ist ihm was zugestoßen? Wird es auch vermisst, genau wie unsere Lily? Sind Sie hier, weil es unserem Mädchen ähnlich sieht?«

Laja atmete tief ein, nickte schließlich. »Ja, wir sind auf der Suche nach Ähnlichkeiten tatsächlich auf Lilys Fall gestoßen. Es könnte sein, dass sie in den gleichen Kreisen verkehrt haben. Sich vielleicht gekannt haben. Aber wenn Sie die junge Frau auf dem Foto nicht erkennen ...«

»Was ist mit ihr?«, fragte der Mann abermals.

Laja schüttelte bedauernd den Kopf. »Sie werden es ohnehin demnächst über die Presse erfahren. Sie hat sich umgebracht.« Als sie den erschrockenen Gesichtsausdruck des Mannes bemerkte, hob sie beschwichtigend die Hände. »Das bedeutet nicht, dass Ihrer Tochter etwas Ähnliches passiert sein muss.«

»Dann wissen Sie nichts über unser Mädchen?«

Laja verneinte stumm, sah den Mann mitleidig an.

»Aber ich versichere Ihnen, dass die Kollegen hier in Odense alles dafür tun, dass sie zu Ihnen zurückkommt.«

»Ich bete dafür«, antwortete der Mann. Seine Stimme klang verzweifelt. »Jeden verdammten Tag.«

Seine Frau warf ihm einen Blick zu, sagte aber nichts. Laja kam es vor, als verschlösse sie sich, und sie wunderte sich, wie wenig Lilys Mutter auch zuvor zu dem Gespräch beigetragen hatte. Sie hatte das alles ihrem Mann überlassen.

Laja suchte den Blickkontakt mit der Mutter, die merkwürdig verschlossen wirkte und ihrem Blick sofort auswich. Irgendetwas stimmte nicht mit ihr, mit ihrer Reaktion. Sie wirkte seltsam hölzern. Stand sie nur unter Schock oder verbarg sie etwas? Nicht nur vor ihr, der Polizistin. Auch vor ihrem Ehemann.

VIER
KOPENHAGEN

2019

»Süße, du bist viel zu früh«, sagte Ida grinsend und nahm sie überschwänglich in die Arme. »Bedeutet dir der Laden denn so viel?«

Johanne löste sich von ihr, verzog das Gesicht. »In meiner Bude hatte ich das Gefühl, dass mir dir Decke auf den Kopf fällt. Dann kann ich genauso gut arbeiten.«

Ida grinste. »Du hättest auch shoppen gehen können oder spazieren.«

»Keine Lust«, gab Johanne schulterzuckend zurück. »Ich geh mich schnell umziehen und übernehme dann. Falls du also eher gehen willst …«

»Bist du ganz sicher?«

»Klar, freu dich auf den früheren Feierabend, ehe ich es mir noch anders überlege.«

»Okay, dann kassiere ich meinen Bereich ab und mache Schluss für heute. Im Gegensatz zu dir finde ich es hier nicht so dolle.« Ida zog eine Schnute und verschwand eilig im Gastraum.

Johanne sah ihr schmunzelnd nach, dann machte sich auf den Weg in die Umkleide, schlüpfte aus Jeans und Hoodie, zog sich den vorgeschriebenen Rock und die weiße Bluse an.

Als ihr Blick anschließend auf den Spiegel über dem Waschbecken fiel, erschrak sie. Sie sah wirklich gruselig aus, mit den viel zu tiefen dunklen Schatten unter den Augen. Ihre Lippen waren rissig und ihre Haut war blass, beinahe durchsichtig.

Wie ausgekotzt schoss es ihr durch den Kopf. Dabei war sie erst kürzlich neunundzwanzig geworden. Doch ihr Spiegelbild zeigte eine Frau die fünf, wenn nicht zehn Jahre älter wirkte.

Wie würde das erst mit vierzig sein?

Dann sähe sie aus wie ihre Großmutter – wenn sie denn eine hätte.

Resigniert schüttelte sie den Kopf, fragte sich nicht zum ersten Mal, was Frey eigentlich an ihr fand. Rein optisch war sie nun wirklich nichts Besonderes. Auch darüber hinaus hatte sie nichts vorzuweisen. Weder hatte sie eine Ausbildung absolviert noch ein Studium.

Mangels anständigen Berufsabschlusses war sie dazu verdammt, von einem Job zum anderen zu tingeln. Sie jobbte da, wo gerade was frei war. Das bisschen, was sie sich so verdiente, reichte nie bis zum Ende des Monats.

Mehr als einmal hatte sie darüber nachgedacht, dass sie immer noch ihre Träume und Ziele von damals umsetzen könnte.

Damals ... das umfasste die Zeit, bevor alles so schlimm geworden war.

Sie unterdrückte ein Seufzen, als ihr erneut klar wurde, dass sie sich etwas vormachte. Sie hatte doch nie den Mut aufgebracht, und so würde es auch bleiben. Wie zuvor verdrängte sie den Gedanken, redete sich ein, dass sie nicht das Zeug dazu hatte, etwas aus ihrem Leben zu machen. Es vielleicht nicht einmal verdiente.

Was sie getan hatte, war unverzeihlich, selbst wenn man die Gründe dafür in Betracht zog. Klar, sie war jung gewesen, unbedarft, und doch hätte sie sich besser unter Kontrolle haben müssen.

Johanne seufzte jetzt doch laut ihrem eigenen Spiegelbild zu.

Seit Jahren litt sie schon unter Schuldgefühlen, und tief in ihrem Innern wusste sie, dass sie deshalb niemanden an sich heranließ, dass sie davonlief oder etwas beendete, bevor es richtig anfangen konnte.

Sie würde auch ihre Beziehung zu Frey früher oder später schrotten, das war so sicher wie das Amen in der Kirche.

Wobei es für ihn eher Segen sein würde als Fluch – im Gegensatz zu ihr. Frey war ein netter Kerl, ein wahrer Schatz, der Besseres verdient hatte.

Er würde ihr fehlen, so viel stand fest und sie würde auch keinen Mann mehr finden, der so wäre wie Frey. Aber sie hatte kein Recht, egoistisch zu sein. Sie musste ihn gehen lassen, wenn es so weit war, und dann versuchen, nach vorne zu blicken.

Aber wie lange sollte sie das noch durchhalten?

Sie gab sich einen Ruck, der ihre Gesichtszüge im Spiegel noch härter erscheinen ließ. Selbst ihr Körper versteifte, als sie das daraus resultierende Fazit zog. Wenn es nicht mehr ging, musste sie eben einen Schlussstrich ziehen. Sie hatte keine Verpflichtungen, nichts. Wen juckte es also, wenn sie eines Tages beschloss, dass sie lange genug versucht hatte, mit sich selbst klarzukommen und irgendwie glücklich zu werden?

Sie sammelte etwas Spucke in ihrem Mund, betrachtete weiter ihr Spiegelbild über dem Waschbecken, unterdrückte den Impuls, sich selbst anzuspucken.

Schließlich spülte sie sich den Mund aus, machte sich dann auf den Weg in den Gastraum.

»Du hast Besuch«, rief Ida ihr entgegen und wies auf den Tisch ganz hinten in der Ecke zwischen Fenster und dem Weinregal, das als Raumtrenner diente.

Johanne stieß erschrocken die Luft aus, als sie Frey dort sitzen sah. »Woher weiß er denn, dass ich schon hier bin?«

»Schätze, dass er bei dir war.« Ida sah sie misstrauisch an. »Ist was? Hattet ihr Zoff?«

»Eine kleine Kabbelei«, gab Johanne zu, weil es ihr peinlich war, vor Ida zuzugeben, dass sie mal wieder die Flucht angetreten hatte.

»Na los«, forderte Ida sie auf. »Geh schon zu ihm und redet miteinander. Bringt das wieder in Ordnung.«

Johanne nickte ihr zu, machte sich auf den Weg, kam an einem großen Tisch vorbei, an dem ein paar Leute saßen, die sie anstarrten, als sähen sie einen Geist.

Sie ignorierte sie, ging weiter zu Frey, setzte sich zu ihm.

»Tut mir leid«, sagte er zerknirscht, griff nach ihrer Hand.

Erstaunt starrte sie ihn an, entzog sich ihm. Dann stieß sie ein ungläubiges Lachen aus. »Was tut dir leid? Ich verhalte mich wie der letzte Idiot und du entschuldigst dich bei mir?«

»Ich hab dich bedrängt«, gab Frey zurück. »Das hätte ich nicht tun sollen.«

Johanne konnte es nicht glauben. War das sein Ernst? Sie starrte ihn fassungslos an.

»Was hast du?«, fragte Frey. »Bist du sauer auf mich?«

Sie schüttelte immer noch ungläubig den Kopf. »Es nervt einfach nur, okay? Du bist zu nett. Jeder andere hätte mir längst in den Arsch getreten, doch du …« Sie brach ab, stieß erneut die Luft aus.

»Was ist nur mit dir passiert, dass du glaubst, keine Liebe zu verdienen? Denn das ist doch der Grund dafür, dass du alles torpedierst, was uns zusammenschweißen könnte.«

Sie blickte ihn an, musste plötzlich gegen die Tränen ankämpfen. Dann hielt sie es nicht mehr länger aus. Hastig sprang sie auf, wich seinem Blick aus. »Ich muss arbeiten, weil Ida jetzt wegmuss.«

»Kein Problem«, sagte Frey. »Ich hab eh Hunger und dachte, ich esse hier was und warte dann auf dich.«

»Meine Schicht hat eben erst angefangen.«

Frey verzog sein Gesicht zu einem Lächeln. »Ich weiß. Deswegen hab ich mir auch Arbeit mitgebracht.« Er griff zur Seite, zog seinen Laptop aus seiner Aktentasche, stellte ihn vor sich auf den Tisch.

Ergeben ließ Johanne ihren Kopf kreisen, bis es knackste, dann ging sie davon.

Die Leute von vorhin starrten noch immer zu ihr, tuschelten miteinander.

Wahrscheinlich hatte Ida bei ihnen abkassiert und vergessen, ihr Bescheid zu geben, dass sie noch etwas bestellen wollten.

Sie lächelte, so wie es sich für eine gute Servicekraft gehörte, trat an den Tisch. »Mein Name ist Johanne und ich bin heute Abend Ihre Kellnerin. Ich hoffe, es ist alles so, wie Sie es sich vorstellen, und Sie sind zufrieden mit unserem Service.«

Einer der Männer am Tisch – Johanne schätzte ihn auf ihr Alter – sah sie abfällig an. »Bis eben gerade war alles okay. Ihre Kollegin, die eben abkassiert hat, weil sie Feierabend macht, war überaus freundlich und zuvorkommend.« Er schüttelte den Kopf, musterte sie. »Aber dass Sie uns jetzt bedienen wollen, das finde ich … besser gesagt, finden wir das alle«, er holte Luft, machte eine ausladende Handbewegung, »etwas befremdlich.«

Johanna wich ein Stück zurück, sah den Mann an. »Hab ich etwas falsch gemacht?«, fragte sie erschrocken.

»Sie sollten gar nicht hier arbeiten«, gab er zurück.

Die anderen am Tisch lachten teils pikiert, teils entrüstet.

Sie blickte in die Runde, fragte sich, was genau deren Problem war.

»Wir wissen, wer Sie sind«, schob der unverschämte

Kerl nach und betrachtete sie angewidert von oben bis unten.

Etwas in Johanne zog sich zusammen. »Was soll das heißen? Wovon sprechen Sie?«

»Gibt es Unklarheiten?«, fragte Ida, die hinzugekommen war.

»Die gibt es tatsächlich«, sagte der Mann, sah von Ida wieder zu ihr. »Wir wollen eine andere Bedienung.«

»Wie ich Ihnen bereits beim Kassieren sagte«, erklärte Ida, »ist Johanne meine Nachfolgerin für den heutigen Tag, weil ich jetzt Feierabend habe.«

»Das wäre prinzipiell auch kein Ding«, erwiderte der Mann. »Aber von der da wollen wir ganz bestimmt nicht bedient werden.«

»Ich hab nichts getan«, beteuerte Johanne und versuchte, die Fassung zu bewahren.

»Aber dieser Tisch ist in Johannes Bereich«, gab Ida zurück und lächelte professionell. »Eine andere Kellnerin habe ich nicht. Sie müssen also mit ihr vorliebnehmen und sich irgendwie arrangieren.«

»Dann will ich den Geschäftsführer sprechen«, sagte der Kerl so laut, dass alle im Restaurant es mitbekamen und sich zu ihnen umwandten.

Johanne wurde knallrot.

»Der Geschäftsführer ist nicht da«, sagte Ida, weiterhin freundlich bleibend.

Der Mann schlug mit der Hand auf den Tisch. »Was ist das hier für ein Saftladen! Wie kann man so eine Irre auf die Gäste loslassen?«

»Wie bitte?« Idas Stimme klang plötzlich gefährlich leise.

»Sie haben ganz richtig gehört«, sagte der Mann und deutete mit dem Kopf auf Johanne.

Johanne stand nur da, wünschte, der Boden würde sich unter ihr auftun, sie verschlingen.

»Ihre Kollegin ist eine Irre … um ganz genau zu sein eine Mörderin, und ich frage mich wirklich, was in diesem Land falsch läuft, dass so jemand frei rumlaufen und unbescholtene Leute bedienen darf.«

FÜNF
KOPENHAGEN
2006

»Ich hab befürchtet, dass deine Fahrt nach Odense nichts bringt«, sagte Asger, nachdem Laja ihn kurz ins Bild gesetzt hatte.

»Bist du wenigstens weitergekommen?«, fragte Laja.

Asger nickte. »Unsere Pressemitteilung ist gerade online gegangen. Irgendwer wird das Mädchen schon kennen und sich melden.«

»Und wenn nicht?« Laja sah Asger zweifelnd an. »Was, wenn diese Frau nicht mal vermisst wird? Wenn keiner sie erkennt? Dann haben wir eine junge Frau, die ihr Leben auf grauenvolle Weise beendet hat, und keiner ist da, um ihr wenigstens das letzte Geleit zu geben. Ganz zu schweigen davon, dass wir nie herausfinden, was da passiert ist.«

Asger starrte sie irritiert an. »Mal nicht gleich den Teufel an die Wand. Niemand fällt vom Himmel und bringt sich dann gleich um. Und was geschehen ist, wissen wir. Die Frau kam in eine Bar, war augenscheinlich völlig durch den Wind und hat sich umgebracht. Reicht das nicht?«

Laja sah ihren Kollegen ernst an. »Ich weiß, du willst das nicht hören: aber dieser Fall stinkt zum Himmel. Das war alles andere als ein normaler Suizid. Dahinter muss eine ziemlich üble Geschichte stecken. Irgendetwas muss das Mädchen komplett aus der Fassung gebracht haben, und ich will herausfinden, was das war.«

»Manchmal ist ein Selbstmord einfach nur ein Selbstmord, Laja. Die Leute haben genug und treffen eine Entscheidung, unabhängig vom Alter. Sie sind einfach lebensmüde oder krank.«

Laja schüttelte den Kopf. »Hier steckt mehr dahinter.«

»Wieso bist du dir da so sicher?«

»Hast du dich mal in den Fall Bendixen eingelesen?«

»Hab ich. Und ja, der Suizid des Jungen war ähnlich aufsehenerregend wie der Fall unserer Jane Doe. Aber auch er ist freiwillig gesprungen, wofür es etliche Zeugen gab.«

»Aber Viggo Bendixen wurde zuvor monatelang vermisst. Seine Mutter hat ihn überall gesucht und dabei halb Kopenhagen auf den Kopf gestellt. Dann taucht er wie aus dem Nichts wieder auf, bringt sich um, ohne zuvor noch mal mit ihr zu sprechen. Wenn das nicht seltsam ist und von üblichen Selbstmorden abweicht, weiß ich es auch nicht.«

»Worauf willst du hinaus?«

»Die Kollegen haben damals die Mutter nach seinem Verschwinden mehrfach befragt und auch später noch, nachdem er sich umgebracht hatte. Sie schwört, dass ihr Verhältnis sehr innig gewesen ist, und sie versteht nicht, warum er das getan hat. Diese Hämatome, die er überall am Körper hatte … Sie waren älter, stammten nicht von dem Aufprall auf die Reling des Bootes. Genauso wenig wie die Brandmale an seinem Körper.«

»Ja, ich weiß«, sagte Asger. »Die Mutter behauptete, dass er die Brandmale vor seinem Verschwinden noch nicht hatte.«

»Richtig! Und trotzdem haben die Kollegen nicht weiter ermittelt. Sie haben Suizid in die Akte geschrieben und das Ding eingemottet, ohne weiter zu hinterfragen, wo der junge Mann vier Monate lang gewesen ist.«

»Ich versteh die Kollegen. Ich hätte vermutlich ähnlich gehandelt.«

»Ach ja!«,

»Laja, überleg doch mal. Der Junge kann sich in den vier Monaten überall herumgetrieben haben. Auf der Straße, in einer kriminellen Bande. Vielleicht hat er sich in üblen Kreisen bewegt und diese Narben und Hämatome von dort mitbekommen. Er könnte sich geprügelt haben. Diese Male könnten eine Art Bestrafung gewesen sein, weil er sich mit den Falschen angelegt hat. Es gibt zig Möglichkeiten, wie er sich die geholt haben könnte. Und er war tot. Was hätte es gebracht, da endlos weiter zu forschen?«

»In seinem Blut wurden keinerlei Rückstände von Drogen gefunden – nichts«, beharrte Laja.

»Was nicht zwingend bedeutet, dass er clean war. Er könnte trotzdem abhängig gewesen sein und nur zum Zeitpunkt seines Ablebens nichts genommen haben.«

»An seinem Körper gab es keinerlei Einstichstellen von Spritzen und seine Nasenscheidewände waren unversehrt.«

»Laja, ich muss dir doch wohl nicht sagen, dass man Drogen auch auf andere Weise konsumieren kann, ohne Spritze und ohne sie zu schnupfen. Vielleicht hat er Crack geraucht oder Schlimmeres. Das Zeug ist nicht ewig im Blut nachweisbar, die Auswirkungen auf die Psyche sind jedoch nicht zu unterschätzen.«

Sie seufzte, sah ihren Kollegen an. »Mir egal, was du denkst, ich fahre zu Viggos Mutter und rede persönlich mit ihr.«

»Und was glaubst du, was das bringt? Du wirst die Ärmste nur misstrauisch machen, was unsere Arbeit angeht.«

»Wenn du befürchtest, dass ich das vermassele, komm doch einfach mit.«

Eine Weile starrten sie einander nur in die Augen. Schließlich stieß Asger genervt die Luft aus und schüttelte den Kopf. »Du bist wirklich wie ein Terrier. Wenn du dich einmal festgebissen hast, lässt du nicht mehr los. Na schön, fahren wir.«

Hildi Bendixen war eine zierliche Frau, Ende vierzig. Sie trug bunte, flippige Klamotten, hatte langes rotblondes Haar, das ihr bis zu den Hüften reichte, und wirkte auf den ersten Blick, als wäre sie noch ein junges Mädchen. Sie lächelte zwar, doch ihre Augen strahlten eine Finsternis aus, die Laja tief im Inneren berührte, als sie die Tür öffnete.

Laja zeigte ihren Ausweis und stellte Asger und sich vor. »Wir möchten gerne mit Ihnen über Viggo sprechen.«

Verwirrt blickte Hildi von Asger zu ihr. »Wie bitte?«, fragte sie. »Mein Sohn ist inzwischen zwei Jahre tot und dann kommen Sie jetzt, um mit mir über ihn zu sprechen, wieso?«

»Ich war damals noch nicht in Kopenhagen und bin erst jetzt auf den Fall Ihres Sohnes gestoßen«, erklärte Laja.

»Und warum wollen Sie das jetzt alles noch mal ausgraben?«

Laja verständigte sich mit einem kurzen Seitenblick mit Asger, der nur dezent mit den Schultern zuckte. Was wohl so viel hieß wie, *mach mal.* Er würde ihr kaum beistehen und mit ihrer vagen Andeutung kam sie nicht weiter. Sie musste wohl mit der Wahrheit herausrücken. »Ich versteh, dass Sie das irritiert«, sagte sie daher. »Aber vielleicht haben Sie aus der Presse erfahren, dass es einen weiteren Selbstmord gegeben hat, der entfernt an die Tat Ihres Jungen erinnert. Wir suchen nach möglichen Übereinstimmungen, die uns eventuell zu den Hintergründen der Suizide führen.«

»Geht es um die junge Frau in der Bar?«, fragte Hildi.

»Ja, genau«, bestätigte Laja.

Hildi Bendixen nickte. »Ich hab ihr Foto in einer Onlinezeitschrift entdeckt. Falls Sie hier sind, um mich zu fragen, ob ich dieses Mädchen kenne, muss ich Sie enttäuschen. Ich hab sie noch nie gesehen, was aber nicht heißen muss, dass Viggo sie nicht kannte. Mein Junge war beliebt, hatte unglaublich viele Freunde, ehe er …« Sie brach ab, drehte sich weg. Als sie wieder zu ihnen sah, hatte sie Tränen in den Augen.

»Mein Viggo war ein fröhlicher Junge. Früher …« Sie brach ab.

»Was ist geschehen?«, fragte Laja mitfühlend.

Hildi wischte sich kurz über die Augen. »Viggos älterer Bruder ist verunglückt. Axel war mit dem Motorrad unterwegs, knallte frontal in einen Lkw. Der Fahrer des Lasters war eingeschlafen, fuhr auf die Gegenfahrbahn. Mein Junge hatte keine Chance, konnte ihm nicht mehr ausweichen. Er starb noch am Unfallort.«

»Das tut mir sehr leid«, sagte Laja.

»Mein Beileid zu Ihrem Verlust«, meldete sich jetzt auch Asger. Aber in Lajas Ohren klang diese Beileidsbekundung nicht echt, und sie zweifelte, ob Asger das Leid dieser Frau, die gleich zwei Söhne verloren hatte, nachvollziehen konnte.

»Haben Sie Kinder?«, fragte Hildi, sie aufmerksam beobachtend.

Laja zögerte. »Leider nein. Meine Tochter starb noch im Mutterleib. Das war auch der Grund dafür, dass ich die Stadt gewechselt habe und nach Kopenhagen kam.« Sie spürte Asgers Blick auf sich, ignorierte ihn aber. Sie hatte noch nie jemandem von ihrer Vergangenheit erzählt, auch ihm nicht. Doch im Moment war ihr das egal. Instinktiv spürte sie, dass sie aufrichtig sein musste, um eine Verbindung zu dieser Frau aufzubauen.

Der Blick Hildis verriet ihr, dass sie auf einem guten Weg war. Er war weicher geworden. »Das tut mir leid für

Sie«, beteuerte sie und machte eine einladende Geste. »Wollen Sie reinkommen? Ich mache uns einen Tee.«

Laja nickte dankend.

Als sie mit Asger ins Haus trat, fing sie seinen Blick auf. Er nickte ihr stumm zu, hatte auch ohne Worte verstanden, dass er über ihr Geständnis schweigen sollte.

Als sie im Wohnzimmer der Familie Bendixen saßen, jeder eine Tasse Tee in der Hand, nippte Laja nur vorsichtig an dem fremdartig schmeckenden Getränk.

»Der wird Ihnen guttun«, erklärte Hildi. »Es ist Tulsikraut. Wärmend und kräftigend, gut für die Seele. Schmeckt furchtbar, hilft aber tatsächlich.«

Laja lächelte dankbar und nahm tapfer einen weiteren Schluck.

»Meine Tochter ist es, die mich am Leben hält«, sprach Hildi Bendixen mehr in Gedanken als zu ihr und Asger. »Sie ist die Jüngste meiner Schätze und war zum Zeitpunkt von Viggos Selbstmord erst acht Jahre alt.«

Laja blickte auf. »Waren Sie alleinerziehend?«

»Nicht immer«, antwortete Hildi. »Mein Mann verließ uns, nachdem Axel verunglückt war. Die Situation zu Hause wurde schwierig, für ihn vermutlich unerträglich. Ich trauerte und Viggo zog sich zurück. Er hatte nicht nur seinen älteren Bruder, sondern auch seinen besten Freund verloren. Sein Vater, mein Exmann …« Sie verstummte kurz, um dann fortzufahren. »Nun ja, Axel war nicht sein Sohn, verstehen Sie? Wahrscheinlich verstanden sie sich deshalb nicht gerade gut, und als Axel von uns gegangen war, konnte er unseren Schmerz nicht wirklich teilen. Axels Tod riss nur Viggo, Tara und mir den Boden unter den Füßen weg. Das war meinem Ex wohl alles zu viel. Zu viel Schmerz und Drama, das er nicht begriff, mit dem er nicht umgehen konnte und wollte. Er packte seine Sachen und ging.«

»Das muss doppelt hart für Sie gewesen sein«, sagte Laja.

Hildi zuckte nur mit den Achseln und schenkte sich und Laja Tee nach. Dass Asger noch keinen Schluck genommen hatte, schien sie nicht zu stören. Sie suchte erneut nur Lajas Blickkontakt. »Wissen Sie, zuerst dachte ich, was für ein Arschloch er doch plötzlich war. Doch heute ist mir klar, dass er von Anfang an nicht der Richtige für mich gewesen ist. Ich habe Viggo und Tara von ihm. Dafür werde ich immer dankbar sein. Doch ansonsten existiert dieser Mann nicht mehr für mich. Viggo empfand ähnlich, war schrecklich enttäuscht von seinem Vater. Das war der Moment, in dem er sich noch mehr in sich selbst zurückzog. Er traf keine Freunde mehr, trennte sich von seiner damaligen Freundin. Es war, als habe er das Vertrauen in jeden Menschen auf dieser Welt verloren, selbst zu mir.«

»Warum zu Ihnen?«

Hildi Bendixen kämpfte erneut gegen ihre Tränen an. »Ich hab angefangen zu trinken«, sagte sie leise, nach unten in ihre Tasse blickend. »Exzessiv sogar. Ich war damals jeden Tag stockbetrunken, statt für meine Kinder da zu sein. Ich lud Viggo auf, für Tara zu sorgen. Und das tat er auch, ohne zu murren. Und nicht nur das. Nachdem ich mit einer Alkoholvergiftung ins Krankenhaus gekommen war, warf Viggo alle Flaschen aus dem Haus, nahm mir meine Kreditkarte weg und bestand darauf, selbst einkaufen zu gehen, um zu kontrollieren, was ins Haus kam. Er wollte mir nur helfen, doch ich war damals nicht bei mir, war vollkommen in meinem Selbstmitleid versunken. Und dann kam eins zum anderen.«

»Sie haben mit Viggo gestritten«, stellte Asger fest, als sie kurz schwieg. Seine Stimme klang belegt.

Hildis Geschichte nahm ihn also doch mit, stellte Laja

zufrieden fest und sie bemerkte, wie auch Hildi ihren Kollegen jetzt mit einbezog und ihm zunickte.

»Ja, wir haben sehr heftig gestritten«, gab sie zu. »Ich nahm zunächst nur meinen Schmerz wahr und nicht den meiner Kinder. Ich war egoistisch und wie gefangen in meinem Kummer. Ich hatte meinen Sohn verloren und meinen Mann. Doch Viggo hatte genau denselben Verlust erlitten und es verletzte ihn, dass ich nicht für ihn da war. Und dann ist er eines Tages verschwunden … Ich dachte zunächst, er wäre zu Anders, seinem Vater, gegangen. Doch da war er nicht, er hatte sich nicht mal bei Anders gemeldet. Ich fragte seine ehemaligen Freunde nach ihm und erfuhr, dass diese ihn noch mal gesehen hatten, als er mit einigen obskuren Gestalten um die Häuser zog. Er muss furchtbar ausgesehen haben.«

»Haben Sie ihn noch mal getroffen?«

Traurig schüttelte Hildi den Kopf. »Meine Suche nach ihm blieb erfolglos. Er war wie vom Erdboden verschluckt.«

Ein Surren riss Laja aus dem Gespräch mit Hildi.

Asger zog sein Handy aus der Tasche, warf einen Blick auf das winzige Display. »Da muss ich drangehen«, entschuldigte er sich, stand auf und ging aus dem Raum.

Laja nutzte die Zeit, sprach tröstend auf Hildi ein. »Es war nicht Ihre Schuld. Ich verstehe, wie schwer das alles für Sie gewesen sein muss. Der Tod Ihres Ältesten, die Trennung – Ihr Junge war mit hoher Wahrscheinlichkeit sehr depressiv und hätte sich ärztliche Hilfe suchen müssen, genau wie Sie selbst. Was passiert ist, ist schrecklich, doch es lässt sich nicht mehr ändern. Viggo hat seinen Weg gewählt und jetzt seinen Frieden gefunden, und Sie, Sie sollten das auch versuchen. Seien Sie eine gute Mutter für Tara, denn das ist es, was Viggo und Axel sich wünschen würden.«

Hildi nickte schluchzend, sah Laja an. »Dann denken Sie nicht, dass ihn jemand anders in diese Richtung gedrängt haben könnte? Jemand, der seinen labilen Zustand ausgenutzt hat?«

Laja schluckte, als ihr bewusst wurde, dass Hildi in eine ähnliche Richtung dachte wie sie selbst.

»Falls dem so war, dann finde ich es heraus«, versprach sie entschlossen.

Sie blickte auf, als Asger zurück ins Zimmer kam und sie zu sich winkte.

»Was ist passiert?«, fragte sie leise.

»Jemand hat die Frau aus der Bar erkannt.«

SECHS
KOPENHAGEN

2019

»Bist du bescheuert?«

Ida musste vor Schreck ihre guten Manieren vergessen haben, weil sie den Kerl duzte, der sie so übel angegangen war. Doch Johanne selbst bekam keinen Ton heraus. Sie bemerkte nur, wie alle am Tisch sie und Ida abwechselnd anstarrten. Sie grinsten und schienen sich prächtig zu amüsieren.

»Die Schlampe kann nicht mal für sich selbst sprechen«, meldete sich wieder der Rüpel von vorhin, der lautstark nach dem Geschäftsführer verlangt hatte. »Wundert mich nicht.«

Alles lachte.

Inzwischen war auch Frey an den Tisch geeilt.

Johanne stand immer noch da wie unter Schock. Ihr war speiübel und sie befürchtete, dass sie alles herauszuwürgen könnte, was sie sich heute Morgen hineingequält hatte.

Frey legte schützend den Arm um ihre Schultern. »Was geht hier vor?«, fragte er in die Runde.

»Diese Idioten beschimpfen Johanne auf übelste Art und Weise«, erklärte Ida und sah verächtlich auf den Anführer.

»Beschimpfen?«, fragte dieser. »Ich hab nur die volle Wahrheit gesagt«, begehrte er auf. »Diese Tusse ist irre, vollkommen durchgeknallt. Sie ist eine Mörderin.«

»Was reden Sie da, Mann?«, fragte Frey.

»Kannst ja nachsehen. Ist eine Weile her, aber es stand damals in einigen Zeitungen, bevor die Polizei der Presse einen Maulkorb verpasst hat. Ich weiß nicht mehr genau, wer ihr Opfer war, aber sie hat einen Menschen erschlagen. Ich glaube, mit einer Axt.«

»Hört auf mit euren Räuberpistolen«, fuhr Ida die Männer an. »Und jetzt packt euer Zeug zusammen und raus hier! Ihr seid hier nicht mehr willkommen, damit das klar ist.«

Der Wortführer sah sie an, wies mit dem Zeigefinger in Idas Richtung. »Hast du es immer noch nicht kapiert? Diese verfluchte Fotze da hat ein Menschenleben auf dem Gewissen. Halt nur zu ihr, du wirst schon sehen, mit wem du es zu tun hast. Aber dann wird es zu spät sein. Dieses Weib ist eine Killerin, und wer sich mit ihr einlässt, ist seines Lebens nicht mehr sicher ...«

»Ihr habt Ida gehört«, fiel Frey ihm ins Wort. Seine Stimme vibrierte vor Wut. »Macht euch auf der Stelle vom Acker, sonst vergesse ich, dass ich eine wirklich fabelhafte Kinderstube hatte.«

»Sag nur, du bist mit der zusammen?«, kicherte der Kerl am Tisch und fuchtelte mit dem Zeigefinger jetzt in Johannes Richtung. »Deine Alte da, die ist gemeingefährlich und wahrscheinlich total geistesgestört, und du drohst uns? Das ist echt zum Totlachen.«

Johanne spürte, wie sich ihre Muskeln verkrampften und es in ihren Ohren zu surren begann.

»Es reicht«, brach es plötzlich aus ihr hervor. »Ich gehe.«

Sie wollte sich umdrehen und davonstapfen, als sie eine Hand an ihrem Arm spürte.

Frey hielt sie fest und sah sie beschwörend an. »Lass sie

nicht so mit dir reden, Schatz, bitte. Stell dich diesen verdammten Wichsern.«

Sie riss sich los, sah von ihrem Freund zu Ida, dann zu den Leuten am Tisch und schließlich wieder zu Frey. »Warum?«, stieß sie mit brüchiger Stimme hervor. »Sie haben doch recht.« Sie sah den Mann an, der sie beschuldigt hatte, trat auf ihn zu, beugte sich so nah zu ihm hinunter, dass er vor ihr zurückwich. »Ach ja, du hast dich geirrt. Es war es keine Axt. Es war eine Brechstange, du beschissenes Arschloch!«

Johanne wusste nicht, wie lange sie schon ziellos durch die Nacht gestreift war, als sie sich an einem kleinen Bahnhof wiederfand.

Sie erinnerte sich vage, dass es sich um einen reinen Güterbahnhof handelte. Demnach würde sie hier kaum auf Menschen treffen.

Das passte zu ihren düsteren Gedanken.

Mehr als einmal hatte sie darüber nachgedacht, alles hinter sich zu lassen, einfach zu gehen. Es gab kaum jemanden, der ihr etwas bedeutete. Klar, sie mochte Ida und sie liebte Frey. Doch beide wären besser dran ohne sie.

Vielleicht würden beide über ihre Trauer um sie zueinanderfinden … sie sann darüber nach.

Die Vorstellung von Ida und Frey als Paar fühlte sich schmerzhaft und tröstlich zugleich an.

Doch etwa rebellierte noch in ihr. Wenn sie sich heute, jetzt gleich, vor einen Zug werfen würde, dann hätten diese Typen gewonnen.

Sie schluckte. Es war noch nie vorgekommen, dass jemand sie erkannt hatte. Aber wenn es einmal passiert war, konnte es jederzeit wieder geschehen.

War dieses Leben in Angst überhaupt noch lebenswert?

Sie lief langsam auf die Gleise zu, blieb an der Kante

stehen, hoffte, dass niemand sie vom Gebäude gegenüber sehen konnte.

Es wäre nur ein kleiner Schritt, ein winzig kleiner Sprung, dann wäre es vorbei.

Angeblich war diese Todesart, obwohl blutig und für die Rettungskräfte sogar ekelhaft, für den Selbstmörder nahezu schmerzfrei. Der Aufprall gegen die Lok, die Wucht des schnell vorbeidonnernden Zuges – man bekam so gut wie nichts davon mit, weil es innerhalb von Bruchteilen einer Sekunde vorbei war.

Das Herz schlug ihr bis zum Hals, als ihre Schuhspitzen bereits über die Kante ragten.

Die Gleise vor ihr vibrierten leicht, ein untrügliches Zeichen dafür, dass es bald so weit wäre.

Ein Schritt und alles wäre ausgestanden.

Sie könnte es tun. Es wäre so einfach ... Und danach würde die Welt ein klein wenig besser sein. Ohne sie.

»Das glaubst du doch selbst nicht!«

Sie zuckte zusammen, fuchtelte mit den Armen in der Luft, weil sie vor Schreck die Balance verloren hatte, sprang zurück, sah atemlos zu, wie der Güterzug an ihr vorbeischoss.

Sie drehte sich um, doch hinter ihr war keiner.

Diese Stimme ... war die aus ihrem Kopf gekommen?

Hatte sie selbst diese Worte gesprochen?

Johanne schüttelte den Kopf, kämpfte gegen die Tränen an, als ihr bewusst wurde, dass es die Stimme von ... Sie verdrängte den Gedanken, doch dann spürte sie wieder diese Wärme überall an ihrem Körper. Es war wie eine unsichtbare Umarmung und sie fühlte sich tröstlich und heilsam an, fast als hielte sie jemand tatsächlich in den Armen, um sie vor allem da draußen und vor sich selbst zu schützen. Sie hatte dieses Gefühl schon ganz oft gehabt, meist wenn es ihr total bescheiden ging, genau wie in diesem Augenblick.

Sie atmete tief durch, schloss für einen Augenblick die Lider, dann straffte sie die Schultern.

Okay …

Sie würde nicht von der Bahnsteigkante springen, sich nicht still und heimlich davonstehlen und ihrer Verantwortung entziehen.

Was sie getan hatte, ließ sich nicht rückgängig machen. Doch es half auch niemandem, vor allem nicht ihr selbst, wenn sie sich für den Freitod entschied.

Langsam wandte sie sich um, machte einen Schritt nach dem anderen, immer weiter weg von den Schienen, von der haarfeinen Grenze zwischen Leben und Tod.

Als sie nach knapp eineinhalb Stunden endlich in ihrer Straße angekommen war, schmerzten ihre Füße zum Gotterbarmen.

Sie fummelte ihren Hausschlüssel aus der Tasche, lief auf die Treppe zu, als sich eine Gestalt aus der Dunkelheit löste und auf sie zugeeilt kam. Johanne wich zurück, stieß einen spitzen Schrei aus.

»Ich bin es doch, Frey.«

Sie atmete auf, blieb stehen. »Was machst du hier, mitten in der Nacht?«

»Ich hab auf dich gewartet.«

»Wieso? Ich meine, was zum Teufel willst du noch von mir, jetzt wo du es weißt?«

»Das ist es ja! Ich weiß einen verdammten Scheiß über dich!«

Johanne senkte den Blick, stieß mit ihrer Schuhspitze in den Boden. »Was diese Idioten im Restaurant gesagt haben, ist wahr. Ich hab etwas Schreckliches getan. Etwas so Furchtbares, dass du mich danach mit anderen Augen sehen wirst.«

»Und deswegen denkst du, ist es besser, du läufst

wieder mal vor allem davon? Warum lässt du nicht einfach mich entscheiden, was ich sehen will und was nicht?«

Johanne blieb ihm eine Antwort schuldig, starrte weiter auf den Fußboden.

»Lässt du mich rein?«, durchbrach Frey das unangenehme Schweigen zwischen ihnen. »Das wäre zumindest mal ein Anfang.«

Sie sah auf, zögerte. Dann stieß sie die Luft aus, nickte ergeben. »Von mir aus, aber sag nicht, ich hätte dich nicht gewarnt.«

Als sie wenig später gemeinsam ihre winzige Behausung, die kaum mehr als eine Absteige war, betraten, stieß Frey die Luft aus. »Jetzt verstehe ich, weshalb du lieber bei mir bist. Hier würde ich auch Platzangst bekommen.« Er sah sich zu ihr um, musterte sie. »Warum diese Wohnung? Hier ist es schrecklich. Es stinkt im ganzen Haus nach verdorbenem Essen und Schimmel. Die Tapeten hier drin fallen fast von den Wänden und du hast so gut wie keine Möbel. Wie kannst du so leben?«

»Meine finanziellen Mittel sind begrenzt.«

»Du bedienst in drei verschiedenen Kneipen, bekommst sicher auch ein wenig Trinkgeld. Und du könntest Hilfe beim Staat beantragen, um eine bessere Unterkunft zu finden. Ganz davon zu schweigen, dass ich dir liebend gerne helfen würde.«

»Ich hatte noch keine Zeit, mich damit zu beschäftigen«, murmelte sie leise, obwohl das nur eine faule Ausrede war.

Frey sah sie an, zog sie zu dem schmalen Bett an der Wand, gegenüber der Küchenzeile, ließ sie sich setzen. »Du könntest zu mir ziehen.« Er sah sie an, wartete ab.

Johanne runzelte nur die Stirn, sah ihn kopfschüttelnd an. »Keine gute Idee …«

»Warum nicht?«

»Ich bin nicht gut für dich, wie du heute erfahren hast. Nicht einmal von mir selbst, sondern von völlig fremden Leuten.«

»Du meinst von völlig fremden Wichsern.« Er grinste, als er ihren erschrockenen Gesichtsausdruck sah, weil er solche Worte eigentlich so gut wie nie benutzte.

»Warum glaubst du, nicht gut für mich zu sein?«

»Weil ich dir etwas Wichtiges verschwiegen habe.«

»Das hab ich mir fast gedacht«, gab er schmunzelnd zurück.

»Ich war im Gefängnis«, begann sie, »oder besser gesagt in einer psychiatrischen Einrichtung für Jugendliche mit strafrechtlichem Hintergrund. Ich bin mit siebzehn dort eingeliefert worden und bin mit zweiundzwanzig wieder rausgekommen. Danach hab ich mich freiwillig in die offene Abteilung einer psychiatrischen Einrichtung einweisen lassen, weil ich den Eindruck hatte, professionelle Hilfe zu benötigen. Ich stehe erst seit wenigen Jahren auf eigenen Füßen und komme nicht gerade gut damit klar, wie du siehst.«

»Erklärst du mir auch, warum? Was genau ist damals passiert?«

Johanne öffnete den Mund, schloss ihn jedoch gleich wieder. »Ich kann nicht«, hauchte sie.

»Und deine Familie?«, wechselte Frey das Thema. »Was ist mit ihr? Wo ist sie?«

»Ich bin allein«, sagte sie leise. »Meine Mom, mein Dad – beide sind tot. Meine Schwester ...« Sie brach ab, schüttelte den Kopf. »Ich hab niemanden mehr, das ist alles, was du wissen musst. Nur mein Halbbruder ist noch am Leben. Er wohnt irgendwo außerhalb von Kopenhagen, hat inzwischen eine eigene Familie und will keinen Kontakt zu mir.«

»Hat er das gesagt?«

Sie schüttelte den Kopf. »Musste er nicht. Was ich getan habe, war schlimm. Er wäre irre, wenn er mich noch in seinem Leben haben wollte.«

Frey ging vor ihr auf die Knie, nahm ihre Hände in die seinen. »Was immer du damals getan hast, Johanne, bitte Schatz, sag es mir doch endlich!«

Sie wollte sich ihm entziehen, doch er hielt sie mit eisernem Klammergriff fest. Sie sah ihn an, schluckte, spürte Trotz in sich aufsteigen. »Ich hab tatsächlich jemanden umgebracht, kapiert? Du bist in meiner Gegenwart also alles andere als sicher und solltest zusehen, dass du Land gewinnst, bevor ich dir irgendwann auch noch wehtue.«

SIEBEN
KOPENHAGEN
2006

»Schön, dass Sie so schnell kommen konnten.« Laja reichte Birga Pedersen die Hand. »Ich bin Laja Ravn und das ist mein Kollege Asger Poulsen. Nehmen Sie doch Platz.«

Die Besucherin nickte dankend. »Ist doch selbstverständlich, ich hab meine Nichte auf dem Foto gleich erkannt.«

»Richtig. Sie sagten am Telefon, dass es sich bei der Gesuchten wahrscheinlich um Asta handelt, die Tochter Ihrer Schwester.«

»Nicht nur wahrscheinlich, das ist Asta«, erklärte Birga bestimmt. »Was ist eigentlich los? Warum suchen Sie nach ihr?«

Laja warf Asger einen Blick zu, dann sah sie Birga an. »Die junge Frau auf dem Bild hat sich vor einigen Tagen das Leben genommen.«

»Was sagen Sie da ... das ist nicht wahr!«

»Leider doch«, sagte Laja. »Sie hat sich in einer Bar im Hafenviertel von Kopenhagen vor Augenzeugen umgebracht.«

»Um Himmels willen ...«, schrie Birga Pedersen auf.

Laja ließ ihr einen Moment, bevor sie fortfuhr. »Sie hatte nichts bei sich, als sie starb, und es existieren weder ein polizeilicher Eintrag noch eine Vermisstenmeldung, die mit ihr übereinstimmen. Wir wussten rein gar nichts über die Tote und mussten daher die Medien und die Öffentlichkeit um Hilfe bitten.«

Birga war blass geworden. In ihren Augen glitzerten Tränen. »Das ist seine Schuld«, stieß sie aus. »Ich wusste, dass dieser Mann Unglück über unsere Familie bringt. Ich wusste es schon, als ich ihn zum allerersten Mal gesehen habe.«

»Von wem sprechen Sie?«, fragte Laja.

»Mein verdammter Schwager … Er ist ein Monster. Ich wusste es schon immer.«

Laja brannten weitere Fragen auf der Zunge, doch sie ließ die Frau nach Luft schnappen.

»Meine Schwester Astrid hat diesen verdammten Niels Mogensen geheiratet«, fuhr Birga noch immer zornbebend fort. »Der Kerl hat ein gewaltiges Aggressionsproblem. Er schlägt sie regelmäßig. Ich bin absolut sicher, dass er sich auch an meiner Nichte Asta vergriffen hat.«

»Vergriffen? Was meinen Sie damit? Hat er sie auch verprügelt, sie missbraucht?«

Birga riss die Augen auf, schüttelte schnell den Kopf. »Nicht sexuell. Aber Niels hat sie geschlagen. Und damit meine ich nicht nur ein paar Ohrfeigen. Er hat meine Schwester grün und blau geprügelt, und ich vermute, dass er auch Asta gegenüber handgreiflich geworden ist.«

»Warum ist Ihre Schwester nicht einfach zur Polizei gegangen?«

»Um den Mistkerl anzuzeigen?« Birga stieß ein böses Lachen aus. »Glauben Sie mir, ich hab mit Engelszungen auf Astrid eingeredet, dass sie genau das tun sollte. Nicht nur einmal. Ich hab es wieder und wieder versucht, doch ihre Angst vor ihm war zu groß. Dieser Irre wusste, dass ich ihn verabscheue, und muss meine Schwester gezwungen haben, den Kontakt zu mir abzubrechen.«

»Dann haben Sie also keine Ahnung, was in letzter Zeit

in der Familie Ihrer Schwester los war? Was Asta dazu bewogen haben könnte, sich etwas anzutun?«

»Als ich das letzte Mal mit meiner Schwester telefoniert habe, war sie vollkommen eingeschüchtert. Ihre Stimme klang brüchig und zitterte, da wusste ich, dass Niels neben ihr steht. Sie sagte, dass ich sie nicht mehr anrufen dürfe und sie auch nicht mehr besuchen solle. Ich hab versucht, auf sie einzuwirken, doch sie hat einfach aufgelegt und seither geht niemand ans Telefon, wenn ich anrufe.«

»Wann genau hatten Sie zuletzt Kontakt zur Familie Ihrer Schwester?«

»Das war vor über einem Jahr.«

»Das ist lange her.« Laja stieß die Luft aus. »Können Sie mir Astrids Adresse geben?«

Die Frau nickte. »Darf ich mitkommen, wenn Sie zu ihr fahren?«

»Ich glaube, das ist keine gute Idee«, mischte sich Asger ein. »Aber ich verspreche Ihnen, dass wir Ihrer Schwester sagen, dass Sie hier sind, in Kopenhagen. Vielleicht suchen Sie sich ein Hotel in der Nähe. Dann kann Astrid selbst entscheiden, ob sie Sie sehen möchte oder nicht. Wenn Sie eingecheckt haben, rufen Sie meine Kollegin oder mich an und geben uns die Adresse, okay?«

Birga nickte erleichtert. »Meine Schwester liebt Asta abgöttisch. Es wird ihr das Herz brechen, wenn sie hört, dass ihre Tochter sich umgebracht hat, und da möchte ich gerne für sie da sein, wenn sie mich lässt.«

Die Familie Mogensen lebte abgelegen, außerhalb von Kopenhagen auf einem Bauernhof. Das Haus hatte seine besten Jahre hinter sich und auch das Grundstück wirkte vernachlässigt.

Schon beim Aussteigen überkam Laja ein mieses Gefühl

und sie ging nur zögernd auf die Haustür zu. Als sie Asgers fragenden Blick bemerkte, seufzte sie leise.

»Was ist los?«, fragte er.

Laja verzog das Gesicht. »Nichts weiter ... aber genau diesem Augenblick hasse ich meinen Job über alles.«

Asger nickte betreten. »Geht mir ganz genauso, also lass es uns so schnell wie möglich hinter uns bringen.«

Er ging voran, drückte den Klingelknopf.

Nichts passierte.

Dann erneut, doch wieder rührte sich nichts.

»Vielleicht hätten wir vorher anrufen sollen?«, gab Laja zu bedenken.

»Wenn Niels Mogensen so ist, wie seine Schwägerin behauptet, dann wäre wahrscheinlich sowieso keiner drangegangen.«

»Auch wieder wahr«, erwiderte Laja und rückte selbst die Klingel, diesmal etwas länger.

»Der Vorhang am letzten Fenster unten links hat sich eben bewegt«, bemerkte Asger verärgert. »Mann, die verstecken sich, was soll das? ... Polizei«, rief er laut. »Wir müssen mit Ihnen sprechen, es ist wichtig.«

Laja klingelte erneut, ließ den Finger auf dem Knopf.

»Ist ja schon gut«, ertönte kurz darauf eine männliche Stimme, die etwas verwaschen klang. Sekunden später öffnete ein Mann um die fünfzig die Haustür. Er wirkte gepflegt, trug eine Anzughose und ein Hemd, stank aber zehn Meter gegen den Wind nach Alkohol. Sein Gesicht sah aufgedunsen aus, die Nase großporig und beinahe violett. Beides eindeutige Zeichen für regelmäßigen Alkoholkonsum.

»Niels Mogensen?«, fragte Asger.

»Wer sonst?«, kam es grinsend.

»Meine Kollegin Laja Ravn und ich bin Asger Poulsen«, stellte Asger sie vor. »Wir müssen mit Ihnen sprechen.«

»Darf ich Ihre Ausweise sehen?«

Laja und Asger zogen gleichzeitig ihre Geldbörsen aus den Taschen, hielten sie ihm aufgeklappt vor die Nase.

»Okay«, sagte der Mann, »Also, was hab ich ausgefressen?« Er grinste breit und kicherte dann anhaltend, als hätte er einen Witz gerissen.

»Wir sind wegen Asta hier. Dürfen wir reinkommen?«, fragte Asger.

Mogensen zögerte kurz, dann nickte er.

»Was hat sie denn nun wieder angestellt?«, fragte er, kaum dass sie im Haus waren.

»Lassen Sie uns zuerst Platz nehmen«, schlug Laja vor und blickte sich um. »Ist Ihre Ehefrau auch im Haus?«

»Sie hat sich hingelegt.«

»Dann holen Sie sie bitte!«

Mogensen rührte sich nicht vom Fleck, starrte sie trotzig an. »Sie können mit mir besprechen, was immer meine Stieftochter auch angestellt hat, aber meine Frau schläft. Asta hat uns bei Gott genug Ärger gemacht. Deswegen würde ich Astrid diesmal gerne außen vor lassen.«

»Asta ist nicht Ihr Kind?«

Der Mann hob die Schultern. »Als Astrid und ich einander kennenlernten, war Asta gerade erst acht Jahre alt. Ihr Papa war schon lange tot, er war verstorben, als sie vier war. Ich hab sie quasi mit aufgezogen.«

»Haben Sie sie adoptiert?«

Niels Mogensen starrte sie finster an. »Sie ist meine Stieftochter, weil Astrid und ich geheiratet haben.«

»Wie lautet Astas Nachname?«, fragte Asger.

»Jensen«, gab Mogensen schroff zurück. »Meine Frau wollte, dass sie den Namen ihres Vaters behält.«

»Sie haben das Mädchen also nicht adoptiert? Nicht offiziell?«

Der Mann schüttelte den Kopf. Er wirkte jetzt wütend, was Laja zu dem Schluss kommen ließ, dass sich Astrid zumindest in dieser Beziehung gegen ihn behauptet haben musste.

»Dann schlage ich vor, dass Sie Ihre Ehefrau zu uns bitten«, sagte Asger entschieden.

Laja, die neben wilder Entschlossenheit auch Genugtuung aus Asgers Stimme heraushörte, grinste innerlich.

Auf Niels Mogensen hatte diese Ansage offenbar die gewünschte Wirkung. Er gab sich geschlagen, machte sich kopfschüttelnd auf den Weg nach oben.

Laja nutzte die Zeit, sich im Erdgeschoss des Hauses umzusehen. Die Küche sah heimelig aus und war pieksauber, beinahe steril, genau wie das Wohnzimmer. Auch im Korridor lag kein einziger Fussel am Boden und die Schuhe standen fein säuberlich auf der dafür vorgesehenen Ablage. Alles wirkte geordnet und sauber, was im krassen Gegensatz zum Zustand des Grundstücks stand.

Für Laja sah diese fast schon sterile Sauberkeit etwas gezwungen aus und sie vermutete, dass Astrid einen Putzfimmel haben musste.

Als sie Schritte auf der Treppe hörte, eilte sie zurück in den Gang, sah den beiden freundlich entgegen.

Asger neben ihr sog die Luft scharf ein, als er das Gesicht der Frau sah.

Astrid Mogensens linkes Auge war geschwollen und zeigte alle Farben des Regenbogens. Auch die Unterlippe der Frau war aufgeplatzt und blutverkrustet. Auf der rechten Wange hatte sie einen Bluterguss.

Ihr Gesicht war schmerzverzerrt, als sie, sich am Geländer festklammernd, die Stufen hinabstieg. Vermutlich hatte sie am ganzen Körper schmerzende Verletzungen, die aber jetzt von Kleidung bedeckt waren.

Laja warf Asger einen Blick zu, der ihr zunickte und übernahm.

»Was ist mit Ihnen passiert?«, fragte er.

»Ein Fahrradunfall«, sagte sie leise und wich seinem Blick aus.

Asger sah Niels Mogensen an, runzelte die Stirn. »Ihre Schwägerin hat uns einiges über Sie erzählt. Können Sie die Aussage Ihrer Frau bestätigen, dass das ein Unfall war?«

Der Mann starrte ihn an, öffnete den Mund, schloss ihn gleich wieder.

»Wir sind nicht hier, um über die Art und Weise zu urteilen, wie Sie Ihre Ehefrau behandeln«, sagte Laja betont langsam. Sie suchte den Blickkontakt zu Astrid. »Aber wenn Ihnen einfallen sollte, dass Ihre Verletzungen doch nicht von einem Unfall stammen, dann können Sie sich gerne an meinen Kollegen oder mich wenden. Jederzeit, haben Sie das verstanden?«

Die Frau starrte sie an, schüttelte entsetzt den Kopf. »Birga und ich haben uns seit Ewigkeiten nicht gesehen. Was immer sie Ihnen erzählt hat … Sie weiß gar nichts über uns … mischt sich nur ständig überall ein.«

Laja nickte. »Das ist auch nicht der Grund unseres Besuchs«, erklärte sie. »Wie wir Ihrem Gatten bereits sagten, geht es um Asta.«

Astrid zuckte zusammen. »Niels hat es oben schon erwähnt. Was hat sie angestellt?«

»Wollen wir uns nicht erst setzen?«, fragte Asger mit sanfter Stimme.

Astrid reagierte auf seinen Tonfall, riss den Kopf hoch, starrte ihn an. »Ist ihr etwas zugestoßen?«

Asger räusperte sich. »Wollen wir vielleicht in Ihre Küche gehen?«

»Sicher, kommen Sie, ich setze uns Kaffee auf.«

»Das wird nicht nötig sein«, sagte Laja freundlich. »Setzen Sie sich beide einfach nur hin, bitte.«

Astrids Augen wirkten jetzt panisch.

Laja wartete, bis das Ehepaar an dem Küchentisch Platz genommen hatte, und setzte sich mit Asger ihnen gegenüber. Erst dann zog sie das Bild aus der Bar hervor, legte es auf den Tisch, schob es ihnen zu. »Ist das Ihre Tochter Asta?«

Die Frau richtete ihren Blick auf den Ausdruck, studierte ihn genau, nickte schließlich. »Ja, das ist Asta. Ohne jeden Zweifel.«

Laja nahm das Blatt, schob es zu Niels. »Wären auch Sie so freundlich?«

Der Mann grunzte wütend, warf ebenfalls einen Blick auf das Papier, nickte. »Was hat sie angestellt?«, fragte er und blickte vorwurfsvoll zu seiner Frau. »Hab ich es dir nicht gesagt? Sie wird uns eines Tages die Polizei ins Haus schleppen. Und da ist sie!«

Laja musste sich beherrschen, den Mann nicht zurechtzuweisen. »Wann haben Sie sie das letzte Mal gesehen?«, fragte sie stattdessen betont ruhig.

»Das ist acht Monate her«, sagte Astrid. »Wir hatten einen riesigen Krach und danach hat sie ihr Zeug gepackt und ist abgehauen.«

»Versteh ich das richtig?«, fragte Laja. »Sie haben seit acht Monaten nichts von Ihrem Kind gehört?«

Astrid schüttelte den Kopf. »Sie ist achtzehn Jahre alt, erwachsen, trifft ihre eigenen Entscheidungen.«

»Als sie weglief, war sie noch siebzehn«, warf Asger grimmig ein.

Astrid zuckte zusammen.

»Warum haben Sie nicht nach ihr gesucht? Nicht alles darangesetzt, dass sie zurück nach Hause kommt?«

»Asta ist eine unverschämte und verwöhnte kleine Göre«, mischte sich Niels Mogensen ein. »Sie hat den Bogen einfach überspannt, verstehen Sie? Es war unerträglich mit ihr in diesem Haus.«

»Dann ist sie also nicht freiwillig gegangen?«, kombinierte Laja.

Astrid sah sie erschrocken an. »Zuerst schon. Sie war wütend. Wütend auf Niels und auf mich. Deswegen ist sie gegangen. Aber als ich sie später zurückholen wollte, da …« Sie brach ab, senkte den Blick.

»Was war da?«, fragte Laja nach.

Astrid biss sich auf die Lippen, schielte kurz zu ihrem Mann und blickte dann wieder unter sich.

»War Ihr Ehemann dagegen, dass Sie Ihre Tochter suchen und zurückbringen?«

Die Frau schwieg.

Laja wandte sich an Niels Mogensen. »Haben Sie verhindert, dass Ihre Frau ihrer Verantwortung als Astas Mutter nachkommt? Haben Sie ihr verboten, nach ihrer Tochter zu suchen? War es so?«

»Sie ist achtzehn, verdammt! Ich stand mit sechzehn Jahren schon auf eigenen Füßen, habe mein eigenes Geld verdient und hab nicht meinen Eltern auf der Tasche gelegen.«

»Also haben Sie es verhindert«, sagte Asger gefährlich leise und wandte sich an Astrid. »Warum ist Ihre Tochter gegangen? Und bitte, keine Ausflüchte mehr, verstanden?«

Die Frau versteifte sich, dann nickte sie. »Asta wollte, dass ich Niels verlasse und mit ihr in eine Schutzeinrichtung für misshandelte Frauen gehe«, antwortete sie kaum hörbar. Ihr Gesicht war kreidebleich, als sie fragend aufblickte. »Sie ist tot, nicht wahr?«

Asger erwiderte ihren Blick, nickte kaum wahrnehmbar.

Die Frau sank schluchzend in sich zusammen.

Niels starrte ungläubig von Asger zu Laja.

»Wie ist sie ...? Was ist ihr zugestoßen?«, stammelte Astrid zwischen zwei Schluchzern.

»Sie hat sich das Leben genommen«, antwortete Asger mitfühlend.

Eine Weile war es still in der Küche. Es schien beinahe, als befänden sie sich in einer Art Vakuum.

Dann, völlig unvorbereitet, sprang Astrid auf, hechtete

zu ihrem Mann, hämmerte mit der Faust wieder und wieder auf sein Gesicht ein.

Niels Mogensen war völlig überrumpelt und hatte seine liebe Mühe, die Schläge abzuwehren.

»Das ist deine Schuld, du widerliches Dreckschwein«, schrie Astrid hysterisch und selbst Asger hatte Probleme, die wütende Frau von Niels wegzuziehen und unter Kontrolle zu bekommen.

Als er sie schließlich im Klammergriff hatte, sah Laja an seinem Gesichtsausdruck, dass er sie liebend gern noch weiter auf ihren Mann hätte einschlagen lassen.

Laja unterdrückte ein schadenfrohes Grinsen, als sie Niels blutende Nase bemerkte. Sie wandte sich Astrid zu. »Ich muss Sie bitten, uns aufs Präsidium zu begleiten. Sie müssen Asta identifizieren und uns weitere Fragen beantworten. Falls Sie anschließend kein Bedürfnis danach verspüren sollten, zu Ihrem Ehemann zurückzukehren, wartet Ihre Schwester in einem Hotel auf Sie.«

ACHT
KOPENHAGEN

2019

Frey starrte sie nach ihrem Geständnis schockiert an.

»Genau wegen dieser Reaktion habe ich dir nichts von meiner Vergangenheit erzählt«, erkläre Johanne. »Ich wusste, dass du mich mit diesem Wissen mit anderen Augen siehst und Angst vor mir haben musst. Deswegen wollte ich auch nie, dass das mit uns irgendwann ernst wird.«

Frey schüttelte den Kopf. »Ich hab keine Angst vor dir, Johanne! Und ich sehe dich auch nicht mit anderen Augen. Du bist ein guter Mensch, das weiß ich! Und was damals passiert ist, ist Vergangenheit. Ich hab keine Ahnung, was genau passiert ist, doch ich bin sicher, dass es ein Unfall war und kein böswillig geplanter Mord.« Er brach ab, suchte nach Worten. »Vorhin, im Restaurant, da hast du zu dem Typen etwas von einer Brechstange gesagt ... Was genau bedeutet das?«

Kurz erwog Johanne, Frey aus ihrer Wohnung zu werfen, um ihm nicht weiter Rede und Antwort stehen zu müssen. Doch seine Augen verrieten ihr, dass er sie tatsächlich nicht verurteilte, sich nur um sie sorgte und deswegen wissen wollte, was damals geschehen war und warum. Frey sah weder angewidert noch beunruhigt aus, stattdessen sprach Liebe aus seinem Blick und Mitgefühl.

Johanne kämpfte gegen die Tränen an, holte tief Luft. »Was genau damals passiert ist, weiß ich auch nicht mehr. Als ich zu mir kam, wimmelte es von Polizisten um mich herum, außerdem stand ich unter Schock. Mein Halbbruder war es, der schließlich gegen mich aussagte, auch wenn es das Schwerste war, was er jemals tun musste. Es tat ihm leid, das konnte ich in seinen Blicken sehen. Doch er hatte keine Wahl.« Sie brach ab, suchte nach Worten. »Das ist wohl auch der Grund, weshalb er mich kein einziges Mal in der Klinik besucht hat.«

Frey schüttelte den Kopf. »Du hast ihn seit damals nicht gesehen?«

»Nur auf seinem Facebook-Profil. Daher weiß ich auch, dass er mittlerweile verheiratet ist und Kinder hat.«

»Er hat also nach seiner Aussage jeden Kontakt zu dir verweigert?«

»Nicht direkt verweigert. Ich überließ ihm die Entscheidung, ob er den Kontakt aufrechterhalten wollte oder nicht. Da er jedoch nach der Gerichtsverhandlung einfach verschwunden ist und sich auch seither nicht mehr gemeldet hat, war mir klar, dass er nichts mehr mit mir zu tun haben will. Was das Warum angeht, bin ich unsicher. Entweder ist er angewidert von mir, weil ich zur Mörderin geworden bin, oder er hat Gewissensbisse, weil es seine Aussage war, die mich in die Geschlossene gebracht hat.«

»Und zu welcher Antwort tendierst du?«, fragte Frey.

»Ein bisschen was von beidem, schätze ich. Eine Straftäterin zur Schwester zu haben, ist keine besonders tolle Sache. Aber dennoch verbindet uns unser Blut. Ich konnte es während seiner Aussage vor Gericht in seinem Gesicht lesen. Er hasste sich dafür, dass er es tun musste.«

»Wann war die Verhandlung?«

»Im Frühjahr 2007.«

»Das war vor zwölf Jahren … Er hat sich so lange nicht bei dir blicken lassen? Dich nicht einmal angerufen?«

»Genauso wenig wie ich.«

»Das ist etwas anderes, Schatz. Er hätte den Anfang machen sollen. Zumindest nach deiner Entlassung aus der Klinik, aber eigentlich auch schon davor. Er hätte dir das Gefühl geben müssen, dass du nicht allein bist.«

»Er ist jetzt Familienvater. Niemand will seinen Kindern ihre mörderische Tante vor den Latz knallen. Wie sollte das gehen? … He, Kinder, seht mal, das ist Jo, meine Schwester und eure Tante. Ach ja, sie hat übrigens einen Menschen erschlagen. Aber das macht ja nix, er hatte es verdient.«

Frey starrte sie an. »Also war das mit der Brechstange wörtlich gemeint? Du hast damit jemanden in Notwehr erschlagen?«

Sie stieß die Luft aus, spürte, wie sie zu zittern begann. »Soweit ich mich erinnere, war es Notwehr, ja. Aber nicht so, wie man vermuten würde. Ich habe mich in dem Augenblick nicht selbst in Gefahr befunden, wollte aber jemandem helfen, für den es ziemlich übel aussah, verstehst du? Jemandem, der mir alles bedeutete. Deswegen hab ich nicht lange überlegt, hab mich umgesehen und die Brechstange am Boden entdeckt. Ich hab sie geschnappt und dann …« Sie brach ab, konnte nicht weitersprechen.

Frey ließ ihr die Zeit, sich zu sammeln, nahm sie fest in den Arm, strich ihr sanft über den Rücken.

Als sie das Gefühl hatte, sich wieder im Griff zu haben, löste sie sich von ihm, sah ihn an. »Ich wünschte, mein Bruder wäre früher gekommen, hätte mich aufgehalten.«

Frey zuckte vor ihr zurück. »Was meinst du?«

»Er kam, als schon alles vorbei war, hat mich dann außer Gefecht gesetzt, weil ich noch immer vollkommen neben der Spur war und um mich schlug. Ich war total außer mir, eine Gefahr für mich selbst und andere, so seine

Aussage. Deswegen hat er mich niedergeschlagen und dann die Polizei gerufen.«

»Und du? Was ist deine letzte Erinnerung an diesen Abend?«

»Das ist eine lange Geschichte«, wehrte Johanne ab. »Zu dem Zeitpunkt war schon so viel passiert in unserer Familie, dass ich schon lange nicht mehr ich selbst war«

»Und was war an jenem Abend?«

»Ich verließ das Haus meiner Mutter, fuhr zur ehemaligen Fabrik meines Vaters und dort ist dann alles so richtig schlimm geworden. Ich weiß nicht mehr, ob meine Mutter schon tot war oder noch lebte, aber ich muss die Kontrolle über mich verloren haben.«

»Wie kommst du darauf?«

Johanne zuckte hilflos mit den Schultern. »Ich weiß es nicht genau. Aber als ich wieder zu mir kam, war ich über und über mit Blut besudelt und die Polizei war da. Sie haben mir Handschellen angelegt.«

»Und dein Bruder? War er auch da?«

Johanne nickte. »Ja. Er sah leichenblass aus, konnte mir kaum in die Augen sehen.«

»Wer war es?«, wollte Frey wissen.

Johanne sah ihn an, hob die Brauen empor, obwohl sie genau wusste, was er meinte.

»Die Person, die du niedergeschlagen hast? Wer war sie?«

Johanne öffnete den Mund, schloss ihn sofort wieder, senkte den Blick.

»Bitte, Johanne, du musst mir vertrauen, so wie ich dir vertraue. Wer ist es gewesen? Wen hast du an jenem Abend versehentlich umgebracht?«

Sie stieß ein Lachen aus. »Du denkst, dass es ein Versehen war? Dann bist du der Einzige. Die Polizei, der Richter und die Staatsanwälte … sie alle kamen zu dem Schluss, dass die Brutalität, mit der ich auf mein Opfer eingeschlagen habe, fernab von Gut und Böse war. Ich hab wohl wie ein Berserker gewütet, muss vollkommen außer mir gewesen sein, angeblich ging das weit über Notwehr hinaus. Laut der Verteidigung waren grenzenloser Hass und Zorn im Spiel, nicht nur die Angst, eine geliebte Person zu verlieren. Und das war es, was sie dazu veranlasste, für mich eine Strafe hinter Gittern zu fordern, in einer Einrichtung, wo mir geholfen wird.«

Frey verzog das Gesicht, sah jetzt enttäuscht aus. »Du willst es mir nicht sagen, oder?«

Johanne schluckte angestrengt. »Ich will es schon, das schwöre ich dir. Aber ich bin einfach noch nicht so weit, diese Worte laut auszusprechen. Weder vor mir selbst noch vor anderen. Ich kann es einfach nicht, bitte glaub mir das. Ich konnte es nicht einmal vor Gericht zugeben. Vielleicht war das einer der Gründe, warum mein Anwalt es nicht geschafft hat, einen Freispruch zu erwirken, obwohl die Umstände dafür sprachen. Ich war damals genauso wenig wie heute bereit, zuzugeben, was ich getan habe. Außerdem habe ich der Polizei gegenüber eine vollkommen andere Geschichte erzählt als mein Bruder. Sie müssen gedacht haben, dass ich psychisch zu labil bin, meine Schuld wirklich anzunehmen, tatsächlich zu begreifen, dass ich einen Menschen getötet habe. Möglich, dass sie glaubten, ich könne es wieder tun, sobald ich mich in einer Situation befinde, die mich überfordert.« Sie brach ab, sah Frey an, hob die Schultern. »Wenn du willst, dann geh jetzt einfach, ich würde es verstehen. Aber wenn du bleibst, dann gib mir bitte ein wenig mehr Zeit, das alles hinter mir zu lassen. Wenn ich es irgendwann geschafft habe, vor mir selbst einzugestehen, wer ich bin und was ich getan habe, mir selbst vielleicht sogar vergeben kann ...«

»Was dann?«, unterbrach Frey sie mit flehendem Blick.

»Dann fällt es mir bestimmt leichter, meinem Umfeld gegenüber offener zu sein. Vor allem dir gegenüber.«

NEUN
KOPENHAGEN

2006

»Lust auf einen Kaffee?« Asger streckte seinen Kopf zur Tür rein.

Laja blickte von ihrer Arbeit hoch und nickte erfreut. »Aber immer. Her damit.«

»Hab keinen dabei«, sagte Asger. »Ich dachte, wir gehen nach oben in die Kantine. So was nennt sich auch Füße vertreten.«

»Mmh«, grummelte Laja enttäuscht. »Dafür hab ich keine Zeit. Ich habe mir gerade noch mal die beiden Akten auf den Rechner geladen und lese sie noch mal.«

»Denkst du, wir haben was übersehen?«

Sie nickte. »Ja, ich überprüfe das lieber.«

»Ach komm, Laja, das kannst du auch später noch. Ich seh dir doch an, wie dringend du eine Pause brauchst.«

Sie seufzte. »Na schön. Du lässt sowieso nicht locker, oder?«

»Nein!« Asger grinste und hielt ihr die Tür auf.

Laja schloss ihren Rechner, erhob sich und folgte ihm aus dem Zimmer zu den Aufzügen.

Nachdem die Tür der Aufzugskabine sich geschlossen hatte, räusperte er sich. »Ich war übrigens gerade bei den Technikern ...«

»Und?«

»Nichts. Sie haben auf Astas Computer nichts gefunden, was uns weiterbringt.«

»Wäre auch zu schön gewesen«, sagte Laja. »Und was machen die weiteren Recherchen? Schon was Neues?«

»Astas Mutter hat uns die Namen und Telefonnummern von zwei Freundinnen ihrer Tochter gegeben. Einen Freund hatte sie laut ihrer Mutter nicht. Die Kollegen haben mit beiden Mädchen gesprochen.«

»So wie du schaust, hat das auch nichts gebracht.«

Asger nickte seufzend. »Im Grunde haben sie nur bestätigt, was wir schon wussten.«

Der Aufzug stoppte, die Tür glitt auf.

»Demnach hat Birga die Wahrheit über ihren Schwager gesagt.«

»Ja«, bestätigte ihr Kollege. »Astas Stiefvater hat nicht nur seine Frau verprügelt, sondern sich auch regelmäßig mit Asta angelegt.«

»Er hat sie auch verprügelt?«

»Zumindest nicht wie er es mit seiner Frau getan hat. Aber er war wohl extrem aggressiv drauf. Er hat Asta regelmäßig angebrüllt, sie in ihrem Zimmer eingeschlossen, ihr angedroht, dass er sie aus dem Haus wirft.«

»Keinerlei körperliche Gewalt?«

»Die Freundinnen haben nur von einem Fall berichtet. Damals muss er Asta so heftig geschubst haben, dass sie irgendwo gegengeprallt ist und sich am Kopf verletzt hat. Sie sei mit einem Verband am Kopf zur Schule gekommen.«

»Wann war das?«

»Vor etwa drei Jahren. Die Freundinnen vermuten übrigens auch, dass der Stiefvater dafür verantwortlich ist, dass Asta ihr Abi geschmissen hat und eines Tages nicht mehr zur Schule kam. Sie hat eine Ausbildung anfangen wollen, doch so weit kam es nicht mehr.«

Als sie die Cafeteria betraten, herrschte reger Betrieb.

»Was möchtest du?«, fragte Asger, »ich lade dich ein.«

»Dann nehme ich einen doppelten Cappuccino und eins von den Teilchen mit Zimt.«

Während Asger bestellte, dachte Laja noch mal über das eben Gehörte nach.

Ein junges Mädchen, vom Stiefvater terrorisiert, das die Schule hinschmeißt, um eine Ausbildung anzufangen. Und die Mutter behauptete, Asta sei von ihrem Zuhause ausgerissen, nachdem sie sich geweigert hatte, mit ihr in diese Mutter-Tochter-Schutzeinrichtung zu fliehen.

Demnach hatte Asta ihre Mutter vor dem gewalttätigen Ehemann retten wollen und deswegen die Schule abgebrochen. Ein Studium kostete enorme Summen und man musste nebenbei arbeiten, um etwas dazuzuverdienen. Bei einer Ausbildung hingegen verdiente man Geld.

Das alles hatte Asta für ihre Mutter getan. Nachdem diese sich geweigert hatte, mit ihr das Haus zu verlassen, verschwand Asta.

»Asta ist wütend gewesen, nicht lebensmüde«, murmelte sie ihre Schlussfolgerung vor sich hin.

»Moment, hab ich was verpasst?«, fragte Asger.

Sie schüttelte den Kopf, nahm ihre Tasse und den Kuchen, sah sich um. »Komm, setzen wir uns ans Fenster, da sind wir ungestört.«

Asger nickte, folgte ihr. Als sie einander gegenübersaßen, erläuterte Laja ihm ihre Gedankengänge.

Asger hörte ihr aufmerksam zu, nickte nachdenklich. »Klingt schlüssig«, stimmte er zu. »Aber warum betonst du, dass sie wütend war, als sie gegangen ist?«

»Weil wütende Menschen keine lebensmüden Selbstmörder sind. Sie wollte ihrer Mutter helfen, doch diese nahm die Hilfe nicht an. Sie hat die Schule abgebrochen mit einem Ziel vor Augen. Was also hat sich innerhalb der Monate, in denen sie Gott weiß wo war, verändert?«

»Kann ich nicht sagen. Aber im Grunde war es bei Bendixen nicht anders. Viggo kam nicht mit dem Tod seines Bruders zurecht. Und seine Mutter hatte angefangen zu trinken, was ihm zusetzte. Ihm wurde alles zu viel, deswegen ging er. Wenige Monate später setzte er seinem Leben ein Ende, genau wie Asta.«

»Ich glaube, du weißt nicht, auf was ich hinauswill.«

Asger lehnte sich zurück, sah sie interessiert an. »Dann erklär es mir.«

»Asta und Viggo waren starke Persönlichkeiten. Beide hatten jemanden verloren, der ihnen nahestand. Asta ihren Vater. Viggo seinen Bruder und ebenfalls seinen leiblichen Vater. Asta musste sich sogar über viele Jahre gegen ihren gewalttätigen Stiefvater behaupten. Und doch sind beide nicht daran zerbrochen, was bemerkenswert ist.«

Asger nickte zustimmend. »Und weiter?«

»Beide waren innerhalb ihres jeweiligen Familiengefüges die wahren Erwachsenen, die ein Elternteil retten wollten, mit einer beachtlichen Willensstärke. Viggo hat den Alkohol seiner Mutter weggeschüttet, sich der Konfrontation gestellt. Das erfordert enormen Mut. Genau wie Asta ihre Mutter dazu bewegen wollte, ihren Mann zu verlassen und sie in eine Schutzeinrichtung zu begleiten. Auch das ist sehr mutig. Man darf dabei nicht vergessen, dass beide noch Teenager waren.«

»Okay, ich folge dir. Du willst damit sagen, dass beide starke Persönlichkeiten waren, über ihr Alter hinaus gereift.«

»Genau. Sie waren gewohnt zu kämpfen. Warum sollten sie plötzlich aufgeben? Warum sollten sie sich am Ende gar selbst umbringen?« Laja schüttelte vehement den Kopf. »Das passt für mich einfach nicht, okay?«

Asger musterte sie eine Weile stumm, nippte währenddessen an seinem Kaffee. »Aber sie haben es getan«, sagte er schließlich. »Und es gibt bei beiden Zeugen, dass sie es selbst getan haben, dass es keine Fremdeinwirkung gab. Sie waren allein, niemand hat nachgeholfen.«

»Vielleicht doch«, warf Laja ein. »Vielleicht war ihr

Suizid nicht so freiwillig, wie es den Anschein hat. Sie könnten dennoch gezwungen worden sein.«

»Und von wem und wie?«

Laja stieß die Luft aus. »Das ist die Frage, auf die ich Antworten suche. Und dabei komme ich immer wieder zu einem Schnittpunkt. Ich bin überzeugt davon, dass diese beiden Todesfälle irgendwie zusammenhängen.«

»Weil die Hintergründe ähnlich sind?«

»Unter anderem, ja. Aber was meine Vermutung wirklich bestätigt, ist, wie ähnlich sich diese beiden waren, obwohl sie einander gar nicht kannten. Als Viggo starb, lebte Asta noch zu Hause.«

»Klingt einleuchtend. Was schlägst du vor?«

»Wir sollten das Umfeld beider noch mal genau unter die Lupe nehmen. Damit meine ich vor allem den jeweiligen Freundeskreis Astas und Viggos. Die Eltern könnten wir außen vor lassen. Aufgrund der jeweils kritischen Verhältnisse innerhalb der Familien werden beide kaum tiefer gehende Gespräche mit ihren Müttern geführt haben.«

»Das braucht Zeit und Ressourcen, das schaffen wir nicht allein.«

»Deshalb sollten wir ein Team zusammenstellen.«

»Von wie viel Leuten reden wir?«

Laja verzog das Gesicht. »Vier, vielleicht sechs Kollegen.«

»Das kriegen wir nie genehmigt.«

»Und wenn wir es einfach machen, ohne groß zu fragen?«

»Ohne es dem Boss zu sagen?«

Laja nickte.

»Keine gute Idee«, kam es von Asger. »Wir können nicht einfach etliche Kollegen für einen Job abkommandieren, der kaum Aussicht auf Erfolg hat.«

»Warum denkst du, dass es aussichtslos ist?«

»Weil die Kollegen damals schon mit Viggos Freunden

gesprochen haben und dabei nichts rauskam. Und auch bei Asta ist bei der Recherche nicht viel rausgekommen.«

»Damals nicht«, warf Laja ein. »Aber wenn wir davon ausgehen, dass die Fälle zusammenhängen. Dass Asta und Viggo eine ähnliche Vergangenheit hatten, könnten wir unsere weiteren Ermittlungen gezielter darauf abstimmen.«

Asger räusperte sich. »Ich hab auch ein wenig recherchiert.«

»Ach ja?«

»Weißt du eigentlich, dass sich allein letztes Jahr in diesem Land über fünfhundert Menschen das Leben genommen haben?«

Laja starrte ihn an. »Was willst du damit sagen?«

»Einfach nur, dass es so ist. Es waren mehr als fünfhundert Menschen, in einem Jahr. Um genau zu sein, 9,9 Personen auf 100.000 Einwohner im ganzen Land. Dänemark hat 5,4 Millionen Einwohner und daraus errechnet sich diese Zahl.«

»Okay, ich weiß, worauf du hinauswillst.« Sie schüttelte den Kopf. »Doch selbst wenn von diesen über fünfhundert Leuten einige aus zerrütteten Familien kommen, bin ich trotzdem überzeugt, dass bei Asta und Viggo etwas anderes dahintersteckt. Ich spüre das einfach!«

»Wir können aber nicht zum Chef gehen und als Begründung für die Zusammenstellung eines Teams angeben, dass du so ein Gefühl hast, verstehst du? Wir müssen das anders untermauern.«

»Schon klar«, stimmte Laja zu. »Deswegen werde ich mich jetzt wieder an meinen Schreibtisch setzen und die Datenbank weiter durchforsten.«

»Um was zu finden?«

»Mehr Fälle, die ähnliche Vorgeschichten wie bei Asta und Viggo aufweisen, damit wir den Aufwand für weitere Recherchen faktisch begründen können. Ich hab übrigens schon einen konkreten Fall in Roskilde gefunden. Er ist ganz frisch. Kam vor drei Tagen rein.«

»Roskilde geht uns nichts an, Laja.«

»Das weiß ich, trotzdem klingt der Fall interessant.«

»Ein neuer Suizid?«

»Gott sei Dank nicht. Aber da ist ein Mann, der seine Exfrau und seinen vierzehnjährigen Sohn vermisst.«

»Was soll der Fall dann mit unseren Suiziden zu tun haben?«

»Zunächst war ich mir auch unsicher und hab mir von den Kollegen in Roskilde weitere Informationen schicken lassen.«

»Und das haben die einfach gemacht?«

»Es gibt in Roskilde jemanden, den ich von früher kenne, ein Kollege meiner alten Dienststelle.«

»Okay, und was genau hat dein Interesse an dem Roskilde-Fall erweckt? Ein Vierzehnjähriger und seine Mutter werden vermisst, wenn ich das richtig verstanden habe. Was soll das mit unseren Suiziden zu tun haben?«

»Die familiären Umstände sind wieder ähnlich. Die Eltern haben sich getrennt, weil der Mann eine Affäre hatte. Er hat seine Ehefrau schließlich verlassen. Es gibt eine gerichtliche Vereinbarung, dass das Sorgerecht geteilt wird, und anfangs klappte das auch ganz gut. Vor ein paar Monaten fing es dann an. Seine Ex cancelte immer öfter die Vater-Sohn-Zeiten. Angeblich, weil der Junge psychisch krank war. Es kam zu einem Streit zwischen den Ex-Partnern, doch dann mischte sich der Sohn mit ein, sagte seinem Vater, dass er ihn nicht mehr sehen wolle. Der Vater akzeptierte den Wunsch seines Sohnes nach Abstand, weil er glaubte, dass es an der neuen Frau in seinem Leben lag, mit der sein Sohn nicht warm wurde.«

»Okay, bislang sehe ich da immer noch nichts, was zu unseren Fällen passt.«

»Warte«, bat Laja. »Monatelang hörte der Vater nichts von seinem Sohn. Dann rief plötzlich die Schule bei ihm an.

Sein Sohn hatte zu dem Zeitpunkt schon eine Weile nicht mehr am Unterricht teilgenommen, allerdings lag eine Krankmeldung von einem Arzt aus Kopenhagen vor. Aus Kopenhagen, verstehst du?«

Asger sah sie fragend an. »Nein. Ich kapiers immer noch nicht. Wieso betonst du Kopenhagen?«

»Laut Vater ist der Kinderarzt seines Sohnes in Roskilde ansässig, nicht in Kopenhagen.«

»Der Arzt in Kopenhagen ist vielleicht ein Spezialist?«

»Der Kinderarzt hat den Jungen nie an einen Arzt in Kopenhagen überwiesen, laut Vater.«

»Auch das muss nichts bedeuten«, warf Asger ein. »Vielleicht ging der Erst-Termin bei dem Arzt hier von der Mutter aus. Eine Überweisung vom Hausarzt ist nicht unbedingt nötig.«

»Der Vater hat nach dem Anruf der Schule etliche Male vergeblich versucht hat, seine Ex und seinen Sohn zu erreichen.«

»Mmh, nachdem zuvor monatelang Funkstille herrschte, gehen die nicht ans Telefon ...«

»Warte, das ist nicht alles«, unterbrach Laja ihn. »Auch die Klassenlehrerin des Jungen hat es etliche Male vergeblich versucht.«

»Okay, das ist was anderes«, gab Asger zu. »Wenn die Lehrerin anruft, müsste die Mutter schon drangehen. Wie lange hat sie es schon vergeblich versucht?«

»Seit mittlerweile drei Monaten taucht der Junge schon nicht mehr in der Schule auf. Es liegen Krankmeldungen vor, so weit, so gut. Aber die Lehrerin sorgt sich um ihren Schüler, wollte mit ihm und seiner Mutter über eine eventuelle Wiederholung dieses Schuljahres sprechen.«

»Verstehe. Und die beiden gehen nicht ans Telefon, deswegen hat sie den Vater informiert.«

»Ja. Der Vater ist daraufhin zur Wohnung von Mutter und Sohn gefahren und hat vergeblich geklingelt. Keiner hat aufgemacht. Er hat einen kompletten Tag vor dem

Haus im Auto verbracht und niemanden kommen oder gehen gesehen. Daraufhin hat er die Polizei informiert.«

»Und die Kollegen? Was unternehmen die?«

»Nicht viel. Das ist es ja! Sie sagen, sie könnten nichts machen, nachdem eine ordnungsgemäße Krankschreibung vorliegt und der Vater auch nie etwas gegen den Kontaktabbruch mit dem Sohn unternommen hat. Er hat vor den Kollegen zugegeben, dass es der Wunsch seines Sohnes war, ihn nicht mehr zu sehen, und dass er ihm diesen Willen ließ, in der Hoffnung, er würde sich irgendwann wieder einkriegen.«

»Ganz genauso sehe ich das auch«, sagte Asger. »Vielleicht ist die Frau mit dem Kind zur Kur gefahren. In eine Erholungseinrichtung für psychisch Kranke. Und da der Junge minderjährig ist, begleitet sie ihn. Das nennt sich Mutter-Kind-Kur.«

»Ziemlich unwahrscheinlich.«

»Wieso?«

Laja holte tief Luft. »Der Vater hat nicht lockergelassen und weiter nachgeforscht. Unter anderem hat er mit den Kollegen seiner Ex gesprochen. Sie hatte ihren gesamten Jahresurlaub genommen und ist danach einfach nicht mehr erschienen.«

»Wann war das?«

»Vor gut drei Wochen war ihr Urlaub vorbei. Seither hat keiner mehr etwas von der Frau gehört oder gesehen, und das obwohl sie als zuverlässige Arbeitskraft gilt. Niemand weiß was über ihren Aufenthaltsort. Ihre Kollegen nicht, ihre Freunde nicht. Sie und ihr Junge können sich doch nicht einfach in Luft aufgelöst haben! Genauso wenig wie Lily aus Odense …«

ZEHN
KOPENHAGEN
2019

»Ich bin gefeuert worden«, ließ Johanne die Bombe platzen, als sie zu Frey ins Auto stieg.

Seit jenem Abend im Restaurant, an dem Johanne sich Frey anvertraut hatte, waren zwei Tage vergangen. Seither hatte Frey sie kaum aus den Augen gelassen. Er hatte sogar erwogen, sich ein paar Tage freizunehmen. Doch das wollte Johanne nicht. Er sollte wegen ihr nicht sein Leben umkrempeln.

Auf ihre neuste Hiobsbotschaft reagierte er mit einem Kopfnicken. »Umso besser«, sagte er entschlossen.

»Was soll daran besser sein?« Johanne runzelte irritiert die Stirn. »Dieser Job hat die Hälfte meines Einkommens ausgemacht und jetzt bin ich ihn los, dank dieser Typen. Ich hab keine Ahnung, wie ich jetzt auch nur meine Miete bezahlen soll!«

»Für dieses Drecksloch solltest du eigentlich Geld bekommen, als Dankeschön dafür, dass du es darin aushältst.«

»Sehr witzig«, murmelte Johanne. »Was soll ich denn jetzt machen? Die Kündigung selbst ist nicht einmal das Schlimmste. Mein Boss hat mir nicht einmal ins Gesicht gesagt, dass ich raus bin. Er hat einfach jemanden eingestellt und mich im Dienstplan rausgestrichen. Als ich zu ihm ins Büro bin, um nachzufragen, was das soll, hat er mich komplett ignoriert.«

»Du könntest ihn verklagen.«

Johanne schüttelte den Kopf. »Das kann ich eben nicht.«

»Moment mal«, stutzte Frey und suchte ihren Blick. »Du hast dort schwarzgearbeitet?«

Sie nickte zerknirscht. »Und das sogar auf eigenen Wunsch.«

»Das versteh ich nicht ...«

»Ich dachte, wenn ich als unangemeldete Aushilfe dort arbeite, holt der Boss sich keine Auskunft über mein Strafregister, was ja auch geklappt hat – bis gestern zumindest.«

»Okay, das ist dann halt blöd gelaufen«, gab Frey zu. »Aber um ehrlich zu sein, finde ich es sowieso nicht gut, dass du mit neunundzwanzig noch von Job zu Job tingelst. Hast du keine Pläne für deine Zukunft? Ein Studium vielleicht oder etwas, was dich weiterbringt?«

Johanne spürte, wie seine Worte bei ihr etwas auslösten, wie sie ihr Innerstes trafen. »Ich wollte damals Journalistin werden«, brach es aus ihr hervor. »Vielleicht auch irgendetwas mit Literatur oder Sprachen studieren. Aber dann … na ja, dann kam all die Scheiße dazwischen, wie du inzwischen weißt. Und jetzt ist dafür zu spät.«

»Das ist es ganz bestimmt nicht, Johanne. Du bist jung, kannst noch immer tun, was du dir damals vorgenommen hast.«

»Ich krieg nicht einmal mich selbst auf die Reihe, wie soll ich dann ein Studium schaffen? Jeden Tag lernen, nebenbei jobben … Ich schaff das nicht. Nicht so.«

»Was das angeht …« Frey schmunzelte, zog einen Umschlag aus dem Handschuhfach und reichte ihn ihr. »Ein Geschenk für dich. Aber du musst versprechen, nicht gleich wieder dichtzumachen. Denk wenigstens eine Nacht darüber nach, bitte!«

Frey startete den Wagen, fädelte sich in den Innenstadtverkehr ein.

Johanne starrte auf den Umschlag. »Was ist da drin?«

»Sieh doch einfach nach.«

»Jetzt oder erst im Restaurant?«

»Ich hab umdisponiert«, kam es von Frey. »Wir fahren ein wenig aufs Land raus, frische Luft atmen, danach geht es zu mir, wo ich dich bekoche.«

»Oh«, stieß Johanne aus, spürte, wie sich ihr Rückgrat verspannte.

Sie fummelte an dem Schließfalz des Umschlages, riss ihn schließlich auf.

Als sie einen Prospekt hervorzog, stutzte sie.

Auf der Titelseite war ein Hotel auf einer Insel mitten im Ozean abgebildet.

»Du willst mit mir verreisen? In dieses Hotel?«

»Das ist kein richtiges Hotel«, erklärte Frey. »Es ist eine Art Sanatorium auf Vagar, einer der Inseln der Färöer.«

Johanne spürte, wie der Zorn in ihr hochschwappte, wie ihr die Luft wegblieb. Sie zerknüllte den Prospekt in ihren Händen. »Du willst mich zurück in eine Klapsmühle stecken?«

»Wenn du dir die Mühe machen würdest, die erste Seite aufzuschlagen, wüsstest du, dass es nicht so ist.«

Johanne runzelte die Stirn, strich den Prospekt wieder glatt, klappte die Innenseiten auf und überflog die ersten Zeilen, bevor sie einen Zischlaut ausstieß.

»Was ist, worüber regst du dich auf?«, fragte Frey besorgt und warf ihr einen Seitenblick zu.

Immer noch aufgebracht, tippte Johanne auf die aufgeschlagenen Seiten. »Du findest also, dass ein paar Wellnessanwendungen und gutes Essen auf einer Terrasse mit Meerblick einen Unterschied machen?«

»Ganz genau«, gab Frey zurück. »Diese Klinik war früher tatsächlich ein Luxushotel. Jetzt dient es als Rückzugsort für gut betuchte Patienten mit Traumata oder anderen Problemen. Auf die Insel kommen Leute mit Burnout-Syndrom oder Depressionen. Menschen, die wie du ein Trauma zu verarbeiten haben. Die Therapeuten dort arbeiten mit unkonventionellen Methoden, und ich finde, dass es einen Versuch wert wäre.«

»Was meinst du mit unkonventionellen Methoden?«

»Unter anderem arbeiten die Therapeuten auf der Insel mit Hypnosetherapie und dem Erlernen der luziden Traumweise.«

»Der was?« Johanne stieß ein ungläubiges Lachen aus.

»Weißt du, was luzide Träume sind?«

»Nicht wirklich.«

»Bei normalen Träumen weißt du nicht, dass du träumst. Alles fühlt sich vollkommen real an. Du empfindest zum Beispiel Angst, wenn es ein Albtraum ist, weil du keine Kontrolle über dich oder den Traum hast. Doch bei luziden Träumen weißt du sehr wohl, dass du träumst, und kannst aktiv handeln, deinen Traum selbst gestalten quasi.«

Johanne starrte Frey an. »Und wie zum Teufel soll mir so was bei meinen Problemen helfen?«

»Es gibt Studien darüber, dass luzides Träumen helfen kann, ein Trauma zu verarbeiten und danach zu heilen. Deine jahrelange Therapie in der Klinik hat nichts gebracht, wie man sieht. Du leidest noch immer unter allem, was dir damals widerfahren ist, und deswegen könnte es helfen, einen vollkommen anderen Ansatz zu versuchen.«

Johanne schlug die nächste Seite auf, überflog sie, danach eine weitere. »Yoga,- und Meditationskurse, Massagen und Achtsamkeitsübungen … Klingt alles ziemlich kostspielig«, stellte sie fest und klappte den Prospekt zu. »Das kann ich mir unmöglich leisten, und schon gar nicht, nachdem ich jetzt auch noch meinen Job verloren habe.«

»Ich sagte doch, dass es ein Geschenk ist.«

»Das muss zigtausende Kronen gekostet haben, Frey. Das kann ich nicht annehmen.«

»Doch«, gab er zurück, »das kannst du.«

Sie schüttelte den Kopf, schloss die Augen.

»Wie lange dauert diese … Kur?«

»Ich hab zunächst mal drei Wochen gebucht«, gab er zurück.

»Drei verdammte Wochen?« Johanne starrte ihn perplex an. »Was glaubst du, wovon ich meine Miete, den Strom und meine anderen laufenden Kosten bezahlen soll?«

»Das ist der nächste Punkt auf der Liste, den ich mit dir besprechen wollte.« Er bog von der Straße ab, hielt an und wandte sich ihr zu. »Ich möchte, dass du bei mir einziehst, Johanne. Gleich nach deiner Rückkehr von Vagar. Diese Wohnung, in der du haust, die ist unzumutbar. Du verdienst es nicht, so zu leben, auch wenn du das im Moment noch nicht wahrhaben willst. Ich möchte dich bei mir haben, möchte dich glücklich machen, und deswegen bitte ich dich, darüber nachzudenken. Für dich, aber auch für uns, okay? Wenn du bei mir wohnst, brauchst du dich nicht mit irgendwelchen Jobs herumzuschlagen, die dich unglücklich machen. Du kannst zur Uni gehen, dir deinen Traum erfüllen und irgendwann …« Er brach ab.

»Was ist irgendwann?«, fragte Johanne.

Frey holte tief Luft, lächelte verunsichert. »Irgendwann hoffe ich, dass du bereit bist, meine Frau zu werden.«

»Du würdest mich heiraten? Nach allem, was du über mich erfahren hast?«

Er nickte.

»Aber warum?«

»Weil ich dich liebe.«

Sie spürte, wie ihr die Tränen kamen, versuchte verzweifelt, dagegen anzukämpfen. Schließlich ließ sie ihren Kopf gegen Freys Schulter sinken, nickte leicht. »Ich denk darüber nach, versprochen.«

Er küsste sie auf den Scheitel. »Das wollte ich hören, und jetzt raus hier.« Seine Stimme klang sanft und liebevoll.

Sie sah zu ihm auf, dann drehte sie den Kopf, bemerkte, dass sie an einem Feldweg angehalten hatten. »Wo sind wir?«

»Siehst du das Haus da hinten am Waldrand?«

Johanne verdrehte den Kopf noch weiter, stieß erschrocken die Luft aus, als sie realisierte, dass sie das kleine Häuschen schon einmal gesehen hatte.

Sie riss den Kopf herum, sah Frey böse an. »Du hast in meinem Facebook Account spioniert?«

Er hob die Schultern. »Jetzt, wo du schon mal hier bist, kannst du auch hingehen und klingeln.«

»Ich will das aber nicht und ich dachte, das hätte ich dir deutlich vermittelt.«

»Er ist die einzige Familie, die du noch hast.«

»Bestimmt will er mich überhaupt nicht sehen!«

»Das kannst du nur herausfinden, indem du dich ihm stellst.«

Sie verschränkte die Arme vor der Brust, schüttelte frustriert den Kopf.

»Ich hab die ganze Nacht Zeit und etwas zum Essen im Kofferraum.«

»Verdammt«, murmelte Johanne, riss am Griff, stieß die Beifahrertür auf.

Als sie ausgestiegen war, beugte sie sich ins Auto, sah Frey an. »Richte dich schon mal darauf ein, dass ich in weniger als zwei Minuten zurück bin.«

Während sie auf das Haus zulief, spürte sie Freys Blicke im Rücken. Sie war noch immer wütend auf ihn, dass er, ohne sie zu fragen, diese Adresse herausgefunden und angesteuert hatte. Doch tief im Innern wusste sie, warum er das getan hatte. Er wollte ihr wirklich helfen.

Sie stand noch keine Sekunde vor dem Gartentor, als ein Ball auf sie zugeflogen kam. Sie schaffte es gerade noch, ihn zu fangen, ehe er ihr auf die Nase knallen konnte.

»Sorry«, kam es von einem kleinen Mädchen, das höchstens sechs Jahre alt war.

Johannes Herz setzte einen Schlag aus, als sie realisierte, dass die Kleine ihrem Bruder wie aus dem Gesicht geschnitten war.

»Macht nichts«, sagte sie und gab dem Kind seinen Ball zurück. »Ist dein Daddy da?«

Das Mädchen sah sie an, nickte zögernd.

»Kannst du ihn holen?«

Die Kleine sah sie nur an, rührte sich nicht.

»Ich will ihm nur Hallo sagen, weil wir uns von früher kennen.«

»Wo bist du, Süße?«, rief eine vertraute männliche Stimme irgendwo vom hinteren Teil des Grundstücks. Dann vernahm sie schnelle Schritte.

Kurz erwog Johanne, sich umzudrehen und wegzulaufen. Doch sie war wie gelähmt, schaffte es nicht, sich auch nur einen Millimeter von der Stelle zu rühren.

»Ich hab dir doch gesagt, du sollst nicht alleine zum Tor …«

Der Mann stoppte abrupt, sah ungläubig von seiner Tochter zu ihr, schien ganz genauso paralysiert wie sie selbst zu sein.

Johannes Mund war wie ausgetrocknet.

Sie schluckte schwer, schnappte nach Luft. »Hi Jussi, ich dachte, nachdem du dich seit Ewigkeiten nicht hast blicken lassen, besuch ich dich einfach mal und schau, wie es dir geht.«

ELF
KOPENHAGEN
2006

»Wenn ich um Ruhe bitten dürfte!« Laja sah sich im Kreis ihrer Kollegen um, nickte Therese, der Chefin der Abteilung, unmerklich zu und wartete, bis sie die Aufmerksamkeit aller auf sich gelenkt hatte.

Dabei ließ sie die Ereignisse der letzten Woche seit der Vermisstenmeldung aus Roskilde noch mal gedanklich Revue passieren. Noch immer war nichts über den Aufenthaltsort der vermissten Mutter und ihres Sohnes bekannt. Aber sie hatte etliches herausgefunden, was ihre Vorgesetzte hoffentlich überzeugen würde, mehr Leute für weiterführende Untersuchungen – über den örtlichen Zuständigkeitsbereich hinaus – zu genehmigen.

Als endlich auch die letzten Augenpaare auf sie gerichtet waren, räusperte Laja sich und begann:

»Die Befragungen der Freunde von Viggo Bendixen und Asta Hald haben leider keine neuen Erkenntnisse gebracht«, verkündete sie. »Beide Selbstmordopfer hatten sich bereits vor ihrem Verschwinden von ihren Freunden zurückgezogen. Keiner der von uns Befragten wusste, welche Pläne sie hatten und wohin sie am Ende verschwunden sind, nachdem sie ihr Elternhaus verlassen hatten. Beide packten ein paar Sachen ein und tauchten für längere Zeit unter. Kurz nachdem sie wieder gesehen wurden, nahmen beide sich das Leben.«

Als einige Fragen laut wurden, reagierte Laja mit einem bittenden Handzeichen. »Moment noch. Sie haben natürlich recht, wenn Sie anführen, dass schwierige familiäre Hintergründe wie die von Viggo und Asta dazu führen können, dass ein junger Mensch keinen anderen Ausweg sieht, als sich aufzugeben. Aber lassen Sie mich ausführen, warum ich in beiden Fällen davon ausgehe, dass ein anderes Motiv ihren Suiziden zugrunde lag.«

Laja sah kurz zu Asger, der ihren Blick düster erwiderte. Er war nicht begeistert davon gewesen, dass sie Therese heute zu der Konferenz eingeladen hatte. Anders als sie glaubte er nicht daran, dass sich ihre Vorgesetzte der Theorie anschließen könnte. Asgers Gesichtsausdruck spiegelte diese Skepsis wider.

Entschlossen straffte sie die Schultern, holte Luft und fuhr fort. »Ich habe mich in den letzten Tagen auf die Suizidopfer in ganz Dänemark der letzten drei Jahre konzentriert und nach Ähnlichkeiten zu Viggos und Astas Vorgeschichte gefahndet. Bei mehr als eintausend Selbstmördern war das natürlich keine einfache Aufgabe. Da es sich bei den beiden Toten aus Kopenhagen um junge Erwachsene handelt, habe ich mich meine Suche auf deren Altersgruppe eingeschränkt. Am Ende sind zwei Opfer übrig geblieben, auf die ich gerne eingehen würde. Da ist zum einen Axel Gade, siebzehn Jahre jung, aus Hvide Sande, und Luna Frost aus Skagen, die ihr Leben mit gerade zwanzig beendete.

Axel verlor seine Eltern im Alter von acht Jahren durch einen Unfall, verbrachte die Jahre bis zu seinem fünfzehnten Lebensjahr bei seiner Großmutter. Nachdem diese durch einen Schlaganfall starb und es niemanden gab, der sich Aksels angenommen hätte, steckten die Behörden ihn in ein Heim. Aksel hatte es schwer in dieser Einrichtung, aufgrund seiner Vorgeschichte. Vermutlich war er immer noch traumatisiert, nachdem er so früh schmerzhafte Verluste hatte erleiden müssen.

Vom Leiter der Einrichtung erfuhr ich, dass Aksel aus der Einrichtung geflohen und wochenlang verschwunden war. Die Suche der Behörden nach dem Jungen blieb erfolglos, bis er eines Tages wieder in dem Heim auftauchte.

Sowohl seine Mitbewohner als auch sein einziger Freund im Heim sagten gegenüber der Polizei aus, dass Aksel sich verändert hatte. Mehrmals fielen die Begriffe paranoid und verängstigt, woraufhin ich mit den Leuten, die zuletzt Kontakt mit Aksel hatten, telefonierte.

Sein Freund erzählte, Aksel habe plötzlich ein Problem mit der Dunkelheit gehabt. Er habe unter Albträumen gelitten. Einige Musikstücke hätten ihn plötzlich in panische Angst versetzt. Er habe sich mit okkulten Dingen wie schwarzer Magie beschäftigt und behauptet, dass er besessen sei. Er müsse versuchen, sich selbst den Teufel auszutreiben. Sein Freund erwähnte, dass er an Aksels Körper Narben entdeckt habe, die aussahen, als sei dieser misshandelt worden.«

»Alte Narben?«, fragte ein Kollege.

»Nein«, antwortete Laja. »Laut Polizei hatte Aksel diese Narben noch nicht bei seinem Verschwinden. Demnach müssen ihm die zugrunde liegenden Verletzungen später an dem Ort oder den Orten, wo er sich zwischenzeitlich aufgehalten hat, zugefügt worden sein.«

»Und der Bezug zum Okkultismus?«

»Auch der war neu«, antwortete Laja. »Aksel sei zuvor nicht mal gläubig gewesen. Nun aber war er plötzlich überzeugt davon, von einer dunklen Macht besessen zu sein, und betete mehrmals täglich um Vergebung.«

Laja sah von ihren Notizen auf und blickte in die Menge. »Wie passt das zusammen?« Sie sah sich um. »Betrachtet man Aksels Fall separat: überhaupt nicht! Aber es passt zu den besonderen Umständen und Vorgeschichten der Selbstmorde in Kopenhagen. Beide Opfer waren plötzlich verschwunden und wiesen nach ihrem Wiederauftauchen, kurz bevor sie sich umbrachten, ähnliche Verletzungen und Narben auf.«

Wieder machte Laja eine kurze Pause und sah sich um, als zumindest einer der Zuhörenden sich meldete.

»Gab es noch weitere Übereinstimmungen?«

Laja nickte. »Dem bin ich natürlich nachgegangen, aber zuerst verweise ich noch mal auf Aksels Verhaltensweisen. Ein junger, traumatisierter Mensch, der plötzlich glaubt, vom Teufel besessen zu sein, obwohl er zuvor nicht mal gläubig war?«

Sie blickte von dem Fragenden weiter zu Therese, die bislang nur stumm zugehört hatte. »Die Gemeinsamkeiten sprangen mir ins Auge, als ich mir die Aussage der Zeugin aus der Bar in Kopenhagen noch mal durchgelesen habe. Asta sagte etwas ähnlich Düsteres wie Aksel, bevor sie sich selbst umgebracht hat.«

»Was ist mit diesem Aksel passiert?«, fragte Asger.

Laja seufzte leise. »Er hat sich vor einen Zug geworfen, zwei Tage nachdem er gegenüber seinem Freund dieses wirre Zeug von sich gegeben hatte.«

»Was haben die Kollegen in Hvide Sande unternommen, um die Hintergründe zu untersuchen?«, fragte erneut Asger.

Laja hob bedauernd die Schultern. »Leider nichts. Nachdem sie auf dem Computer des Jungen etliche Hinweise darauf fanden, dass er sich auf mysteriösen Seiten mit okkultem Hintergrund herumgetrieben hatte, gingen sie davon aus, dass er dadurch paranoid geworden sei und entsprechend handelte.«

»Und wie erklären sie diese Verletzungen an seinem Körper?«

»Die Kollegen glauben, dass er das selbst getan hat.«

»Du meinst im Rahmen einer Selbstgeißelung, weil er daran glaubte, besessen zu sein?«

Laja nickte.

»Wie lange liegt dieser Fall zurück?«, fragte Therese, die deutlich interessiert den letzten Ausführungen Lajas gelauscht hatte.

»Zwei Jahre«, erwiderte Laja.

Ihre Vorgesetzte nickte nachdenklich. »Und der andere Fall?«

»Luna Frost aus Skagen. Sie wuchs in einer Familie auf, die sie bereits als Kleinkind vernachlässigte. Nachbarn informierten das Jugendamt, woraufhin sie zu Pflegeeltern kam. Die leiblichen Eltern trennten sich, die Mutter machte einen Entzug. Danach wurde Luna langsam wieder in ihre Ursprungsfamilie integriert. Die Familienzusammenführung ging ein paar Jahre lang gut, bis die Mutter einen Rückfall hatte, sich den falschen Mann aussuchte, der ihre Tochter missbrauchte. Lunas Lehrer wurden aufmerksam, weil das Mädchen seltsam reagierte, wenn ein männlicher Lehrer ihr zu nahe kam.

Sie wurde befragt, gab schließlich zu, dass sie zu Hause unter sexuellem Missbrauch zu leiden hatte, was sowohl der Mann als auch die Mutter vehement abstritten. Es gab keine körperlichen Beweise für den Missbrauch, bis auf die Tatsache, dass das Mädchen keine Jungfrau mehr war. Die Mutter behauptete, dass Luna bereits im Alter von dreizehn einen festen Freund gehabt habe, sehr frühreif gewesen sei, was weder widerlegt noch bestätigt werden konnte. Trotzdem kam Luna auf eigenen Wunsch erneut in eine Pflegefamilie, was im Grunde ja alles sagt ... Von dort büxte sie eines Tages aus und blieb vier Jahre lang verschwunden.

Dann, eines Tages, stand sie bei der Mutter vor der Tür, ging mit einem Messer erst auf sie, dann auf den Freund los. Danach verschwand sie wieder, um Tage später in einer öffentlichen Toilette wiedergefunden zu werden.

Tot!

Sie hatte sich die Pulsadern aufgeschnitten.«

Ein leises Raunen ging durch die Reihen, dessen Ende Laja abwartete, bevor sie fortfuhr.

»In Lunas Sachen wurde übrigens ein Ticket nach Kopenhagen gefunden, das auf den nächsten Tag ausgestellt war.«

»Was ist mit der Mutter und deren Freund? Leben sie noch?«, fragte ein Kollege.

Laja nickte.

»Luna hat beide zwar heftig verletzt, doch es geht ihnen inzwischen wieder gut.«

»Haben Sie auch mit den beiden gesprochen?«, hakte Therese zunehmend interessiert nach.

Laja nickte. »Ja. Ich sprach zuerst mit dem Freund der Mutter, der Luna als verrückt beschrieb. Sie soll wirres Zeug gestammelt haben, während sie auf ihn einstach, was die Mutter bestätigte.«

»Hat sie etwas zitiert?«

»Sinngemäß habe Luna der Mutter vorgeworfen, schuld daran zu sein, dass sie vom Teufel besessen sei, weil dieser sich immer die Schwächsten aussuchen würde. Aber etwas anderes ließ mich auch aufmerken. Und zwar ihre Kleidung. Es war tiefster Winter und dennoch trug das Mädchen nur eine kurze Hose und ein Shirt. Laut Aussage der Mutter habe Luna die Kälte nichts ausgemacht. Sie sei wie weggetreten gewesen.«

»Hatte sie Verletzungen wie die anderen?«, fragte Therese, die sich inzwischen Notizen machte und davon nur kurz aufsah.

Laja nickte. »Eine weitere Übereinstimmung, ja. Auch Luna hatte Brandmale und Schnitte am Körper, die der Mutter aufgrund der viel zu leichten Kleidung ins Auge stachen. Der Mutter fielen Verletzungen an den Armen auf. Sie sagte aus, diese seien teils frisch, teils älter und bereits vernarbt gewesen. Sie habe die Male noch nicht gehabt, als sie zum zweiten Mal von ihnen weg und zu einer Pflegefamilie gekommen sei.«

»Wer war diese Pflegefamilie?«, fragte Theresa.

»Ein nettes älteres Paar, das seit Jahrzehnten Kinder aus zerrütteten Verhältnissen bei sich aufnimmt. Sie bestätigten alles eben Vorgetragene auf meine Nachfrage. Das Mädchen lief angeblich nach einem Streit weg, weil es sich schwertat, die Regeln der beiden zu respektieren. Ich hab das Paar darauf angesprochen, wie Luna auf sie gewirkt hat, während sie bei ihnen war, und ob es Hinweise darauf gab, dass sie paranoid oder geistig verwirrt gewesen sein könnte. Beide waren sich einig, dass das Mädchen unter einer posttraumatischen Belastungsstörung litt und sich wegen ihrer Vergangenheit schwertat, Teil eines neuen Familienkonstruktes zu werden. Jedoch hat Luna niemals aggressive Verhaltensweisen an den Tag gelegt oder unter Wahnvorstellungen gelitten, geschweige denn den Anschein erweckt, Suizidgedanken zu hegen.«

Therese schüttelte betreten den Kopf, sah Laja an. »Das bedeutet, dass sich auch Luna Frost erst während ihrer langen Abwesenheit so extrem veränderte und zu dem Menschen wurde, der keinen Ausweg mehr sah.«

»Ganz genau«, gab Laja zurück, sah Asger an, dann blickte sie in die Runde ihrer Kollegen. »Es ist meiner Meinung nach vollkommen offensichtlich, dass Luna und Aksel, obwohl sie aus verschiedenen Städten stammten und sich offensichtlich nicht kannten, dennoch etwas ganz Ähnliches durchmachten, während sie für ihr Umfeld von der Bildfläche verschwunden waren. Als sie wieder auftauchten, hatten sie sich verändert, wiesen ähnliche Verhaltensmuster auf, die mich an Asta Hald und Viggo Bendixen erinnern. Das lässt für mich nur einen Schluss zu: Es muss etwas geben, was diese vier Menschen unabhängig von ihren familiären Hintergründen verbindet.«

Laja hielt inne, ging in Gedanken ein paar Punkte durch, setzte schließlich alles auf eine Karte. »Lily aus Odense ist ebenfalls seit einiger Zeit vermisst und passt vom Alter her zu den anderen Opfern, wenngleich bei ihr die Familie auf den ersten Blick intakt zu sein scheint. Dann wären da noch die Leute aus Roskilde, Mutter und Sohn.

Der Vater erwähnte gegenüber der Polizei ebenfalls, dass sein Sohn nicht mehr er selbst gewesen sei, genau wie seine Exfrau.«

»Haben Sie eine Theorie?«, fragte Therese und sah sie abwartend an.

»Ja«, antwortete Laja fest. »Ich fürchte, dass wir es mit einer Gemeinschaft zu tun haben, vielleicht einer Sekte, in deren Fänge unsere Jugendlichen geraten sein könnten. Erinnern wir uns einfach an die Manson-Familie … Charlie brachte seine Anhänger durch Manipulation und Gehirnwäsche dazu, für ihn Verbrechen zu begehen und brutal zu morden. Gut möglich, dass es sich hier um etwas Vergleichbares handelt. Nur dass die Verantwortlichen in den hier besprochenen Fällen ein anderes Ziel verfolgen. Die Suizide dieser Jugendlichen, deren dramatische Wesensveränderungen sprechen meines Erachtens dafür, dass wir es mit einer Art Glaubensgemeinschaft zu tun haben, die radikal vorgeht, um ihre Anhänger gefügig zu machen. Nur, dass bei den aufgezählten Opfern etwas schieflief, sodass sie dem Druck nicht standhalten konnten und sich schließlich selbst richteten.«

ZWÖLF
KOPENHAGEN

2019

Johannes Bruder sah aus, als hätte er einen Schock. Er starrte sie an, bleich im Gesicht, mit weit aufgerissenen Augen. Das kleine Mädchen fing beim Anblick seines Vaters zu weinen an.

Das löste Jussis Starre. Sofort beugte er sich zu dem Kind hinab, hob es auf seine Arme und drückte es tröstend an sich. Verzögert wandte er sich wieder Johanne zu.

Er räusperte sich betreten. »Entschuldige bitte, ich war nur … ich bin …« Er brach ab, schüttelte ungläubig den Kopf.

»Schon gut«, gab sie zurück. »Ich verstehe das. Vielleicht hätte ich vorher anrufen sollen.«

Jussi blickte zögernd zwischen seiner Tochter und Johanne hin und her. »Willst du vielleicht reinkommen?«

Johanne nickte.

Doch Jussi rührte sich zunächst nicht vom Fleck, sah sie nur unschlüssig an. Eine Weile standen sie sich, einander anblickend, gegenüber, bis sich Jussi scheinbar wieder fing. »Na schön, dann komm«, wiederholte er verlegen seine Einladung, drehte sich um und lief voran, auf die Haustür zu.

Johanne holte tief Luft und folgte ihm.

Im Inneren des Hauses roch es nach frisch gebackenem Kuchen und Kaffee.

»Erwartet ihr Gäste?«, fragte sie.

Jussi stellte das Mädchen auf dem Boden ab, gab ihm einen Klaps auf die Schulter. »Geh und lauf zu deiner Mama.«

Als das Mädchen weg war, wandte Jussi sich wieder Johanne zu. »Meine Frau backt nur gerne. Deswegen riecht es bei uns oft so und ...« Er stoppte abrupt, sah sie an, verzog das Gesicht. »Sollen wir nicht besser ins Wohnzimmer gehen?«

Johanne nickte. »Ich bin eh nur auf dem Sprung ... Mein Freund wartet draußen im Wagen.«

»Freut mich, dass du jemanden hast«, sagte er beiläufig und hielt ihr die Tür zum Wohnzimmer auf, das er nach ihr betrat, ohne die Tür hinter sich zu schließen.

Unschlüssig im Raum stehend, sah Johanne ihren Bruder prüfend an. Er wirkte, als meine er seine Worte ehrlich.

»Wir sind erst seit einem Jahr zusammen, aber so langsam wird es ernst«, fügte sie hinzu, als sich das Schweigen zwischen ihnen erneut unangenehm ausbreitete.

»Habt ihr was geplant?«

»Wir wollen eventuell zusammenziehen. Doch sicher bin ich mir noch nicht, wenn ich ehrlich bin.«

Jussi sah sie überrascht an. »Warum nicht? Denkst du, er ist nicht der Richtige?«

Johanne war klar, dass ihr Bruder nur deswegen dankbar um diesen Smalltalk war, weil er ein schlechtes Gewissen hatte. Umso mehr tat es ihr leid, dass sie nun das gefürchtete Thema anschneiden musste. »Ich hab Probleme damit, Nähe zuzulassen, verstehst du?«

Jussi wirkte für einen Augenblick wieder vollkommen fassungslos. Schließlich nickte er. »Tut mir leid, Jo, alles, meine ich.« Er sah sich um, als würde er erst jetzt bemerken, dass sie immer noch wie Fremde im Wohnzimmer standen. Er machte eine einladende Geste in Richtung Couch.

»Es war nicht deine Schuld«, stieß sie hervor, ohne auf seine Einladung einzugehen.

Er sah sie an, verzog zerknirscht das Gesicht. »Im Grunde war es das schon. Ich hätte sagen können, dass ich nichts gesehen habe. Aber das konnte ich nicht. Ich konnte nicht lügen, auch nicht um deinetwillen.«

»Und das war richtig so«, erklärte sie im Brustton der Überzeugung, obwohl sie plötzlich in ihrem Inneren einen Schmerz spürte, zusammen mit einem leisen Zweifel, der sie veranlasste, ihren Bruder prüfend anzusehen. Er schien sich unwohl zu fühlen. Nur weil sie ihn so plötzlich und unangemeldet besuchte?

»Bist du sicher?«, fragte er und schürte damit ihre Zweifel.

Sie wollte schon nicken, Ja sagen. Doch im Moment stand sie einfach nur da, im Kopf ein Chaos ihrer Gedanken.

»Ich weiß nicht«, stammelte sie schließlich. »Keine Ahnung. Darüber hab ich noch nie richtig nachgedacht.«

Was nicht ganz stimmte. Sie hatte sehr wohl schon oft überlegt, wie sie an Jussis Stelle damals reagiert hätte.

»Johanne«, erklang plötzlich eine weiche Stimme hinter ihr. Sie wirbelte herum, sah sich einer Frau gegenüber, die ihr vage bekannt vorkam.

»Du bist Suvi, richtig?«, fragte Johanne. »Jussi und du, ihr beide wart damals schon ein Paar.«

Die Frau nickte, kam lächelnd auf sie zu, drückte ihre Hand. »Ich will euch beide gar nicht lange stören. Ihr habt euch bestimmt viel zu erzählen«, erklärte sie, wandte sich ihrem Mann zu. »Ich geh mit Mama eine Runde und nehme die Kinder mit. Ist das okay?«

Jussi nickte.

»Soll ich euch zuvor noch etwas bringen? Kaffee vielleicht und Kuchen?«

Jussi sah von Suvi zu Johanne, hob fragend die Brauen.

Sie lehnte dankend ab. »Ich hab nicht so lange Zeit. Mein Freund wartet im Wagen auf mich.«

Suvi nickte. »Gut, dann gehe ich jetzt.« Sie sah zu Jussi, dann wieder zu ihr. »Schön, dich mal wieder zu sehen«, stieß sie aus.

Doch ihre Stimme sagte was anderes. Es war nur eine höfliche Phrase. Und Johanne konnte es ihr nicht mal verdenken. Suvi war Mutter und fühlte sich sicher unwohl bei dem Gedanken, eine Mörderin in ihrem Haus zu haben, in der Nähe ihrer Kinder.

Betreten sah Johanne ihr nach, als sie davoneilte, und wandte sich Jussi erst wieder zu, als sie allein im Raum waren. »Tut mir leid, dass ich dich in diese Lage gebracht habe.«

Er runzelte verwirrt die Stirn.

»Ich meine, dass ich einfach hergekommen bin. Mein Freund ist sehr besorgt um mich und möchte, dass ich mit mir ins Reine komme. Keine Ahnung, ob ich das jemals hinbekommen werde. Aber er dachte wohl, dass das hier mit dir ein Anfang sein könnte.«

Jussi senkte den Blick, ließ ihre Worte wohl auf sich wirken. Als er wieder aufsah, bemerkte Johanne, dass er Tränen in den Augen hatte.

»Soll ich gehen?«

Er verneinte stumm.

»Hasst du mich?«

Er zuckte zusammen, sah auf. »Natürlich nicht.«

»Was damals passiert ist, war nicht deine Schuld. Du hast dich in einer ausweglosen Lage gesehen, hattest Angst. Wer weiß schon, wie ich in deiner Situation gehandelt hätte.«

»Das haben die anderen aber nicht so gesehen.«

»Was dir widerfahren ist, hätte niemals passieren

dürfen«, sagte Jussi schnell. »Vielleicht hätten wir gegen das Urteil Einspruch einlegen und uns einen anderen Anwalt suchen sollen.«

»Vielleicht hätten wir das, ja. Aber wir haben es nicht und nun, nun ist es vorbei. Ich bin hier.«

Er sah sie an, legte den Kopf schräg, schluckte schwer. »Wie geht es dir?«

»Nicht besonders, wenn ich ehrlich bin.«

»Seit wann bist du ...« Er hob die Schultern.

»Wieder frei? Eine ganze Weile schon«, gab sie zurück.

»Tut mir leid, dass ich dich nicht besucht oder zumindest versucht habe, Kontakt aufzunehmen.«

»Du bist Vater«, sagte Johanne achselzuckend. »Bestimmt ist das der stressigste Job überhaupt.«

Er nickte. »Anstrengend auf jeden Fall. Aber das ist nicht der Grund. Ich hab mich nicht gemeldet, weil ich Angst hatte.«

Johanne zuckte zusammen. »Du hast Angst vor mir?«

»Nicht vor dir! Eher vor deiner Reaktion, wenn du mich zum ersten Mal wiedersiehst. Du warst so lange weg, wurdest wegen meiner Aussage bestraft. Ich hab mich einfach geschämt, dir gegenüberzutreten.«

»Ich bin jetzt frei und versuche, mein Leben in den Griff zu bekommen. Das ist alles, was zählt.«

»Bekommst du es hin?«

Sie hob die Schultern. »Mal mehr, mal weniger.«

»Hast du einen Job?«

»Mehrere. Niemand will eine ehemalige Mörderin einstellen. Selbst dann nicht, wenn ich erkläre, dass mein Opfer selbst ein Verbrecher war. Deswegen muss ich mich mit Gelegenheitsjobs über Wasser halten. Dort fragt keiner nach einem polizeilichen Führungszeugnis.«

Wieder starrte Jussi sie an wie ein geprügelter Hund, stand auf, lief rastlos im Zimmer auf und ab. »Wolltest du damals nicht studieren?«

Sie nickte.

»Warum machst du das nicht einfach?«

»Ich hab darüber nachgedacht, den Gedanken aber beiseitegeschoben. Ich hab noch so viel mit mir selbst zu tun. Da schaffe ich es einfach nicht, mich auf ein Studium zu konzentrieren.«

Er blieb stehen, sah sie zweifelnd an. »Ist es wegen des Geldes? Brauchst du was?«

Sie hob abwehrend die Hände. »Ich bin nicht hier, um dich um Geld zu bitten.«

»Du müsstest auch nicht darum bitten, Johanne! Du bist meine Schwester und ich möchte dir ja gerne helfen. Wie viel brauchst du?«

»Gar nichts«, sagte sie und konnte nicht verhindern, dass sie angesäuert klang. »Ich bin hier, weil du die einzige Familie bist, die ich noch habe.«

Er nickte, setzte sich. »Entschuldige bitte, aber falls sich das jemals ändern sollte und du doch meine Hilfe brauchst, weißt du, wo du mich findest.«

Sie ging nicht weiter darauf ein, ließ sich aber endlich ihm gegenüber auf der Kante eines Sessels nieder. »Ich bin sowieso bald für einige Wochen weg.«

Er sah sie fragend an.

»Ich gehe auf eine Art Kur. Will dort versuchen, zu mir selbst zu finden, damit klarzukommen, wer ich geworden bin.«

»Das freut mich für dich«, sagte er, doch Johanne sah ihm an, dass er in Wahrheit etwas anderes dachte. Vielleicht war es ihm auch egal. Selbst das konnte sie ihm nicht verübeln.

»Ich muss dann wieder«, sagte sie und sprang auf.

Er nickte abwesend, folgte ihr in den Gang hinaus.

»Sehen wir uns mal wieder?«, fragte er und sie hörte das Zittern in seiner Stimme.

»Willst du das denn?«

Er schluckte, schien unschlüssig. Dann riss er sie unvermittelt in seine Arme, drückte sie fest. »Na klar will ich dich wiedersehen. Du bist doch meine Schwester«, sagte er mit rauer Stimme. »Und ich liebe dich.«

Sie löste sich vom ihm, lächelte ergriffen. »Telefonieren wir ab und zu?«

Er nahm sein Handy aus der Hosentasche. »Speicherst du dich ein?«

Sie nickte freudig, tat, wie ihr geheißen, dann nahm sie ihr eigenes Gerät, gab es ihm.

Schließlich sahen sie sich sekundenlang stumm an.

»Hör zu, Johanne«, sagte er mit bebender Stimme. »Ich hätte es dir schon viel früher anbieten sollen ... Wenn du magst, kannst du auch hier bei uns einziehen. Das Haus ist groß. Ich möchte nicht noch einmal den Fehler machen und dir den Eindruck vermitteln, du seist mir nicht wichtig genug. Du bist mir wichtig und für dich ist hier immer Platz.«

Sie starrte ihn überrascht an. »Und deine Frau? Was würde sie von dieser Idee halten?«

»Wie ich würde sie wollen, dass die Familie zusammenhält. Und du gehörst nun mal zu mir.«

Als sie eine Minute später auf Freys Wagen zulief, kam ihr Suvi mit zwei Kindern und einer älteren Frau im Rollstuhl entgegen.

Sie blieb unschlüssig vor der Truppe stehen, sah ihre Schwägerin zögernd an. »Dann vielleicht bis zum nächsten Mal?«

Suvi nickte, reichte ihr die Hand. »Ich würde mich freuen.«

Johanne verabschiedete sich auch von dem kleinen Mädchen, danach ging sie vor dem etwa vierjährigen Jungen in die Hocke. »Wie ist dein Name?«

»Tyrannosaurus Rex«, gab der Winzling zurück, verzog seine niedliche Schnute.

Johanne konnte sich ein Schmunzeln nicht verkneifen, erhob sich wieder. »Freut mich sehr, einen so furchterregenden Dinosaurier kennenzulernen.«

Der Kleine kicherte entzückt.

Ihr Blick fiel schließlich auf die Frau im Rollstuhl, auf Suvis Mutter. Die ältere Dame musterte sie, schien abzuwägen, ob sie tatsächlich gefährlich war oder nicht.

»Ich bin Jussis Schwester«, stellte sie sich leise vor. »Johanne.«

Die Frau nickte, versuchte sich an einem Lächeln, das misslang und Johanne mehr erschreckte als die Begegnung mit ihrem Bruder zuvor. Johanne spürte plötzlich das Bedürfnis, wegzulaufen oder wenigstens im Erdboden versinken zu dürfen.

Die Frau legte den Kopf schräg, den Blick fest auf sie gerichtet. »Ich weiß, wer du bist«, sagte sie erstaunlich sanft, drehte an den Rädern des Rollstuhls und fuhr davon.

DREIZEHN
KOPENHAGEN
2006

Drei Monate später

Als Lajas Telefon klingelte, warf sie zuerst einen Blick auf die Nummernkennung. Der Anruf kam von nebenan, von Asger. Verwundert darüber, dass er nicht wie sonst gleich zu ihr ins Büro gestürzt kam, nahm sie ab.

»Ich hab eben eine interessante Anzeige von der Zentrale durchgestellt bekommen. Bei dir war besetzt. Hast du kurz Zeit?«, fragte er.

»Ja, komm schon rüber«, antwortete sie, wissend, dass ihr Kollege nur abchecken wollte, wie sie drauf war. Seufzend gestand sie sich ein, dass sie derzeit wirklich nicht vor guter Laune strotzte. Ihre Ermittlungen über die Hintergründe der Selbstmorde waren komplett zum Stillstand gekommen. Und das setzte ihr zu. Entsprechend abweisend reagierte sie auch, als Asger ihr gegenübersitzend von einem Vermisstenfall aus Mon berichtete.

»Fällt das überhaupt in unsere Zuständigkeit?«, versuchte sie ihn abzuwimmeln.

»He, ich dachte, dir liegt so viel daran, nach Parallelen zu unseren leider ruhenden Suizidfällen zu suchen?«

»Na schön, also, worum gehts genau und wieso kommt ein Mann von der Halbinsel Mon zu uns nach Kopenhagen?«, fragte sie, sich vom Bildschirm ab- und ihm zuwendend.

»Der Mann vermisst eine seiner beiden Töchter«, wiederholte Asger.

»Ja, das sagtest du schon. Aber dann sind die Kollegen in Mon für ihn zuständig und nicht wir.«

»Schon, aber der Mann behauptet, dass er bereits mehrmals bei den Kollegen in Mon gewesen sei, doch dort nimmt ihn keiner für voll.«

Laja riss die Augen auf, lehnte sich zurück. Jetzt war ihr Interesse geweckt. »Warum das?«

»Gegen den Mann liegt eine Anzeige wegen Körperverletzung vor. Er soll seine Exfrau geschlagen haben.«

»Und was genau hat das mit dem Verschwinden seiner Tochter zu tun? Und wie kommst du darauf, dass es eine Verbindung zu unseren Suiziden geben könnte?«

»Das hörst du dir am besten selbst an. Kann ich ihn zu dir schicken?«

»Er ist hier?«

»Ja, er wartet am Empfang.«

Laja schluckte. Sie fühlte sich überrumpelt, aber zugleich auch neu belebt. Wenn dieser neue Vermisstenfall tatsächlich Gemeinsamkeiten mit ihren seit Monaten ruhenden Suizidfällen aufwies, konnten sie diese vielleicht doch noch aufklären.

»Dann los, Asger«, ermunterte sie ihn, »hol ihn und dann sehen wir mal, was der Gute zu erzählen hat.«

Als Asger Minuten später in Begleitung eines gut gekleideten Mittvierzigers ihr Büro betrat, stand Laja auf, reichte dem Mann die Hand und lächelte freundlich. »Ich bin Laja Ravn, bitte nehmen Sie Platz.«

Der Mann nickte, sah sich aber unsicher um. Laja vermutete, dass seine schlechten Erfahrungen mit den Kollegen in Mon der Grund für sein Zögern waren. Daher bemühte sie sich, besonders freundlich zu sein.

»Darf ich Sie zuerst um Ihre Personalien bitten? Ich würde gerne ein Protokoll aufnehmen. Ist das in Ordnung für Sie?«, fragte sie und wies erneut auf den Stuhl vor ihrem Schreibtisch.

Der Mann nickte, schien erleichtert und nahm endlich Platz. »Mir ist alles recht, solange Sie sich meines Problems annehmen und mich nicht auch gleich wegschicken.« Er zog sein Portemonnaie aus der Jackentasche, kramte seinen Ausweis daraus hervor, reichte ihn ihr.

Sie griff danach, warf einen Blick auf den Namen des Mannes. »Okay, Poul, warum sind Sie hier und welche Probleme gab es mit unseren Kollegen, die sich zuerst Ihres Falles angenommen hatten? Sprechen Sie frei heraus.«

»Zuerst möchte ich sagen, dass die Anzeige, die gegen mich vorliegt, ziemlich aus der Luft gegriffen ist. In Wahrheit hat sich alles ganz anders abgespielt.«

»Worum ging es bei dieser Anzeige?«

»Ach, um eine Lappalie, die nicht mal wahr ist. Ich habe meine Exfrau nicht geschlagen, sondern sie nur an den Schultern gepackt und weggedrückt, nachdem sie auf mich losgegangen war und auf mich eingeschlagen hat. Das Ganze ist inzwischen über ein Jahr her.«

»Und Ihre Ex-Frau hat sie angezeigt?«, fragte Laja weiter nach.

Poul nickte seufzend. »So ist es.«

»Haben Sie das den Kollegen auf Mon auch so geschildert?«

»Nicht nur einmal.«

»Okay, würden Sie es für uns noch mal kurz zusammenfassen und auch erklären, worum es bei Ihrem Streit ging?«

»In Ordnung, ich versuch mich kurzzufassen. Alles

begann mit einem dummen Streit. Dabei ging es mal wieder um unsere Töchter. Ich bat Airin, sie möge die Mädchen mit ihrem dämlichen Gefasel in Ruhe lassen. Gut, ich war vielleicht ein wenig harsch, hab sie aber nicht angerührt. Dennoch ist Airin sofort auf mich losgegangen. Sie hat mich ins Gesicht geschlagen, woraufhin ich sie gepackt und weggeschoben habe. Genau in dem Augenblick kam ihr Sohn ins Zimmer und hat die Situation wohl fehlinterpretiert.«

»Was heißt das genau?«

»Er muss ihr eingeredet haben, mich anzuzeigen. Der Junge hat mich noch nie leiden können, seit er zwölf Jahre alt war.«

»Darf ich mal sortieren? Dieser Sohn ist nicht Ihr Junge?«

»Nein, meine Exfrau war noch ein Teenager, als er zur Welt kam. Sie brachte ihn mit in unsere Ehe. Ich wollte ihn immer adoptieren, doch dazu ist es nie gekommen.«

»Demnach lagen den Kollegen aus Mon falsche Informationen vor?«

»Na ja«, sagte Poul und hob in einer hilflosen Geste die Hände, ließ sie gleich wieder fallen. »Airin hat schon immer gern aus allem ein Drama gemacht.«

»Was genau hat Ihre Frau denn gegen Sie vorgebracht?«

»Sie behauptete, dass ich Ihr wehgetan hätte und dass sie sich von mir bedroht fühle. Dass sie zuvor mich geschlagen hat, verschwieg sie, genau wie die Tatsache, dass ihr Sohn mich ziemlich unsanft von ihr weggerissen hat.«

»Okay«, sagte Laja, sah zu dem Mann auf, nachdem sie sich Notizen gemacht hatte. »Diese Anzeige gegen Sie ist eine andere Geschichte. Kommen wir zu Ihrer vermissten Tochter. Warum nehmen die Kollegen aus Mon Ihre Sorgen um sie nicht ernst? Was glauben Sie?«

»Dazu muss ich weiter ausholen«, sagte Poul. »Airin und ich sind mittlerweile seit fünf Jahren getrennt und seit zwei Jahren geschieden. Zum Zeitpunkt der Scheidung waren unsere Mädchen fünfzehn Jahre alt und durften vor Gericht selbst entscheiden, bei wem von uns beiden sie leben wollen. Während der ersten drei Trennungsjahre lebten sie im wöchentlichen Wechsel mal bei Airin, mal bei mir. Die Mädchen entschieden jedoch, dass sie dauerhaft bei mir leben wollten, was auch gerichtlich bestätigt wurde. Das hat Airin nie wirklich verwunden, obwohl sie selbst daran schuld war, dass sich die Mädchen so entschieden haben.«

»Könnten Sie das näher ausführen?«, fragte Asger nach, der bisher nur still zugehört hatte.

Poul warf ihm einen kurzen Blick zu, bevor er wieder Laja ansah. »Die Mädchen fühlten sich schon immer in meiner Gegenwart wohler, was daran liegt, dass ich den beiden mehr Freiheiten lasse. Ich nehme sie als Persönlichkeiten wahr, respektiere ihre Wünsche und Bedürfnisse, anders als Airin.«

»Was heißt in dem Fall anders?«

»Nun, Airin ist eine fast krankhaft gluckenhafte Mutter, die ihre Töchter permanent kontrolliert und ihnen so gut wie keine Selbstentfaltung zugesteht. Hinzu kommt, dass Airin, wie sage ich es ...«

Der Mann brach ab, schüttelte betreten den Kopf.

»Nur frei heraus«, ermunterte Laja ihn.

»Airin ist schon immer streng gläubig gewesen. Sie wurde so erzogen. Und nach diesem Vorbild versuchte sie, auch unsere Mädchen zu erziehen. Das war auch der Grund für unseren Streit, der dann eskalierte. Immer wieder habe ich versucht, Airin klarzumachen, dass Glaube etwas Persönliches ist und dass jeder Mensch für sich selbst entscheiden sollte, woran er glaubt. Doch sie hat das anders gesehen, zwang den Mädchen von Geburt an ihre Sichtweise auf, ihren Glauben, ihre Art zu leben. Airins Glaube war auch einer der Gründe, warum unsere Ehe zerbrach.« Er stoppte, seufzte. »Das noch weiter auszuführen, würde den Rahmen sprengen und ist teilweise auch sehr intim und privat.«

»Kein Problem«, warf Laja ein. »Das reicht schon, um uns einen ersten Eindruck zu verschaffen.« Sie lehnte sich zurück, sah den Mann an. »Ihre Töchter lebten nach der Scheidung also bei Ihnen?«

Er nickte. »Ich hatte mit Airin vereinbart, dass sie jedes zweite Wochenende zu ihr kommen würden und den größten Teil ihrer Ferien.«

»Hat diese Vereinbarung so weit funktioniert? Hat Airin sich mit dieser Lösung arrangiert?«

»Das dachte ich zumindest. Im ersten Jahr nach der Scheidung war alles noch okay, doch dann wurde es langsam seltsam. Airin überredete die Mädchen dazu, jedes Wochenende zu ihr zu kommen und die ganzen Ferien bei ihr zu verbringen. Meine Jüngste wollte das nicht, doch bei meiner Ältesten hatte sie irgendwann Erfolg mit ihren Überredungskünsten. Fine ist zwar meine älteste Tochter, doch vom Wesen her ist sie bei Weitem nicht so gefestigt wie ihre Schwester. Sie war schon immer leicht manipulierbar, ließ sich von ihrer Mutter zu Dingen überreden, die sie eigentlich nicht machen wollte.«

»Das bedeutet, dass Fine den Großteil dieses Jahres alle Wochenenden bei ihrer Mutter verbrachte?«

Poul nickte. »Und ich weiß von meiner Jüngsten, dass auch Fine ungern Zeit mit Airin verbrachte, weil diese sie noch immer wie ein Kleinkind behandelte.« Er holte Luft, sah von ihr zu Asger. »Ich möchte nicht, dass sie einen falschen Eindruck von Airin bekommen. Sie ist eine gute Mutter und liebt unsere Mädchen aufrichtig.«

»Aber dennoch fühlten Sie sich unwohl bei dem Gedanken, Airin könnte durch die zusätzlichen Wochenenden und Ferienzeiten mit Fine weit mehr Einfluss auf sie ausüben, als gut für sie wäre. Trifft das zu?«

»So ungefähr«, sagte der Mann und seufzte.

»Das erklärt aber immer noch nicht, warum die Polizei in Mon Sie nicht ernst genommen hat.«

Wieder ein Seufzen. »Vielleicht hab ich das selbst verschuldet, weil ich schon mal falschen Alarm gegeben habe.«

»Was ist passiert?«, fragte Asger.

»Es war vor einigen Monaten«, fuhr Poul fort. »Meine Mädels waren bei Airin und kamen nicht wie vereinbart am Sonntagabend zurück. Es ging auch keiner ans Handy. Ich war beunruhigt und malte mir die schlimmsten Horrorszenarien aus. Zuerst rief ich bei allen Krankenhäusern an und schließlich alarmierte ich die Polizei in Mon. Dann stellte sich heraus, dass Airin mit den Mädchen auf ein Volksfest gegangen war, um sie anschließend zu mir zu bringen. Sie hatte nur vergessen, mir Bescheid zu geben. Es war laut dort, deswegen hörte keiner das Handy klingeln. Na ja«, er hob die Schultern, verzog das Gesicht, »ich stand am Ende ziemlich doof da, weil ich wegen drei Stunden einen solchen Aufriss veranstaltet hatte.«

»Moment mal, das Volksfest war das eine. Aber die Mädchen waren doch nicht wirklich fort.«

»Nein, damals noch nicht ...«

»Aber?«, bohrte Laja weiter. »Wann haben Sie denn erneut eine Vermisstenanzeige gestellt in Mon? Oder seit wann vermissen Sie die Mädchen oder eins der Mädchen?«

»Fine, es geht um Fine, um die ältere der beiden. Ich vermisse sie seit über drei Wochen. Oder besser gesagt, ich kann sie seitdem nicht erreichen, verstehen Sie?«

»Erklären Sie es.«

»Na, sie geht sonst immer ans Handy, wenn ich anrufe, schreibt immer sofort zurück, wenn sie eine Nachricht von mir sieht.«

»Aber diesmal nicht, seit drei Wochen? Sie haben sicher Nachforschungen betrieben. Was haben Sie herausgefunden.?«

»Natürlich habe ich das«, betätigte Poul. »Fine war, wie

immer, übers Wochenende bei Airin. Sie sollte eigentlich spätestens Sonntagabend zurück sein. Stattdessen rief Airin bei mir an, behauptete, Fine habe einen Nervenzusammenbruch erlitten, weil ihr die Schule, das Lernen und ihr Nebenjob zu viel geworden seien. Angeblich brauchte sie Abstand von allem, auch von mir. Deswegen wollte sie angeblich die nächsten Wochen bei Airin bleiben, sich ohne Stress und ohne Druck auf die Prüfungen vorbereiten.«

»Hat Ihre Exfrau eine Krankmeldung an die Schule geschickt?«, fragte Asger.

»Ja, aber da ging es nur um die letzte Woche vor den Ferien. Und in den darauffolgenden Ferien wäre Fine sowieso bei ihrer Mutter gewesen. Doch jetzt sind die Ferien um, die Schule ist vor zwei Tagen wieder losgegangen und Fine ist weder nach Hause gekommen noch habe ich mit ihr sprechen können. Es liegt auch keine neue Krankmeldung vor. Das ist es, was mich so irre macht.«

»Und Fine hat sich die ganze Zeit über nicht bei Ihnen gemeldet?«

»Nein, obwohl ich immer wieder versucht habe, sie anzurufen, und Nachrichten hinterlassen habe. Sie müssen wissen, Fine ist zuverlässig, sie würde nicht einfach so ihre Pflichten vernachlässigen und auch zurückrufen, wie sie es immer getan hat.«

»Hat sie sich auch nicht bei ihrer Schwester gemeldet?«

»Nein, auch seit weit über drei Wochen nicht.«

»Was sagt denn Ihre Ex-Frau dazu?«

»Airin lässt sich immer neue Ausreden einfallen, warum ich Fine nicht sprechen kann oder sie nicht antwortet.«

»War Fines Schwester an dem letzten Wochenende vor drei Wochen ebenfalls bei Airin?«

Poul schüttelte den Kopf. »Sie hat mir allerdings einiges über die Manipulationsversuche seitens Airin berichtet. Meine Jüngste hat sich deswegen von ihrer Mutter zurückgezogen und sie immer seltener besucht. Von ihr weiß ich auch, dass Fine irgendwas bedrückt hat, über das sie nicht reden wolle, nicht einmal mit ihr.«

»Demnach ist Fine dann nicht wirklich vermisst«, brachte Laja die Ausführungen des Mannes auf den Punkt. »Sie ist bei ihrer Mutter, oder etwa nicht?«

Der Mann schwieg, schien zu überlegen, bevor er zögernd antwortete.

»Das weiß ich eben nicht. Ich denke, dass da etwas im Busch ist. Wie gesagt hat meine Tochter noch niemals zuvor so lange nichts von sich hören lassen. Wir hatten keinen Streit, als sie zu Airin fuhr. Alles war in bester Ordnung. Wieso meldet sie sich dann nicht wenigstens kurz? Wenn schon nicht bei mir, dann bei ihrer Schwester?«

»Sie hatte einen Zusammenbruch«, erinnerte ihn Asger. »Vielleicht ist sie mental nicht in der Lage, zu telefonieren oder sich auf ein Nachrichtengefecht mit ihrer Schwester einzulassen.«

»Das habe ich zuerst auch gedacht. Doch dann schlug ich Airin vor, dass ich nach Kopenhagen komme, um mit Fine zu reden, in der Hoffnung, dass es ihr hilft.« Poul hob den Blick, sah Laja direkt an. Er wirkte, als würde er jeden Moment in Tränen ausbrechen. »Airin wollte das nicht, hat wirklich alles darangesetzt, mir diese Idee auszureden. Ich bin trotzdem gefahren, habe eine Stunde vor dem Haus gestanden, geklingelt und nach Fine gerufen.« Er schüttelte verzweifelt den Kopf. »Jemand war im Haus. Die Gardinen haben sich bewegt. Dennoch ließen sie mich draußen stehen und irgendwann unverrichteter Dinge abziehen. Deswegen bin ich hier, verstehen Sie? Weil eine solche Reaktion mir gegenüber nicht normal ist. Schließlich bin ich Fines Vater und Airin hat kein Recht, mir meine Tochter vorzuenthalten.«

»Und was genau erwarten Sie von uns?«, fragte Laja.

Poul atmete tief durch. »Dass Sie zu Airin fahren und mit ihr und Fine reden. Ich möchte einfach nur wissen, ob es meiner Tochter gut geht und ob sie wirklich freiwillig bei ihrer Mutter bleiben möchte.«

»Airin Vinther?«, fragte Laja die Frau, die ihnen die Tür geöffnet hatte, und zeigte, genau wie Asger, ihren Ausweis.

Die Frau nickte, wich leicht zurück, nachdem sie die Namen auf den Ausweisen studiert hatte.

Laja fiel auf, dass sie blass und übernächtigt wirkte. In Laja machte sich ein ungutes Gefühl breit. »Wir müssen mit Ihnen sprechen«, erklärte sie. »Es geht um Fine. Ihr Exmann macht sich schreckliche Sorgen um sie.«

Airin zuckte zurück, riss die Augen auf. »Ist er immer noch hier?«

»Was heißt das? War er heute bei Ihnen?«

»Heute Morgen, ja. Ich hätte ihm öffnen und mit ihm reden sollen, doch ich konnte es nicht. Ich hatte Angst, verstehen Sie?«

»Angst vor Ihrem Exmann?« Laja schüttelte verwundert den Kopf. »Ihr Mann war bei uns im Präsidium und hat uns gebeten, mit Fine und Ihnen zu sprechen. Er macht sich Sorgen um das Mädchen, weil es sich so lange nicht bei ihm bzw. ihrer Schwester gemeldet hat. Dass Sie ihm nicht geöffnet haben, obwohl Sie da waren, hat ihn noch mehr beunruhigt.«

»Fine konnte sich nicht bei Poul melden«, erklärte Airin.

»Und warum nicht?«

»Ich hab ihr das Handy abgenommen. Das war nach ihrem Zusammenbruch. Sie war nicht mehr sie selbst, ich musste es tun.«

»Und warum haben Sie das Ihrem Exmann nicht einfach gesagt? Dann würde er sich bei Weitem nicht so viele Sorgen machen und wäre heute Morgen auch nicht hier bei Ihnen aufgetaucht.«

»Wir reden nicht mehr miteinander.«

»Weil er Sie angegriffen hat?«

Die Frau nickte.

»Ihr Exmann hat uns diese Geschichte etwas anders geschildert, als Sie es unseren Kollegen gegenüber in Mon dargestellt haben.«

Die Frau straffte die Schultern. »Ich wurde gefragt, ob mir Pouls Verhalten Angst gemacht hat, und das tat es. Ihre Kollegen wollten wissen, ob er mich verprügelt hat, und ich habe ihnen gesagt, dass er mich geschubst und hart angefasst hat. Wenn die Polizisten daraus schließen, dass das Körperverletzung war, ist das nicht mein Problem.«

»Ist es im Grunde doch«, warf Asger ein und klang leicht säuerlich. »Sie haben die Anzeige unterschreiben und somit deren Wahrheitsgehalt bestätigen müssen. Und wenn die Anzeige nicht den Tatsachen entsprach, hätten Sie das den Kollegen sagen müssen.«

»Er hat es verdient«, sagte Airin mit einem abfälligen Unterton. »Poul verdient alles Elend dieser Welt. Ich hasse diesen Scheißkerl.«

»Dennoch dürfen Sie nicht seine Tochter von ihm fernhalten.«

»Das habe ich auch nicht. Fine war außer sich, als sie hier ankam. So hab ich sie noch niemals zuvor erlebt. Es stellte sich heraus, dass sie Probleme hatte. Probleme, die ein Mädchen in diesem Alter nicht allein bewältigen kann. Daran ist Poul schuld, weil er die Zügel zu locker und den Mädchen viel zu viel Freiraum ließ. Er war nicht so für sie da, wie er es hätte sein sollen.«

»Deswegen wollten Sie, dass Fine bei Ihnen blieb?«

Airin nickte.

»Wären Sie dann so nett und holen sie kurz her, damit wir uns davon überzeugen können, dass es ihr gut geht?«

Die Frau wurde blass, taumelte leicht und wich ihrem Blick aus. »Sie ist nicht hier.«

»Was heißt das?«

»Dass sie weggelaufen ist. Vor drei Tagen schon. Ich dachte, sie sei nach Hause gefahren, nach Mon. Doch dann stand Poul heute vor der Tür und da wurde mir klar, dass sie auch nicht bei ihm ist.«

»Und trotzdem haben Sie ihm nicht aufgemacht, um mit ihm darüber zu reden?«

»Zwischen ihm und mir gibt es nichts mehr zu besprechen.«

»Sie sind Eltern zweier Mädchen.«

»Und er ist dafür verantwortlich, dass Fine weggelaufen ist und sich vielleicht etwas antut.«

»Weil er ihr Freiheiten einräumte, die Fine bei Ihnen nicht hatte? Das bezweifele ich.«

Airin verzog das Gesicht. »Nicht deswegen. Ich habe mittlerweile etwas erfahren, das meine Welt erschüttert hat.«

Laja sah die Frau an, spürte einen Kloß im Hals. Was jetzt kam, war nicht gut … Ganz und gar nicht.

»Das Schwein hat Fine missbraucht, okay? Er hat mit ihr geschlafen, und wie es aussah, war es sein Baby, das sie unter dem Herzen trug, als sie hier ankam.«

Laja stieß die Luft aus. »Hat Fine Ihnen das erzählt?«

Die Frau schüttelte den Kopf. »Nicht mir, aber ihrem Bruder. Das war vor drei Tagen. Kurz darauf ist sie verschwunden.«

VIERZEHN
VAGAR/FÄRÖER

2019

Die letzten beiden Wochen waren Stress pur gewesen. Nach ihrem Besuch bei Jussi, wo sie lauthals verkündet hatte, die Kur tatsächlich in Erwägung zu ziehen, hatte Johanne Nägel mit Köpfen gemacht. Zuerst hatte sie Frey gesagt, dass sie sein Geschenk annehmen würde.

Er war überglücklich gewesen, hatte sich sogleich mit ihr an die Planung gesetzt und die Flüge gebucht. Zwar hatte er alles schon bezahlt, doch die Termine für die einzelnen Anwendungen mussten zum Großteil bereits im Vorfeld reserviert werden.

Anschließend waren sie shoppen gegangen, weil ihre Klamotten für einen dreiwöchigen Aufenthalt niemals reichen würden. Am Ende hatte Johanne ihre kläglichen Ersparnisse für Wanderstiefel, eine regen- und windfeste Jacke und warme Unterwäsche ausgegeben.

Auf den Färöer-Inseln war es das ganze Jahr über windig und regnete oft. Und sie erwartete auch frostigere Temperaturen als auf dem dänischen Festland.

Um ihre beiden noch verbliebenen Arbeitgeber nicht auch noch zu verlieren, hatte sie die letzten beiden Wochen beinahe täglich gearbeitet, manchmal sogar in Doppelschichten. Sie brauchte das Geld dringend, weil die Miete weiterbezahlt werden musste. Auch auf der Insel würde sie sicher ein wenig Geld benötigen, wenn sie Frey nicht vollkommen auf der Tasche liegen wollte.

In der restlichen knappen Zeit hatte sie Koffer gepackt, sich um jemanden gekümmert, der ihre Post aus dem Kasten nahm und in ihrer Wohnung deponierte, und sie hatte sich mit Isa verabredet, um ihr von den Reiseplänen zu berichten.

Und natürlich war da noch Frey gewesen, der jede freie Minute vor ihrer Abreise mit ihr verbringen wollte und ihr immer wieder anbot, dass sie zu ihm ziehen solle. Schließlich hatte sie nachgegeben und sich mit ihm darauf geeinigt, dass sie die Hälfte der Miete, die sie jetzt noch für ihre heruntergekommene Bleibe zahlte, an Frey überweisen würde. Zusätzlich bestand sie darauf, sich an den Lebenshaltungskosten zu beteiligen.

Frey hätte wahrscheinlich zu allem Ja und Amen gesagt, so glücklich war er gewesen, dass sie endlich vernünftig zu werden schien.

In Wahrheit war es der Besuch bei Jussi gewesen, der Johanne die Augen geöffnet hatte.

So viele Jahre war sie davon überzeugt gewesen, dass er sie verachtete, ja, sogar aus tiefster Seele hasste. Doch als sie einander gegenübergestanden hatten, war ihr klar geworden, wie sehr sie sich geirrt hatte. Sie verachtete und hasste sich nur selbst. Doch das traf keineswegs auf ihr Umfeld zu. Nicht auf Frey, nicht auf Isa, auch nicht auf ihren Bruder.

Sie hatte erkannt, wie sehr auch sie sich nach Beständigkeit in ihrem Leben sehnte. Nach einem Ort, wo sie sie selbst sein konnte, wo sie sich geborgen fühlte, an der Seite eines Menschen, der sie liebte. Und dieser Mensch war Frey. Das hatte er ihr in den letzten Monaten mehr als deutlich gemacht.

Vielleicht hatte sie es nicht verdient, glücklich zu werden, doch wenn einem das Universum verzieh und den kleinen Finger reichte, dann sollte man ihn auch annehmen, beschloss sie für sich. Und das fühlte sich zunehmend richtig für sie an.

Sie atmete tief durch, als sie in der Ferne die Umrisse der Insel sah.

Der Flug von Kopenhagen auf die Hauptinsel der Färöer war okay gewesen, doch schlafen hatte sie wegen der Aufregung nicht können. Für den Weg vom Flughafen zur Fähre hatte sie öffentliche Verkehrsmittel benutzt und so eine knappe Stunde verschenkt. Doch eine teure Taxifahrt gab ihr schmales Budget einfach nicht her.

Als sie die Fähre als eine der Letzten betreten hatte, waren die Sitzplätze alle belegt gewesen, und sie hatte beschlossen, die Überfahrt auf Deck zu verbringen.

Sie legte den Kopf in den Nacken, schloss die Augen, genoss die salzige Luft, den Geschmack des Atlantiks auf ihren Lippen, die Vorfreude auf das, was kommen würde.

Sie solle die kommenden Wochen als Urlaub betrachten, hatte Frey am Flughafen vorgeschlagen. Das gefiel ihr, zumal sie noch niemals in ihrem Leben Urlaub gemacht hatte.

Als der Lautsprecher knisterte und Sekunden später die blecherne Stimme eines Mannes ankündigte, dass sie in wenigen Augenblicken anlegen würden, machte ihr Herz einen Satz.

»Bist du auch so aufgeregt?«

Johanne wirbelte herum, starrte ins Gesicht einer Unbekannten, die ungefähr im selben Alter wie sie war.

»Ähm«, stammelte sie, brach ab, runzelte verwirrt die Stirn.

»Ich bin Caria«, erklärte ihr die Frau und grinste wie ein Honigkuchenpferd. »Das hier ist mein zweiter Aufenthalt auf Vagar. Warst du schon mal hier?«

Johanne schüttelte den Kopf.

»Machst du Urlaub auf der Insel?«

Johanne wusste nicht, was sie darauf antworten sollte, nickte schließlich. »Irgendwie schon«, murmelte sie.

Caria legte den Kopf schräg. »Jetzt sag bloß, du bist auch auf dem Weg ins *Careful Living*? Wie heißt du überhaupt?«

»Johanne«, stellte sie sich vor. »Du willst auch in die Klinik?«

Caria lachte auf. »Das ist keine Klinik, eher ein Hotel. Man wird umsorgt und behütet. Es gibt einen Sternekoch vor Ort, der dich mästet, und du kannst rund um die Uhr Wellnesskurse machen, in warmem Wasser schwimmen, dich massieren lassen. Das ist wie Luxusurlaub auf einer Karibikinsel, nur ohne Palmen und dass hier das Wasser arschkalt ist.«

»Das klingt, als wärst du schon drin gewesen?«, sagte Johanne schmunzelnd.

»Im Wasser?« Caria kicherte. »Das war ich. Ist eine Wette gewesen. Aber ich war vor zwei Jahren auch schon mal im *Careful Living*. Meine Eltern spendieren mir das jetzt schon zum zweiten Mal, um sicherzustellen, dass ich nicht wieder ausraste.«

Johanne starrte die Frau erstaunt an.

Diese lachte schallend. »Wenn du jetzt dein Gesicht sehen könntest.« Sie schüttelte den Kopf. »Ich hab eine schlimme Zeit hinter mir. Ist Jahre her. Doch hin und wieder holt es mich ein. Meine Eltern sind ganz gut betucht und nicht unschuldig daran, wie es mir geht. Daher ist es nur mehr als recht, dass sie hierfür tief in die Tasche greifen.«

»Bei mir ist es mein Freund gewesen. Er bezahlt das alles, weil er sich Sorgen um mich macht. Um meinen Gemütszustand und auch um meine Gesundheit.«

»Bist du wegen Burn-out hier?«

Johanne schüttelte den Kopf.

»Depressionen?«

Johanne dachte kurz darüber nach, nickte schließlich. Es ging die Fremde nichts an, warum sie wirklich hier war.

Caria sah sie kurz prüfend an. »Dann bist du auf alle Fälle richtig hier.«

Es gab einen Ruck, danach ein dumpfes Dröhnen, dann stand die Fähre still.

»Wir sind da«, rief Caria. »Teilen wir uns ein Taxi?«

Johanne zögerte.

»Du bist eingeladen«, sagte Caria und zwinkerte verschmitzt. »Wie gesagt, meine Eltern blechen für alles. Also, bloß keine falsche Scham. Die beiden sind echte Arschlöcher, verstehst du? Die glauben ernsthaft, dass alles wieder okay ist zwischen uns, wenn sie mir alle zwei Jahre das hier bezahlen.«

Johanne sah Caria verblüfft an. »Ist es das nicht? Ich meine, du wirkst so gefestigt, als könnte dich nichts umhauen.«

»Nur Fassade. Wenn ich hierherkomme, bin ich echt am Ende.« Caria seufzte, schüttelte den Kopf. »Und wirklich okay wird mein Leben definitiv nie wieder sein – dank meiner Eltern. Die beiden sind für die schlimmste Zeit meines Lebens verantwortlich. Ihretwegen bin ich in einer Abwärtsspirale gelandet, hab mich den falschen Leuten angeschlossen, einige schlimme Dinge getan, auf die ich nicht stolz bin.« Caria brach ab, sah sie prüfend an, als wollte sie herausfinden, wie viel sie ihr zumuten konnte. »Ich war schon zweimal im Gefängnis«, sagte sie schließlich leise. »Einmal für vier Monate wegen Raubüberfall und einmal ein Jahr wegen schwerer Körperverletzung.«

»Oh«, stieß Johanne aus, wusste nicht, was sie sonst sagen sollte.

»Hab keine Angst vor mir«, frotzelte Caria, »die einzige Person, die heute noch Angst vor mir haben muss, bin ich selbst. Ich hab schon ein paar Suizidversuche hinter mir. Der letzte liegt jetzt vier Jahre zurück. Doch seit ich hierherkomme, wird es langsam besser. Die düsteren Gedanken lassen nach. Ich lerne so langsam, damit umzugehen, wer ich war, und schaffe es vielleicht sogar irgendwann, mich auf das zu konzentrieren, was ich mal werden will.«

Caria brach ab, zog sie hinter sich her, sodass Johanne Mühe hatte, mit ihrem schweren Koffer Schritt zu halten.

Als sie neben einem Taxi standen, vereinbarte Caria mit dem Fahrer einen Pauschalpreis für die Fahrt. Während der Mann ihre Taschen im Kofferraum verstaute, drehte sie sich zu Johanne um und musterte sie mit stechendem Blick. »Ich weiß übrigens, dass du mich vorhin angelogen hast.«

Johanne zuckte zusammen, starrte Caria irritiert an.

»Du hast genickt, als ich Depressionen erwähnte. Doch deswegen bist du nicht hierhergekommen, das kann ich sehen. Deine Körperhaltung, deine düstere Ausstrahlung – du hast irgendwas total verbockt und willst hier versuchen, mit dir ins Reine zu kommen, genau wie ich.«

Noch ehe Johanne versuchen konnte, eine Ausrede zu erfinden, klingelte ihr Telefon. Sie sah aufs Display, erkannte Jussis Nummer.

Kurz erwog sie, es klingeln zu lassen, doch dann nahm sie den Anruf doch an.

»Bist du gut angekommen?«, fragte ihr Bruder.

»Noch nicht ganz«, erklärte sie. »Nur noch eine kurze Taxifahrt, bis es geschafft ist.«

»Alles okay bei dir?« Er klang, als würde er sich wirklich Sorgen machen, und wie aus dem Nichts empfand sie plötzlich Wut.

All die Jahre war sie allein gewesen und er hatte nicht einmal in Erwägung gezogen, Kontakt aufzunehmen. Nun hatte sie den Anfang gemacht und plötzlich rief er sie alle zwei Tage an, um sich nach ihrem Befinden zu erkundigen.

Als Caria eine Kopfbewegung machte, stieg sie ins Auto ein, ließ sich auf die Rückbank sinken.

»Ja, mir geht es gut«, sagte sie schließlich, kam aber nicht dagegen an, dass ihre Stimme abweisend klang.

Was war nur mit ihr los?

Die Müdigkeit, dachte sie. Vielleicht war sie auch einfach nur aufgeregt, weil sie in wenigen Minuten ankommen würde und nicht wusste, was auf sie zukam. Zwar hatte Caria in den höchsten Tönen von dem Ort geschwärmt, doch sie wollte sich ein eigenes Bild davon machen.

»Was ist das eigentlich für eine Klinik?«, fragte Jussi und Johanne fand, dass seine Stimme plötzlich seltsam angespannt klang.

Im Hintergrund vernahm sie ein leises Flüstern, das von seiner Frau kommen musste.

»Ein Ort, an dem sich Leute mit psychischen Problemen erholen und an sich arbeiten können.«

»An sich arbeiten?«, fragte Jussi. »Was genau soll das heißen?«

Johanne stutzte, als sie bemerkte, dass er irgendwie aufgeregt klang. »Na ja, eben ein Ort, wo man sich komplett auf sich selbst konzentriert und Dinge unternimmt, die einem gut tun. Man kann sich massieren lassen, schwimmen, Kurse absolvieren und etliches mehr.«

»Okay.« Jussis Stimme klang jetzt wieder normal. Doch irgendwas hielt Johanne davon ab, ihm mehr Informationen zu geben. »Ich muss jetzt auflegen«, sagte sie schnell. »Wir sind da.«

Sie beendete die Verbindung, steckte das Handy in ihre Tasche und blickte auf, als sie Carias Blick auf sich spürte.

»Du hast gerade zum zweiten Mal kurz nacheinander gelogen.«

Johanne hob die Schultern. »Das war mein Bruder«, erklärte sie. »Und manchmal nervt es mich, wenn er anruft.«

»Nerven?« Caria schüttelte den Kopf. »Du hast während des Telefonats ausgesehen, als würde dir ein Zahn ohne Betäubung gezogen. Du warst nicht genervt, sondern wütend und später zappelig, fast so als würde er dir Angst einjagen.«

FÜNFZEHN
KOPENHAGEN
2006

»Herr Lindell, der Halbbruder der vermissten Fine, wartet im Besprechungszimmer auf uns«, teilte Asger Laja mit und hielt ihr die Tür auf.

»Na, das ging aber schnell«, wunderte Laja sich, sprang auf und folgte ihrem Kollegen in den Flur. »Welchen Eindruck macht er auf dich?«

»Nervös, würde ich sagen. Aber das war nur mein erster Eindruck.«

»Hast du ihm schon gesagt, um was es geht?«

»Das überlasse ich dir, damit du dir selbst ein Bild machen kannst.«

Laja nickte ihm dankend zu und betrat als Erste den Raum, in dem der etwa zwanzigjährige Mann auf sie wartete. Er hatte nicht mal Platz genommen und eilte ihnen gleich entgegen.

»Guten Tag, Herr Lindell«, begrüßte Laja ihn und reichte ihm die Hand. »Mein Name ist Ravn. Sie können mich auch Laja nennen, wenn Sie mögen.«

»Ja sicher, gerne«, stammelte der Mann und blickte verunsichert von ihr zu Asger. »Warum haben Sie mich nun eigentlich herbestellt?«

Laja machte eine einladende Geste zu den Stühlen, die

um einen langen Tisch gruppiert waren. »Nehmen Sie doch Platz.«

»Ja, danke.« Er folgte ihrer Aufforderung. »Also, um was geht es?« Er sah sie erwartungsvoll an, als sie sich ihm gegenüber niederließen.

»Es geht um Ihre Familie«, antwortete Laja und ließ ihn dabei nicht aus den Augen. »Wir haben gestern bereits mit Ihrem Stiefvater und mit Ihrer Mutter gesprochen ...«

»Stiefvater?« Der Besucher schnaubte verächtlich. »Das ist er ganz bestimmt nicht. Er ist nur der Exmann meiner Mutter, der mich nie adoptiert hat. Und das ist auch gut so!«

»Sie mögen ihn nicht?«

»Ihn mögen? Was für eine Frage ... das Dreckschwein hat meine Halbschwester missbraucht.«

»Und früher?«, warf Asger ein. »Also, zu der Zeit, als Ihre Mutter und er noch liiert waren? Mochten Sie ihn da?«

Der junge Mann senkte den Blick, biss sich kopfschüttelnd auf die Lippen. Als er wieder aufsah, wirkte er blass und zuckte resigniert mit den Schultern. »Ganz zu Anfang mochte ich ihn wirklich. Ich war klein, brauchte eine Vaterfigur, und er war da. Dann kamen die Mädchen und alles veränderte sich. Ich schätze, ihm waren seine leiblichen Kinder dann wichtiger als ich.«

»Hat Sie das wütend gemacht?«

»Nicht wütend, eher traurig«, gab er zu.

Laja bewunderte den jungen Mann im Stillen für seine Ehrlichkeit. So mancher hätte in seiner Situation anders reagiert und gelogen. Doch Lindell gab ihnen gegenüber offen seine Gefühle zu. Aus Erfahrung wusste sie: Zeugen, die selbst auf nicht ermittlungsrelevante und sehr intime Fragen ehrlich antworteten, waren die besten. Aufmerksam beobachtete sie sein Mienenspiel, als Asger die nächste Frage stellte.

»Was hat sich noch nach der Geburt Ihrer Schwestern verändert?«

»Eigentlich alles.« Lindell stieß ins Nichts starrend den Atem aus. »Meine Mutter ist eine sehr fromme Person, sie lebt ihren Glauben, anders als Ihr Ex, der davon wenig hält. Er hat zu religiösen Dingen einfach keinen Zugang, was immer wieder zu Diskrepanzen zwischen den beiden führte.«

»Wie äußerte sich das?«, fragte Laja.

»Das fing bei den Kirchenbesuchen an und zog sich durch alle Lebensbereiche durch. Sei es das abendliche Beten oder unsere Erziehung.«

»Können Sie uns konkrete Beispiele aufzählen?«

Lindell nickte gedankenverloren. »Meine Mutter wollte, dass die Mädchen getauft werden. Doch mein sogenannter Stiefvater bestand darauf, zu warten, bis sie eigene Entscheidungen treffen können. Was darauf folgte, war eine der schlimmsten Auseinandersetzungen zwischen den beiden, an die ich mich erinnere. Nur noch übertroffen von dem Streit, nach dem sie sich dann endlich trennten.«

»Was war passiert?«

»Er hat meine Mutter betrogen. Nicht nur einmal.«

»Hat sie Ihnen das gesagt?«

»Das musste sie nicht. Ich hab es ihr angesehen, hab gespürt, wie verletzt sie war und wie sie immer mehr an sich zweifelte.«

»Und wie lief es nach der Trennung? Wie ging es Ihrer Mutter damit, die Mädchen nur noch im wöchentlichen Wechsel zu sehen?«

Der junge Mann hob erstaunt die Brauen. »Wie soll es ihr da ergangen sein?«

»Erzählen Sie uns einfach, was Sie mitbekommen haben und welchen Einfluss das alles auf Ihre Mutter hatte«, bat Laja.

»Ich denke, die Trennung selbst war okay für sie. Was ihr zusetzte, war, dass die Mädchen beim Scheidungstermin plötzlich äußerten, ganzjährig bei dem Kerl bleiben zu wollen statt wie zuvor abwechselnd bei beiden Elternteilen. Mutter fiel aus allen Wolken.«

»Was dachten Sie in dem Moment? Sie waren doch anwesend, als Ihre Schwestern das verkündeten, oder nicht?«

Lindell nickte. »Ja, sicher. Und mir war auf Anhieb klar, dass das nicht von den Mädchen kam, sondern von ihm. Er muss sie manipuliert haben.«

»Was meinen Sie damit?«

»Meine Mutter ist ein guter Mensch, für mich der wichtigste Mensch überhaupt. Aber sie ist streng, was die Erziehung ihrer Kinder angeht. Für sie war die Hierarchie in der Familie immer ganz klar definiert. Die Eltern geben den Ton an, weil sie eben die Eltern sind. Das sah ihr Exmann völlig anders, der mit uns eher auf kumpelhafte Art kommuniziert hat. Es war, als wären wir Kinder gleichgestellt, was wir aber nicht waren. Wenn meine Mutter etwas bestimmt hat, widersprach ihr keiner. Ihr Wort war Gesetz. Anders bei ihm. Egal was er sagte, es gab immer auch die Möglichkeit, seinen eigenen Standpunkt, seine Wünsche auszusprechen. Er nahm das äußerst ernst und gab uns Raum und Möglichkeiten zur Selbstentfaltung, schon von klein auf.«

»Klingt für mich nicht nach einem schlechten Vater, wenn ich ehrlich bin«, wandte Laja ein.

»Vielleicht nicht auf den ersten Eindruck.« Lindell seufzte. »Als die Mädchen noch regelmäßiger bei meiner Mutter waren, gab es keine Dramen, verstehen Sie? Die Mädchen waren gut erzogen, verursachten keine Probleme.«

»Und später? Änderte sich das, als die Mädchen permanent bei ihrem Vater lebten und nur noch hin und wieder bei ihrer Mutter waren?«

»Ja, vor allem Fine machte jetzt ständig Probleme«, bestätigte Lindell. »Sie veränderte sich völlig. Sie akzeptierte niemals das letzte Wort unserer Mutter, sondern machte einfach, was sie wollte. Hatte Fine schon zuvor wenig mit dem Glauben am Hut gehabt, wurde es jetzt richtig krass. Sie wollte nichts mehr mit der Kirche zu tun haben, weigerte sich, am Gottesdienst teilzunehmen, und wollte aus der Kirche austreten. Sie rebellierte offen gegen alles, was meine Mutter bestimmte. Ich vermute, dass das an der Erziehung ihres Vaters lag. Zumindest hab ich das damals geglaubt.«

»Jetzt nicht mehr?«

Er schüttelte den Kopf, wirkte plötzlich wütend.

»Warum nicht?«

»Sie wissen doch, was er ihr angetan hat.«

»Sie reden von dem angeblichen Missbrauch? Sie glauben auch, dass Fine von ihrem Vater missbraucht und von ihm schwanger war?«

Der junge Mann nickte.

»Hat sie es Ihnen genauso gesagt?«

Lindell sah unschlüssig zu Asger, dann wieder zu ihr. »Ich hab sofort gespürt, dass etwas mit ihr nicht stimmt, als sie zu uns kam. Es ging ihr nicht gut und sie weinte viel, war noch unzugänglicher als sonst. Fine war, seit sie bei ihrem Vater lebte, sowieso nicht mehr wiederzuerkennen. Doch an jenem Wochenende war es noch offensichtlicher. Es war ihr anzusehen, dass sie ziemlich in der Scheiße saß.«

»Welche Art von Scheiße war das? Hat sie darüber geredet, Ihnen gesagt, was los ist?«

»Zunächst nicht, aber es muss schlimmer als je zuvor gewesen sein. Und da war auch schon einiges vorgefallen.«

»Zum Beispiel?«

»Sie hatte hin und wieder Ärger mit der Polizei gehabt, war in der Schule abgerutscht, nahm sogar Drogen.«

»Ärger mit der Polizei«, wiederholte Asger. »Was meinen Sie denn damit?«

»Sie hat gestohlen und wurde dabei erwischt.«

»Was hat sie gestohlen?«

»Unnützes Zeug … Schmuck, Süßigkeiten, Klamotten.«

»Und die Drogen?«

»Sie hat Marihuana geraucht.«

»Klingt, als hätte sie sich den falschen Freundeskreis ausgesucht.«

Lindell nickte. »Und es wäre an ihrem Vater gewesen, das zu verhindern oder zumindest dafür zu sorgen, dass sie wieder zu sich kommt. Dass sie normal wird, sich wie ein anständiges Mädchen verhält.«

»Aber er hat ihr all das durchgehen lassen?«

»Geredet hat er schon mit ihr. Nur trugen seine Worte keine Früchte. Ich schätze, dass sich jetzt rächte, was zuvor falsch gelaufen war.«

»Was war das genau?«, fragte Laja und übernahm damit erneut die Gesprächsführung.

»Dass er sie all die Jahre davor immer wie eine Freundin und nicht wie seine Tochter behandelt hatte. Das musste sich ja irgendwann rächen.«

»Lassen Sie uns auf den Missbrauch zurückkommen«, lenkte Laja das Gespräch in eine konkretere Richtung.

Lindell wurde blass, nickte aber mit erstarrter Miene.

»Sie sagten vorhin, Sie hätten auf Anhieb gewusst, dass etwas sich verändert hatte bei Fine, noch mehr als je zuvor.«

»Das stimmt. Sie sah schlimm aus, als sie zu uns kam, übergab sich ständig, wollte nicht essen. Zudem war sie permanent gereizt, weinte viel. Meine Mutter brachte sie zu einem befreundeten Arzt und dort stellte sich heraus, dass sie schwanger war, in der zehnten Woche schon.«

»Was war dann?«

»Mutter wollte wissen, wer der Vater des Babys sei. Doch sie weigerte sich, es zu sagen. Sie bestand auf einer Abtreibung.«

»Und Ihre Mutter?«

»Einen Fötus zu töten, ist eine Sünde. Natürlich wollte sie zu dem Zeitpunkt noch, dass Fine das Kind bekommt.«

»Später nicht mehr?«

Lindell schluckte. »Als Mutter erfuhr, dass das Kind von ihrem Exmann ist, war sie vollkommen fertig. Sie wusste einfach nicht, was sie tun sollte.«

»Warum ist sie nicht zur Polizei gegangen?«

»Weil Fine zu dem Zeitpunkt schon weg war. Sie konnte nicht mehr persönlich mit ihr darüber reden.«

»Und was war mit Ihnen? Hat sich Fine Ihnen anvertraut?«

Lindell schluckte hart, dann nickte er. »Ja, am Abend bevor sie verschwunden ist.«

»Hat sie wörtlich gesagt, dass das Baby von ihrem Vater ist?«

»Ja.« Lindell sah Laja direkt ins Gesicht.

Laja war sich dennoch nicht sicher, ob er log oder die Wahrheit sagte. Schließlich räusperte sie sich. »Hat Fine Ihnen gegenüber erwähnt, wo sie hinwollte?«

»Ich wusste nicht mal, dass sie überhaupt wegwollte.«

»Von Ihrem Stiefvater wissen wir, dass Fine vorhatte, nur übers Wochenende bei Ihnen und Ihrer Mutter zu bleiben. Tatsächlich waren es dann drei Wochen. Ist sie freiwillig geblieben?«

Er zögerte kurz, schüttelte dann den Kopf.

»Hat Ihre Mutter Fine dazu überredet oder gar gezwungen?«

»Irgendwie schon. Sie wollte Fine einfach nicht gehen lassen, solange eine Abtreibung im Raum stand.«

»Wusste ihr Vater von der Schwangerschaft?«

»Nein. Er kümmerte sich ja kaum um die Belange der Mädchen, war permanent unterwegs, überließ beide mehr oder weniger sich selbst.«

»Was war mit Ihrer Mutter? Nahm sie Fine das Handy ab?«

Lindell nickte. »Und ihren Laptop, damit sie nicht ins Internet kann.«

»Was glauben Sie? Warum hat Ihre Mutter das

gemacht? Wollte sie das Mädchen davon abhalten, ihrem Vater zu schreiben, dass sie unfreiwillig im Haus Ihrer Mutter festgehalten wurde?«

»Nicht ausschließlich. Fine ist abhängig von dem Ding. Das Handy ist wie ihr verlängerter Arm. Sie hat es ständig dabei, sogar auf der Toilette und beim Essen, hat dauernd SMS verschickt oder mit Freunden telefoniert. Auch ihr Laptop ist oft den ganzen Tag an gewesen und sie saß davor, chattete oder surfte im Internet. Mutter sagt, dass diese Dinger dazu beitragen, unser Wesen zu verändern. Sie verlagern unseren Fokus auf Unwichtiges, machen uns krank und unglücklich.«

»Haben Sie ein Handy oder einen Laptop?«

Lindell verzog das Gesicht zu einem leichten Lächeln. »Ich besitze beides, natürlich. Ohne geht es heutzutage ja kaum noch. Aber ich nutze den Laptop ausschließlich für wichtige berufliche Belange und mein Handy nur für den Notfall, nicht wie Fine als wichtigste Freizeitbeschäftigung.«

»Also hat Fine Ihnen gegenüber nicht erwähnt, wohin sie wollte?«, kam Asger wieder auf die ursprüngliche Frage zurück.

»Das sagte ich doch schon«, beharrte Lindell. »Ich wusste nicht einmal, dass sie darüber nachdachte, abzuhauen.«

»Und warum haben weder Ihre Mutter noch Sie die Polizei informiert, als sie fort war? Warum haben Sie nicht mal eine Vermisstenanzeige aufgegeben?«

»Meine Güte«, stöhnte Lindell leicht genervt. »Meine Mutter wusste bis gestern nicht mal was von dem Missbrauch. Fine beschwor mich, ihr nichts zu sagen, und ich gab ihr dieses Versprechen. Sie sagte, sie wollte zuerst mit ihrem Vater darüber reden und dann selbst entscheiden, ob sie zur Polizei geht oder nicht. Deswegen hab ich meiner Mutter gegenüber auch zunächst nichts davon erzählt. Dann verschwand Fine und wir dachten zunächst, dass sie zu ihrem Vater gefahren ist. Doch als dieser gestern Morgen bei uns vorm Haus auftauchte und laut nach Fine rief, wurde mir klar, dass sie nicht zu ihm gefahren, sondern tatsächlich weggelaufen ist. Erst dann hab ich Mutter alles gesagt.«

»Und trotzdem ist Ihre Mutter nicht zu uns gekommen«, merkte Laja an.

Lindell sah sie an, verzog das Gesicht. »Sie hatte gerade erfahren, dass ihr Exmann eine ihrer Töchter missbraucht hat. Was erwarten Sie? Meine Mutter war am Boden zerstört, musste das alles erst einmal verdauen. Und dann standen Sie plötzlich vor der Tür!«

Poul Vinthers Haus war winzig, aber gepflegt und lag in einer kleinen Anliegerstraße.

Asger und Laja stiegen aus, liefen auf das Gartentor zu. Laja drückte auf die dort angebrachte Klingel.

Gleich darauf ertönte ein leises Surren. Die Stimme eines jungen Mädchens meldete sich. »Was wollen Sie?«

»Wir sind von der Polizei Kopenhagen und möchten mit Poul Vinther sprechen.«

»Mein Vater ist nicht da.«

»Können wir hier auf ihn warten?«

Stille. Dann ein leises Seufzen. »Das kann dauern. Ich weiß nicht genau, wann er heimkommt.«

»Haben Sie die Möglichkeit, ihn anzurufen?«

»Okay … aber ich weiß nicht …«

»Wenn Sie rauskommen, zeigen wir Ihnen unsere Ausweise«, unterbrach Laja sie.

»Na gut. Ich ruf Daddy an.«

Ein Klicken verriet Laja, dass das Mädchen die Gegensprechanlage ausgeschaltet hatte.

Kurz darauf ging die Haustür auf und ein blondes, etwa siebzehnjähriges Mädchen kam auf sie zu.

Asger zog seinen Ausweis hervor, zeigte ihn dem Mädchen. Laja tat es ihm gleich.

Das Mädchen blickte zuerst auf die Ausweise, dann auf sie beide. »Sind Sie wegen Fine hier?«

Laja nickte. »Haben Sie Ihren Vater informiert?«

»Er ist schon unterwegs. Aber ich soll Sie nicht ins Haus lassen.«

»Das ist in Ordnung«, sagte Laja und lächelte. »Verraten Sie uns Ihren Namen?«

Das Gesicht des Mädchens, gerade eben noch freundlich und offen, verschloss sich wieder.

»Kein Problem«, sagte Asger schnell. »Wir sind wegen Ihrer Schwester hier. Hat sie sich zwischenzeitlich gemeldet oder ist sie nach Hause gekommen?«

Kopfschütteln. »Ich hab zuletzt vor drei Wochen von Fine gehört. Danach war Funkstille.«

»Wussten Sie von der Schwangerschaft?«, schoss Asger ins Blaue und um das Überraschungsmoment zu nutzen.

Das Mädchen zuckte zurück, taumelte leicht. »Was für eine Schwangerschaft? Fine war doch nicht schwanger! Davon hätte sie mir oder Dad doch was gesagt.«

»Sie muss in letzter Zeit öfter krank gewirkt haben. Sich übergeben haben …«

Das Mädchen riss die Augen auf, dann schüttelte es heftig den Kopf. »Ich weiß nur, dass sie Probleme mit ihrem Freund hat. Und Ärger in der Schule.«

»Sie hat einen Freund?«

»Warum nicht! Wir sind siebzehn, nicht zwölf!«

»Sie sind gleich alt? Zwillinge?«

»Ja. Zweieiig. Fine ist vierzehn Minuten älter als ich.«

»Dann stehen Sie beide einander bestimmt nahe?«

Das Mädchen nickte.

»Trotzdem hat sie Ihnen nichts von der Schwangerschaft erzählt.«

»Fine ist nicht schwanger, das sagte ich doch schon. Sie müssen sich irren.«

»Ihre Mutter hat sie zu einem Arzt gebracht, der die Schwangerschaft bestätigt hat. Ihre Schwester ist in der zehnten Woche.«

Die Augen des Mädchens füllten sich mit Tränen. Sie biss sich auf die Lippen. »Das glaub ich nicht. Warum hat sie mir nichts davon gesagt? Ich verstehe das nicht. Wir reden doch sonst über alles.«

»Darf ich fragen, ob Fine Ihnen gegenüber jemals erwähnte, dass sie weglaufen wollte?«

»Weglaufen?« Sie schüttelte den Kopf. »Ganz im Gegenteil. Sie wollte hierbleiben, bei Dad und mir, und nicht zu unserer Mutter fahren. Sie fühlte sich bei ihr unwohl, wegen des ganzen Jesusgequatsches und so.«

»Und Sie? Wie geht es Ihnen bei Ihrer Mutter? Sind Sie gerne bei ihr?«

Das Mädchen lächelte, nickte dann zögerlich. »Mom ist sonst eigentlich ganz okay.«

»Und wie kommen Sie mit Ihrem Bruder zurecht?«

»Halbbruder«, gab sie zurück. »Geht so … er ist ja älter als Fine und ich und macht meistens sein eigenes Ding.«

»Was für ein Verhältnis haben Fine und Sie zu Ihrem Vater?«

Das Mädchen runzelte irritiert den Kopf. »Warum fragen Sie mich das?«

»Wir wollen uns nur ein Bild von Ihrer Familie machen. Herausfinden, was mit Fine ist, wo sie sein könnte und warum sie weggelaufen ist.«

»Dad ist der Beste«, sagte das Mädchen und grinste. »Er ist mein bester Freund. Und Fines auch.«

»Und dennoch hat er Ihre Schwester höchstwahrscheinlich missbraucht.«

Das Mädchen sah sie nur fassungslos an.

»Wie es aussieht, ist Fines Baby von Ihrem Vater. Haben Sie je davon etwas mitbekommen?«, fragte Asger.

Laja warf Asger einen kurzen Seitenblick zu. Vermutlich wollte er die junge Frau aus der Reserve locken, um herauszufinden, ob sie nur vorgab, der größte Fan ihres Vaters zu sein, oder ob sie ihm wirklich bedingungslos vertraute. Sie seufzte innerlich. So direkt hätte sie selbst das niemals ausgesprochen.

Als Asgers Worte heraus waren, schien es für den Bruchteil einer Sekunde, als befänden sie sich in einem Vakuum. Es herrschte absolute Stille.

War das junge Mädchen zuerst nur fassungslos gewesen, schien es jetzt wie versteinert zu sein. Mit weit aufgerissenen Augen starrte es Asger sekundenlang nur an. Dann schüttelte es langsam den Kopf, fing an zu lachen.

Ein hartes Lachen, das nichts Heiteres hatte.

»Sie ticken doch nicht richtig!«, stieß es schließlich hervor. »Ficken Sie sich! Alle beide! Mein Vater muss jeden Augenblick zurückkommen, aber ich … ich bin fertig mit Ihnen.«

SECHZEHN
VAGAR/FÄRÖER

2019

Ihr Gedankenchaos hatte Johanne die halbe Nacht lang wach gehalten, was nur zum Teil an dem fremden Ort lag.

Nach ihrer Ankunft waren so viele neue Eindrücke auf sie eingestürmt, die sie erst einmal verarbeiten musste. Eine nette Dame hatten ihnen das Anwesen gezeigt, während einer der Hausangestellten das Gepäck in ihre Zimmer gebracht hatte. Danach hatte es Abendessen gegeben. Und Caria hatte keineswegs übertrieben, als sie auf der Fähre über das Essen hier geschwärmt hatte.

Es war köstlich gewesen, dennoch ausgewogen und gesund. Johanne glaubte sogar, niemals zuvor in ihrem Leben so gut gegessen zu haben, und hatte entgegen ihrer gewohnten Art zu viel davon in sich hineingestopft.

Nach dem Essen bekamen alle Neuankömmlinge ihre Therapiepläne und wurden zu einer Willkommensveranstaltung eingeladen. Da diese freiwillig war, hatte Johanne darauf verzichtet und war lieber spazieren gegangen, um die Gegend zu erkunden.

Immerhin war das ihr erster Aufenthalt auf den Färöer. Nur aus Filmen wusste sie, dass es ein bisschen wie Island sein musste. Und das traf auch zu. Auf Anhieb hatte sie sich in diesen wunderschönen Ort verliebt.

Schon die ersten Schritte ins Freie hatten sie entzückt aufatmen lassen. Die Residenz selbst lag auf einer Anhöhe, und sie genoss minutenlang den traumhaften Ausblick. Von hier oben hatte sie die halbe Insel im Blick, bis hin zu der Bucht. Wohin sie auch schaute, sah sie saftig grüne Wiesen, die bis zu den Steilklippen reichten. Erblickte Wasserfälle, die daraus entsprangen und sich ins Meer ergossen. Wie verzaubert hatte sie dem stetigen Tosen des Atlantiks gelauscht, zugesehen, wie die Wellen sich an den Felsen brachen, und gierig die salzige Luft eingeatmet.

Selbst jetzt, da sie wohlig eingekuschelt in ihren Kissen aufwachte, konnte sie es noch nachschmecken und atmete lächelnd gegen ihre Müdigkeit an. Hier würde sie es locker die drei Wochen aushalten und jede Minute davon genießen.

Voller Vorfreude schlug sie die Decke zurück, schwang die Beine aus dem Bett, lief zum Fenster und freute sich, dass ihr Zimmer sogar Meerblick hatte. Schöner hätte sie es nicht treffen können.

Während sie auf den dunkelblauen Atlantik sah, der gestern Abend noch beinahe schwarz gewirkt hatte, lächelte sie.

Vor dem Schlafengehen hatte sie Frey ein paar Fotos geschickt. Begeistert hatte er geantwortet, dass er sich am liebsten in den nächsten Flieger setzen würde, um zu ihr zu kommen.

Gänzlich anders war das Telefonat mit Jussi verlaufen. Sich daran erinnernd, überkam sie ein merkwürdiges Unbehagen.

Sie verstand sich selbst nicht mehr.

Einerseits war sie glücklich, ihn wieder in ihrem Leben zu haben, nach allem, was passiert war. Doch ein kleiner Teil ihres Selbst, der Teil, der stets an jedem und allem zweifelte, riet ihr, vorsichtig zu sein. Sich nicht zu sehr in dem Wunsch, ihm wieder nahe zu sein, zu verlieren.

Grübelnd versuchte sie, diesem Unbehagen auf den

Grund zu gehen. War es seine Stimme, die bei dem gestrigen Telefonat irgendwie seltsam geklungen hatte? Anfangs aufgesetzt fröhlich, dann mittendrin plötzlich misstrauisch und zuletzt ziemlich gereizt.

Oder bildetet sie sich das nur ein?

Als ihr Blick zur Uhr glitt, erschrak sie. Sie zeigte fast neun und ihr erster Termin war bereits in einer knappen Stunde.

Schnell schlüpfte sie in frische Unterwäsche und die Klamotten vom Vortag. Später würde sie ihre übrigen Sachen zum Wechseln auspacken. Aber jetzt war die Zeit dafür zu knapp. Sie putzte sich nur rasch die Zähne, kämmte sich und eilte in den Frühstücksraum.

Dort angekommen, entdeckte sie Caria und ging auf sie zu. Anders als gestern wirkte ihre neue Bekannte heute gestresst und sah irgendwie fertig aus.

Vor ihrem Tisch angekommen, blieb sie stehen.

Caria sah nur müde zu ihr auf.

»Darf ich mich zu dir setzen?«, fragte Johanne.

Caria nickte, starrte dann wieder auf ihren Teller, auf dem ein unberührtes Omelett lag.

»Geht es dir nicht gut?«, fragte Johanne betreten.

»Hab beschissen gepennt«, gab Caria zurück, verzog das Gesicht. »Ist bei mir in den ersten Tagen aber normal.«

Eine Serviererin trat an den Tisch, sah sie beflissen lächelnd an. »Was darf ich Ihnen bringen?«

»Einfach nur Kaffee«, sagte Johanne.

»Und zu essen?«

Sie hob unschlüssig die Schultern. »Was gibt es denn zur Auswahl?«

»Was immer Sie wünschen.«

»Eggs Benedict mit Lachs und Spinat auch? Und Champagner?«, witzelte Johanne.

Doch die Bedienung blieb ernst und professionell. »Eggs Benedict haben wir selbstverständlich. Alkohol hingegen ist während der Therapiezeiten nicht gestattet.«

Johanne starrte die Frau an, wusste nicht recht, was sie erwidern sollte. »Ich nehme einfach Rührei mit Toast«, sagte sie schließlich und spürte, wie sie rot anlief.

Die Frau nickte freundlich und verschwand.

»Ist ja krass hier«, sagte Johanne, ihr nachblickend, bevor sie sich wieder Caria zuwandte. »Was gibt es hier mittags und abends, wenn die schon zum Frühstück so fürstlich auffahren?«

Caria grinste. »Das ist echt abgefahren hier. Du bekommst alles, was du dir vorstellen kannst, und noch mehr. Sogar Pralinen kannst du dir aufs Zimmer bringen lassen. Oder wenn du es lieber salzig und herzhaft magst, bekommst du auch Chips in jeder Geschmacksrichtung. Die haben alles. Nur mit dem Alkohol sind sie zimperlich. Hast es ja eben gehört.«

»Das heißt, wenn es abends was zu trinken gibt, sollte man es nicht gerade krachen lassen?«

»Ganz genau. Das ist ja kein Urlaubsresort wie üblich. Wie du weißt, ist das hier eine Heilanstalt für die Seele, und die braucht nun mal keinen Schampus, die braucht geistige Erleuchtung, wenn du verstehst, was ich meine.«

Johanne lachte und erinnerte sich dabei an ihr Gespräch von gestern und ihre eigene Irritation über einige Anmerkungen ihrer neuen Freundin. »Darf ich dich was fragen?«

»Klar.«

»Woher weißt du so viel über mich?«

»Dann hab ich ins Schwarze getroffen?«

Johanne nickte.

Caria seufzte, schob ihren Teller beiseite. »Ich kann so was eben. Wenn ich jemanden sehe, mit ihm spreche, dann spüre ich, was denjenigen umtreibt. Ich sehe nicht das Problem selbst, aber die Stimmungslage erkenne ich. Ich spüre, ob jemand lügt oder die Wahrheit sagt, glücklich ist oder nicht.«

»Dann hast du so was wie das dritte Auge?«

»Eher eine ziemlich gute Menschenkenntnis«, gab Caria

lächelnd zurück. »Ich glaube nicht an so esoterisches Zeug. Nicht mehr zumindest.«

»Und trotzdem bist du hier …«

»Das hier hat nichts mit Esoterik zu tun. Hypnose und luzides Träumen sind wissenschaftlich fundierte Therapieansätze für Traumapatienten und psychisch Kranke.«

Caria hatte bei ihrer Erklärung mit den Armen gefuchtelt, wobei ein Ärmel ihres Pullovers nach oben gerutscht war und den Blick auf unzählige Narben freigab.

Johanne konnte nicht anders, als darauf zu starren.

»Das sind alte Narben. Die meisten hab ich mir selbst zugefügt, doch ein paar von denen …« Caria brach ab, seufzte, sah Johanne an. »Am Tag meiner Ankunft hier geht's mir immer richtig gut, doch in den ersten Tagen … na ja, dieser Ort, die Sitzungen, das bringt vieles in mir wieder hoch. Was natürlich gut und hilfreich ist, aber auch schmerzhaft, verstehst du?«

Johanne nickte.

»Wenn ich nach dem Aufenthalt hier wieder nach Hause fahre, fühlt sich mein Leben eine ganze Weile völlig normal an«, erklärte Caria weiter. »Doch irgendwann stürze ich wieder ab und dann hilft es mir nur noch, hierher zurückzukommen.«

»Darüber hast du gestern bereits gesprochen. Und du hast behauptet, deine Eltern seien schuld. Wie hast du das gemeint?«

Caria sah sie an, zuckte schließlich mit den Schultern. »Sie waren nicht für mich da, als ich sie wirklich brauchte. Und so habe ich mich eben mit den falschen Leuten eingelassen. Ich habe damals ziemlich viel getrunken, die Schule sausen lassen, war auf jeder Party. Ich war wild und ungestüm, hatte jeden Tag einen anderen Typen im Bett und meinen Eltern war es egal – das dachte ich zumindest. Eines Tages kam es dann zum Knall, als die Bullen vor der Tür standen, weil ich im Suff ein Kind mit dem Rad angefahren hatte und abgehauen bin. Ohne Vorwarnung warfen mich meine liebenden Eltern auf die Straße. Und da stand ich nun und wusste nicht wohin. So kam ich nach Kopenhagen und dort ... na ja ... dort ging es dann richtig abwärts.« Caria verstummte, verlor sich im Blick auf die Narben auf ihrem Arm.

»Wer hat dir das angetan?«, fragte Johanne flüsternd.

Doch Caria schien sie gar nicht wahrzunehmen.

Als sie aufsah, glitzerten Tränen in ihren Augen. »Ich glaube, es würde mir sehr viel besser gehen, wenn ich wüsste, dass diese Schweine hinter Gittern wären, weißt du? Stattdessen laufen sie alle noch frei herum, während ich hier in Therapie bin und verzweifelt versuche, damit klarzukommen, wer und was ich ihretwegen geworden bin.«

Auf dem Weg zu ihrer ersten Sitzung gingen Johanne Carias Worte nicht mehr aus dem Sinn. Sie hatte von Menschen gesprochen, die ihr etwas angetan hatten, sie zu etwas gezwungen hatten. Dinge, derentwegen diese Individuen eigentlich ins Gefängnis gehörten, jedoch nach wie vor frei waren.

Irgendwie hörte sich das für Johanne an, als wäre Caria der Absprung aus alledem nur sehr knapp gelungen.

Eine beängstigende Vorstellung. Doch Caria war auch auf ihr Nachbohren hin nicht bereit gewesen, ihr mehr über diese Menschen zu sagen. Sie hatte ängstlich, fast panisch auf ihre Nachfragen reagiert, war aufgesprungen und davongelaufen.

Als Johanne vor Dr. Michaelis' Tür stand, hob sie die Hand, verharrte sekundenlang in der Position, ehe sie es schaffte, tatsächlich zu klopfen.

»Herein«, ertönte eine weiche, beinahe melodisch anmutende Stimme, die Johanne augenblicklich alle Bedenken nahm.

Sie trat ein, sah sich einer Frau um die vierzig gegenüber.

»Ich habe heute meine erste Sitzung«, sagte Johanne und konnte nicht verhindern, dass sie aufgeregt klang.

»Johanne, richtig?«

Sie nickte.

»Nennen Sie mich einfach Selin, okay?«, schlug diese freundlich lächelnd vor. »Dr. Michaelis hört sich so förmlich an. Und das ist nicht gerade hilfreich, wenn Sie sich mir öffnen wollen, und darum geht es ja.«

Johanne erwiderte unwillkürlich das freundliche Lächeln und wunderte sich selbst ein wenig, wie sehr sie diese Frau auf Anhieb mochte, ja, sie sogar in ihr Herz schloss.

Sie sah sich in deren Büro um, das eher wie eine gemütliche Bibliothek wirkte und nicht wie das Behandlungszimmer eines Psychoanalytikers.

»Nehmen Sie doch bitte Platz.« Selin wies auf ein plüschiges Sofa, das ihrem Tisch gegenüberstand. »Am besten legen Sie sich hin und entspannen sich.«

Johanne tat, wie ihr geheißen, fühlte sich zuerst ein wenig unwohl dabei, vor dieser Frau in Liegeposition zu verharren. Das war ihr zunächst doch zu lässig.

»Wir fangen mit einer kurzen Reikisitzung an«, verkündete Selin. »Hatten Sie schon mal eine Reikibehandlung?«

»Nein«, gab Johanne zurück.

»Okay, dann erläutere ich Ihnen, was Sie Schönes erwartet. Reiki ist eine uralte Heilmethode, die die Selbstheilungskräfte des Körpers aktiviert und den Energiefluss ausgleicht. Ihre Blockaden werden gelöst, Harmonie und Wohlbefinden stellen sich ein und Sie entspannen. In diesem Zustand werde ich Sie vorsichtig in Hypnose versetzen.«

»Klingt gut«, sagte Johanne und schloss reflexartig die Augen, als Selins Gesicht über dem ihren auftauchte.

Schon kurz darauf spürte sie eine wohltuende Wärme

auf ihrer Stirn, die langsam zu ihrer Brust wanderte, von da aus zu ihrem Bauch und Unterleib. Es fühlte sich befremdlich und schön zugleich an.

»Konzentrieren Sie sich jetzt bitte auf meine Stimme.«

Johanne nickte, weil sie zu schläfrig zum Antworten war.

»Ich möchte, dass Sie sich an einen Tag in Ihrer Kindheit erinnern, an dem Sie einfach nur glücklich waren. Einen Tag, an den Sie sich auch heute noch gerne erinnern.«

Johanne nickte leicht. Das war einfach.

»Haben Sie die Erinnerung?«

Johanne lächelte.

»Gut, dann hören Sie jetzt bitte nur auf meine Stimme, bleiben in Gedanken bei genau dieser Erinnerung und blenden alles andere aus.«

»Okay.«

Selin fing an zu zählen, von zehn rückwärts bis eins.

Danach herrschte Stille und Johanne befand sich in einem Garten, der ihr vertraut vorkam. Es war, als hätte sie in Gedanken eine Reise gemacht. Alles schien echt. Sie spürte die Sonne auf ihrer Haut, schnupperte den Geruch nach Selbstgebackenem ihrer Mutter, sie spürte das Metall des alten Schaukelgestells unter ihren Fingern, als sie darüberstrich.

»Johanne!« Die Stimme eines Kindes erklang. Eines Mädchens. Sie drehte sich um, lachte auf. »Das gibt es ja nicht.«

Sie streckte die Hand aus, berührte die Haut des Mädchens, zuckte zurück, als sie dessen Wärme spürte.

»Kommen Sie zurück!«

Es war nur ein Wimpernschlag.

Sie befand sich wieder in Selins Büro, lag auf dem bequemen Sofa. Sie richtete sich auf, drehte sich in eine Sitzposition, sah die Therapeutin aufgeregt an. »Das war der Wahnsinn. Ich war im Garten meines damaligen Elternhauses. Alles war so echt. Ich konnte sogar den Apfelkuchen riechen.«

Selin lächelte. »Und Sie haben ein kleines Mädchen gesehen. Ihre Schwester oder eine Freundin, nehme ich an.«

»Woher wissen Sie das?«

»Weil Sie es mir gesagt haben. Sie haben mir alles beschrieben, was sie fühlten und sahen.«

Johanne seufzte. »Das war einer der schönsten Tage meiner Kindheit und ich wäre gerne noch länger in dieser Erinnerung geblieben.«

Selin schmunzelte. »Sie waren mehr als zwanzig Minuten in Hypnose, das ist für das erste Mal wirklich ausreichend.«

»Es hat sich für mich nur wie Sekunden angefühlt.«

Selin nickte. »Das tut es immer. Es ist genau wie ein Urlaub oder ein tolles Wochenende. Die Zeit scheint schneller zu verfliegen, wenn man glücklich ist. Genau dasselbe passiert in Hypnose und beim luziden Träumen.«

»Können Sie mich noch mal hypnotisieren?«

»Das werde ich. Aber nicht heute. Im Übrigen können Sie das auch selbst tun, wussten Sie das?«

Johanne starrte Selin an.

»Das nennt sich Selbsthypnose. Es ist ganz einfach. Sie machen es sich bequem, entspannen sich vollkommen und blenden alle Gedanken und Gefühle aus. Genauso wie Sie es eben gerade gemacht haben. Dann denken Sie sich an einen Ort oder wandern zu einer Erinnerung ihrer Wahl und zählen langsam von zehn bis Null. Im Grunde war es das schon. Selbsthypnose ist letztendlich nichts anderes als eine Reise tief in unser eigenes Unterbewusstsein.«

»So etwas wie eine Trance?«

»Ganz genau. Es braucht nicht viel dazu, nur einen Zustand tiefer Entspannung. Falls es Ihnen schwerfällt, sich selbst zu hypnotisieren, dann können Sie gerne auch einen Bodyscan durchführen. Wissen Sie, was das ist?«

»Ich hab davon gehört. Man nimmt währenddessen den eigenen Körper auf achtsame Weise war. Das kann dabei helfen, die nötige Ruhe vor dem anschließenden Meditieren zu finden.«

Selin nickte lächelnd. »Oder eben vor der Selbsthypnose.«

»Und diese Träume? Wie lerne ich das? Was sind luzide Träume überhaupt?«

»Haben Sie noch niemals davon gehört?«

»Doch, schon. Aber ich hab mich nicht intensiv damit befasst, geschweige denn jemals luzide geträumt.«

»Im Grunde ist ein luzider Traum ein Klartraum. Der Träumer weiß, dass er träumt, und ist somit in der Lage, selbst in dieser abstrakten Traumwelt Entscheidungen zu treffen. Er ist in der Lage, diese Traumrealität nach eigenen Wünschen zu verändern und bewusst in eine bestimmte Richtung zu steuern. Diese Träume machen glücklich, können dabei helfen, Depressionsleiden zu lindern, ein Trauma zu verarbeiten, zur Selbsterkenntnis zu gelangen. Aber es gibt auch eine wissenschaftliche Komponente dahinter. Klarträume finden ausschließlich in der REM-Phase statt. Und während des Klartraums wird vor allem der Frontalkortex im Gehirn stark aktiviert, der unter anderem für logisches Denken und Reflexion verantwortlich ist.«

»Kann ich mithilfe dieser Träume in verborgene Erinnerungen vordringen? In Erinnerungen, die ich tief in meinem Unterbewusstsein vergraben habe?«

Selin grinste jetzt breit. »Das ist schwierig, aber durchaus möglich.«

»Wie?«, fragte Johanne aufgeregt.

»Wichtig ist, eine entspannte Schlafatmosphäre zu schaffen. Außerdem muss man dafür sorgen, ausreichend Zeit zum Schlafen zur Verfügung zu haben, da, wie gesagt, luzide Träume nur in der REM-Phase zustande kommen. Man kann diese Träume auch ein wenig anstupsen, schon vor dem Einschlafen in eine bestimmte Richtung lenken oder beeinflussen.«

»Was heißt das?«

»Dass man sich Erinnerungsstützen schaffen kann.«

»Sie meinen Gerüche, Musik oder Bilder – so was?«

»Ganz genau. Doch am wichtigsten ist, dass Sie innerlich wirklich bereit dazu sind und keine Angst davor haben.«

»Verstehe.« Johanne nickte betreten. »Weil wir uns meist selbst im Weg stehen. Weil unser ängstliches inneres Ich uns davor bewahren will, uns dem dunklen Teil unseres Selbst zu stellen, dem, was und wer wir wirklich sind.«

SIEBZEHN
KOPENHAGEN
2006

Poul starrte die beiden Polizisten entsetzt an. »Das kann nicht Ihr Ernst sein.«

»Sind nicht unsere Worte«, erklärte Asger. »Das haben Ihre Exfrau und deren Sohn ausgesagt. Angeblich weiß der Junge es von Fine selbst.«

»Dann lügt er. Ich schwöre bei Gott, dass ich keine meiner Töchter jemals auf eine solch schreckliche Weise angefasst habe. Und dieses Kind kann daher auch nicht von mir sein.«

Laja, die den Mann die ganze Zeit über nicht aus den Augen gelassen hatte, hielt ihn für aufrichtig und sah fragend zu Asger, der Poul ebenfalls fixierte.

»Aber warum sollte der Sohn lügen?«, fragte er nach.

»Er hasst mich«, gab Poul, ohne nur eine Sekunde zu zögern, zurück. »Und ich glaube, er mag auch die Mädchen nicht besonders.«

»Warum denken Sie das?«

»Aus seiner Abneigung mir gegenüber hat er noch nie einen Hehl gemacht, er hat sie ganz offen gezeigt.«

»Wie äußerte sich das?«

»Als Airin und ich noch verheiratet waren, kam es ständig zu heftigen Auseinandersetzungen zwischen ihm und mir. Dabei zog ich stets den Kürzeren, weil Airin immer zu ihm hielt und am Ende beide auf mich losgingen. Sie ließ dem Jungen alles durchgehen, erzog die Mädchen viel strenger als ihn. Und wenn ich ihr klarzumachen versuchte, dass das nicht in Ordnung ist, kam von ihr immer, dass ich nicht der Vater des Jungen bin und daher kein Mitspracherecht habe.«

»Aber als der Junge klein war, hatten Sie das?«

Poul nickte.

»Ich finde dennoch, dass dies kein Grund ist, dem neuen Mann der Mutter ein solches Ei zu legen«, äußerte Asger. »Das ist dann doch etwas zu heftig. Ganz davon zu schweigen, dass Ihre Exfrau offenbar keine Sekunde daran gezweifelt hat, dass Sie Fine das angetan haben.«

Poul hatte ihm völlig ruhig bleibend zugehört, schüttelte aber dann den Kopf. »Ich denke, ich kann das aufklären.«

Asger lehnte sich abwartend zurück.

»Fine hat einen Freund«, sagte Poul schließlich. »Das Baby muss von ihm sein. Wenn Fine zurückkommt, veranlasse ich eine DNS-Probe des Fötus. Dann werden Sie sehen, dass ich nicht der bin, für den alle mich halten.«

Laja nickte ihm zu. »Gut, dann brauchen wir die Kontaktdaten des Freundes. Und wenn möglich auch die Namen, Telefonnummern und Adressen von Fines Freundinnen.«

»Gute Idee«, stimmte Poul zu. »Die gebe ich Ihnen gern. Die Mädchen werden Ihnen bestätigen, dass Sie sich in mir täuschen.«

»Ihre Jüngste ist auch davon überzeugt, dass Sie unschuldig sind«, sagte Laja.

Er wandte sich Laja zu, verzog entschuldigend das Gesicht. »Tut mir wirklich leid, dass sie sich Ihnen gegenüber im Ton vergriffen hat. Sie ist zwar die Jüngere, aber dennoch die Resolutere. Sie sagt immer, was sie denkt, und muss wohl noch lernen, sich in gewissen Situationen etwas zurückzuhalten.«

»Schon gut«, knurrte Asger. »Ich habe eine Nichte in dem Alter. Die hat eine ähnlich große Klappe.«

»Was werden Sie tun, um Fine zu finden?«, fragte Poul und blickte fragend von Laja zu Asger.

»Wir werden zuerst mit ihren Freundinnen und dem Freund sprechen. Erfahrungsgemäß kommen wir in vielen Fällen durch Gespräche mit eng Vertrauten am ehesten auf die Spur vermisster Personen.«

»Werden Sie das selbst übernehmen oder überlassen Sie das den Kollegen hier vor Ort?«

»Eigentlich sind die Kollegen von hier zuständig. Aber nachdem das Mädchen in der Nähe von Kopenhagen verschwunden ist, dürfte es kein Problem sein, wenn wir das erledigen, nachdem wir schon mal hier sind.«

»Gut«, antwortete Poul. »Wenn Fine zurück ist, dann gibt es nichts mehr, was Airin und ihr Sohn gegen mich vorzubringen haben. Sie wird Ihnen begreiflich machen, dass alle diese Anschuldigungen gegen mich aus der Luft gegriffen sind.«

Laja und Asger hatten sich mit Fines Freundinnen in einem gemütlichen Café in Stege verabredet.

Inzwischen war es drei Uhr nachmittags und eigentlich sollten die Zeuginnen längst da sein, wie Laja mit einem Blick auf die Uhr feststellte.

»Ich glaube, da kommen sie«, sagte Asger und deutete mit dem Kopf in Richtung Tür, wo gerade ein ganzer Pulk an Leuten das Café betrat.

»Wie es aussieht, haben sie sich Verstärkung mitgebracht.« Laja seufzte. Die Anwesenheit der Eltern würde die Befragung weit schwieriger gestalten, und es lag ihnen fern, mehr Leuten als nötig von den Anschuldigungen gegen Poul Vinther zu erzählen.

Asger hob die Hand, winkte einer Frau um die vierzig zu. Sie drehte sich zu den anderen um, die jetzt alle in ihre Richtung blickten. Laja stand auf, gab Asger ein Zeichen, es ihr gleichzutun.

Die Leute schienen noch zu zögern, doch dann setzten sich die ersten von ihnen in Bewegung.

Ein junges Mädchen blieb als Erste vor ihnen stehen. »Ich bin Tami«, stellte sie sich schüchtern vor. »Ist es okay, dass ich meinen Dad mitgebracht habe?«

»Aber natürlich«, gab Laja lächelnd zurück, nahm die Hand des Mädchens, drückte sie.

Tamis Vater sah sie mit undeutbarem Gesichtsausdruck an, begrüßte erst sie, dann Asger.

»Und Sie sind ...?«, fragte Asger.

»Elfie«, antwortete das zweite Mädchen, das in Begleitung beider Elternteile gekommen war. Es sah aus, als würde es am liebsten die Flucht ergreifen.

Das konnte ja heiter werden, dachte Laja, ließ sich aber nichts anmerken. Sie reichte auch Elfie und deren Eltern die Hand. »Nehmen Sie doch bitte Platz«, sagte sie, freundlich in die Runde blickend.

Als alle saßen, räusperte sie sich, sah die beiden Mädchen und danach deren Eltern an. »Ich möchte Sie, bevor wir beginnen, um absolute Vertraulichkeit bitten. Alles, was wir jetzt besprechen, behalten Sie bitte für sich, weil Sie ansonsten unsere Ermittlungen gefährden könnten. Vielleicht sogar ein oder zwei Menschenleben in Gefahr bringen.«

»Um was genau geht es eigentlich?«, fragte Tamis Vater.

»Fine Vinther ist verschwunden und wir wollen herausfinden, warum sie weggelaufen ist. Zudem möchten wir herausfinden, ob ihr möglicherweise etwas zugestoßen ist.«

Augenblicklich war es still am Tisch. Alle Beteiligten starrten sie entsetzt an.

»Ich dachte, sie ist bei ihrer Mutter«, sagte Tami, die als Erste ihre Fassung zurückerlangte. »Zumindest hat mir das ihr Vater erzählt, nachdem ich sie nicht mehr erreicht habe und sie sich auch nicht bei mir gemeldet hatte.«

»Da war sie auch«, sagte Laja. »Drei Wochen lang.«

»Das verstehe ich nicht«, sagte Elfie. »Fine hasste schon die Wochenenden bei ihrer Mutter. Wieso sollte sie gleich drei Wochen dortbleiben?«

»Was wir aktuell wissen, ist, dass Fine von ihrer Mutter mehr oder weniger gezwungen wurde, bei ihr zu bleiben. Es gab wohl ein Problem, das Fine zu schaffen machte.«

»Ein Problem?« Tami starrte ratlos zu Elfie, schüttelte den Kopf.

»Sie hat euch nichts erzählt?«, fragte Laja.

Die Mädchen schüttelten unisono die Köpfe.

»Also war Fine ganz normal, als ihr sie zuletzt gesehen habt?«

»Na ja«, sagte Elfie. »Sie war ein bisschen wütend auf Matti, weil er etwas mit einer anderen hatte und sie abservieren wollte.«

»Dieser Matti – war das Fines fester Freund?«

»Eine Zeit lang ja«, erklärte Tami. »Sie hat ihn im Jugendzentrum kennengelernt und war total verschossen in den Kerl. Sie hatte kaum noch Zeit für uns, ist lieber mit ihm und seinen Freunden um die Häuser gezogen.«

»Wer waren diese Freunde?«

»Die waren alle schon älter, über zwanzig, genau wie Matti. Und sie haben nur Scheiße gebaut. Ich glaube, Fine hatte wegen denen sogar schon mal Ärger mit der Polizei.«

»Und wie kam Fines Vater mit Matti zurecht?«

»Gar nicht«, sagte Elfie. »Am Anfang war er misstrauisch, weil er mehr als drei Jahre älter als Fine ist. Als dann die Sache mit der Polizei passierte, hat er ihn sich vorgeknöpft. Fine hat mir gesagt, dass ihr Dad Matti angeblich bedroht hat.«

»War Fine deswegen sauer auf ihn?«

»Auf ihren Dad? Nein, sie wusste, dass er sich nur Sorgen machte, und sie war ja selbst angepisst, dass er und seine Freunde sie in Schwierigkeiten gebracht hatten.«

»Hat Fines Vater ihr den Kontakt zu Matti untersagt?«

»Nicht direkt«, kam es von Elfie. »Fine hat mir mal gesagt, dass Poul wie ein guter Freund für sie ist und gar nicht wie ein Dad. Er hat ihr nie irgendwelche Vorschriften gemacht, stattdessen immer an ihren Verstand und an ihr Verantwortungsgefühl appelliert.«

»Dass er den Mädchen ziemlich viel Freiheiten ließ, wissen wir. Also hat Fine Matti weiterhin gesehen?«

»Nur noch zweimal oder so. Sie hat mir erzählt, dass Matti richtig übel über ihren Dad hergezogen hat, ihn sogar mit ein paar Freunden abfangen und verprügeln wollte. Sie stritten deswegen und dann war eben plötzlich Schluss und er hatte eine andere. Fine war wütend auf ihn. Aber nicht weil er Schluss gemacht hatte, sondern weil sich herausstellte, dass er diese andere schön länger hatte.«

»Und sie hat euch beiden nicht erzählt, dass sie schwanger ist?«

»Schwanger?«, stieß Tami aus, sah zu Elfie.

Diese blickte genauso entsetzt drein.

»Das wussten wir nicht.«

»Und ihr habt es nicht einmal geahnt?«

Einstimmiges Kopfschütteln.

»Sie hat auch nicht über Übelkeit geklagt oder über sonstige Beschwerden?«

»Gar nichts«, sagte Tami, deren Stimme jetzt leicht zitterte. »Ist es denn sicher, dass sie schwanger ist?«

Laja nickte.

»Ist Matti der Vater?«

»Das wissen wir nicht«, erklärte Laja dem Mädchen. »Genau deswegen wollten wir mit euch reden.«

»Sie glauben, dass Matti ihr etwas angetan hat, weil sie schwanger von ihm ist?« Elfie sah mit weit aufgerissenen Augen von ihr zu Asger.

»Momentan müssen wir davon ausgehen, dass sie einfach nur weggelaufen ist.«

»Das passt gar nicht zu ihr. Fine ist nicht der Typ, der wegläuft.«

»Und ihr Vater?« Laja sah erst Tami, dann Elfie durchdringend an. »Hat Fine jemals erwähnt, dass er sich ihr gegenüber seltsam verhält?«

»Was soll das heißen?«, fragte Elfies Mutter. »Das klingt so, als ob …« Sie brach abrupt ab, schüttelte den Kopf.

»Wollen Sie etwa damit andeuten, dass Poul Fine missbraucht hat?«, stieß Tamis Vater aus.

»Es liegen tatsächlich Vorwürfe gegen ihn vor, die genau das aussagen.«

Der Mann lachte auf, grunzte. »Das ist absurd! Ich kenne Poul, seit er hier auf Mon lebt. Wir sind Freunde, sehr enge Freunde sogar, und die Vorstellung, dass er seine eigene Tochter missbrauchen könnte, kommt mir wie ein schlechter Witz vor.«

»Wer sagt so etwas Schreckliches?«, fragte Elfie leise.

»Das dürfen wir nicht sagen«, erklärte Laja.

»Fine und ihr Vater sind sehr eng miteinander«, kam es jetzt von Tami. »Ich bin manchmal sogar ein bisschen neidisch gewesen, weil mein Dad …« Sie brach ab, sah zu ihm, dann wieder zu Asger und ihr. »Mein Dad ist viel strenger als ihrer, verstehen Sie?«

»Nur weil Poul und Fine einander so nahe waren, bedeutet das nicht, dass deren Beziehung keine Schattenseiten gehabt haben könnte«, sagte Asger und fing sich ein dezentes Kopfschütteln von Laja ein.

So etwas den Zeugen in den Mund zu legen, und sei es nur, um sie aus der Reserve zu locken, entsprach nicht ihrer Art. Sie wandte sich daher an Tami. »Was hat Fine denn so über ihren Vater erzählt?«

»Fine hat jedenfalls nie etwas Schlechtes über ihren Vater gesagt«, stieß sie in Richtung Asger aus, um dann wieder zu Laja zu blicken. »Er ist ihr Held, und das hat sie auch immer offen ausgelebt. Sie schämte sich nicht dafür, ihren Vater zu verehren, anderes als andere Mädchen in unserem Alter. Finden Sie nicht, dass das anders gewesen wäre, hätte er ihr etwas so Furchtbares angetan?«

»Und dieser Matti? Wie ist er so?«, fragte Asger.

»Ich kenne ihn kaum«, sagte Elfie und senkte den Blick. »Irgendwie war er mir von Anfang an ein bisschen unheimlich.«

»Aggressiv trifft es eher«, erklärte Tami. »Ich hab ihn mal kennengelernt. Er fährt Motorrad, hat überall Tattoos, stinkt tagsüber schon wie eine Schnapsbrennerei und er behandelte Fine wie sein Eigentum. Ich glaube, er macht auch irgendwelche krummen Geschäfte.«

»Wie kommen Sie darauf?«, fragte Laja.

»Er hat Fine eine ziemlich teure Uhr geschenkt, kurz nachdem sie zusammengekommen sind. So ein Ding, dass etliche zehntausend Kronen kostet.«

»Dann ist er kein netter Kerl?«

»Wahrscheinlich nicht. Aber Fine mag ihn trotzdem, keine Ahnung, warum. Vielleicht weil er ganz okay aussieht. Ich glaube, sie steht auch drauf, dass er schon erfahren ist, im Gegensatz zu ihr. Vielleicht ist es auch der Nervenkitzel, der sie anzieht, weil dieser Typ eben so ganz anders ist als sie.«

»Was meinen Sie mit *ganz anders als sie*?«

»Na. er scheint irgendwie aus einer anderen Welt zu kommen.«

»Abenteuerlicher, ein bisschen gefährlich?«, schlug Asger vor.

»Ja, was in der Art.«

»Könnte es sein, dass Fine zu ihm gefahren ist, als sie das Haus ihrer Mutter verließ? Vielleicht hat sie die Trennung ja doch nicht so gut weggesteckt, wie sie vorgab.«

Tami schien darüber nachzudenken, nickte schließlich. »Das wäre denkbar.«

Laja sah zu Elfie, die ebenfalls nickte. »Kann schon sein.

Sie war wütend, als sie von der anderen erfuhr und davon, dass er schon was mit ihr gehabt hatte, bevor es zum Streit zwischen ihnen kam. Sie hat allerdings auch gesagt, dass sie Matti nie wieder sehen wollte. Aber ob sie das auch so meinte? ... Sie ist dann zu ihrer Mutter nach Kopenhagen gefahren. Vielleicht wusste sie zu dem Zeitpunkt selbst noch nicht, dass sie schwanger ist. Und als sie dann von dem Baby erfahren hat, wollte sie es Matti vielleicht selbst sagen, in der Hoffnung, dass das etwas zwischen ihnen ändert.«

Laja schluckte schwer, sah dann von Elfie zu Tami.

»Hat Fine jemals erwähnt, dass Matti ihr gegenüber gewalttätig war?«

Tami und Elfie starrten sie mit offenen Mündern an.

»Einmal«, kam es nach einigem Zögern von Tami. »Sie erzählte mir, dass er sie fest geschubst habe, als sie wegen ihres Vaters stritten. Er sagte, sie solle sich lieber verpissen, bevor er ihr in den Arsch tritt.«

ACHTZEHN
VAGAR/FÄRÖER

2019

Die ersten Tage nach ihrer Ankunft auf der Insel waren wie im Flug vergangen. Sie war meist bereits nach dem Abendessen im Bett verschwunden und früh wieder aufgestanden, hatte jeden Tag schon vor dem Frühstück einen langen Spaziergang unternommen.

Die Zeit hier tat ihr gut, auch wenn sich der Erfolg der Behandlungen bislang noch nicht einstellen wollte.

Die Sache mit den luziden Träumen war schwerer als gedacht. Bislang hatte sie es noch kein einziges Mal hinbekommen.

Sie hatte sich bei Spotify angemeldet, als Erinnerungsstütze ein Lied heruntergeladen, das sie als Teenager geliebt hatte, doch auch das brachte nichts. Sie schlief mit den Kopfhörern im Ohr ein und wenn sie am Morgen aufwachte, wusste sie weder ob, noch was sie geträumt hatte.

Selin hatte ihr erklärt, dass sie selbst es war, die nicht zuließ, dass sie sich bei den Hypnosesitzungen an ihr Trauma erinnerte. Und genau diese Blockade stand zwischen ihr und dem luziden Träumen.

Doch es gab auch einen kleinen Meilenstein, den sie

erreicht hatte. Sie hatte es tatsächlich geschafft, die Kunst der Selbsthypnose zu lernen, was ihr dabei half, schnell wegzudämmern und bis zum nächsten Morgen durchzuschlafen.

Hier an diesem Ort ging es ihr bereits so viel besser als in Kopenhagen. Wahrscheinlich hatte sie nur Angst davor, dieses Gefühl des Friedens, das ihr mittlerweile innewohnte, durch eine Konfrontation mit ihrer dunklen Seite zu verlieren.

Kaum hatte sie diesen Gedanken zugelassen, als sie glaubte, Freys mahnende Stimme im Kopf zu hören.

Du bist nicht nur an diesem Ort, um dich zu entspannen, sondern um deine Heilung in Gang zu setzen, indem du dich deinem Trauma stellst.

Sie schluckte. Genau das hatte er ihr bei ihrem gestrigen Telefonat gesagt und dabei keineswegs erleichtert geklungen, weil es ihr gut ging. Ganz offensichtlich hatte er sich Sorgen um sie gemacht. Ganz unrecht hatte er damit nicht.

Wenn sie es hier nicht schaffte, den Verarbeitungsprozess in Gang zu setzen, dann käme sie in zweieinhalb Wochen nach Hause zurück mit genau der Last auf dem Rücken, mit der sie abgereist war.

Allerdings war sie ein gebranntes Kind …

Sie hatte so viele Jahre ihres Lebens in psychiatrischen Kliniken verbracht und endlose Therapiestunden über sich ergehen lassen, doch nichts hatte dauerhaft etwas gebracht.

Meist war es ihr kurzzeitig besser gegangen und sie hatte etwas Licht gesehen. Doch schon bald darauf war wieder die Dunkelheit über sie gekommen.

Anfangs hatte sie mit Selin darüber sprechen wollen und sie fragen, ob es die Angst vor einer weiteren Enttäuschung war, die sie davon abhielt, sich auf all das hier einzulassen, doch dann war ihr Caria eingefallen. Sie hatte das alles schon einmal hinter sich und war zum zweiten Mal hier, weil sie an das Programm glaubte. Vielleicht waren ihre eigenen Ansprüche einfach zu hoch …

»Was ist denn mit dir los?«

Erschrocken fuhr sie herum. Sie hatte Caria nicht kommen hören.

Caria tippte sich mit dem Finger an die Wange. »Du weinst.«

Johanne betastete ihr Gesicht, wischte die Tränen fort. »Ich weiß auch nicht, was heute mit mir los ist«, sagte sie. »Ich bin einfach nur frustriert.«

»Das ist ganz normal«, erklärte Caria und setzte sich zu ihr. »So geht es mir auch immer, wenn ich gerade erst hier angekommen bin. Deswegen hab ich mich die letzten Tage auch ein bisschen von allem abgekapselt. Ich wollte allein sein und mich nur auf mich konzentrieren.«

»Das hab ich bemerkt.« Johanne nickte ihr zu. »Deswegen hab ich dich auch in Ruhe gelassen und mein eigenes Ding gemacht, obgleich mir das nicht leichtgefallen ist.«

»Es wird besser«, versprach Caria. »Du musst dir nur mehr Zeit geben und dich nicht unter Druck setzen. Deswegen ist es auch so wichtig, mindestens drei Wochen zu bleiben. Beim ersten Mal war ich sogar noch länger hier. Die Hälfte der Zeit brauchst du schon, um überhaupt anzukommen, runterzufahren, die Therapien zu verinnerlichen.«

»Diese Träume … funktionieren die bei dir?«

»Nicht regelmäßig. Aber hin und wieder – ja.«

»Wie ist das so?«

Caria legte den Kopf schräg, musterte sie. »Ich würde es am ehesten mit Hypnose vergleichen. Bei dieser Therapie reist du in eine alte Erinnerung, bist dort Zuschauer, kannst nicht aktiv einschreiten, wenn etwas passiert, was du beängstigend oder schön findest. Es fühlt sich an, als würdest du einen Film gucken, der in deinem Kopf abläuft.«

Johanne nickte zustimmend. Besser hätte sie es auch nicht beschreiben können.

»Die luziden Träume gehen weiter. Du bist nicht nur Zuschauer in deinem Traum, sondern mittendrin als Akteur. Verstehst du?«

»Dennoch ist es nur ein Traum und keine Erinnerung, wie bei den Hypnosesitzungen.«

Caria schüttelte heftig den Kopf. »Es ist ein Klartraum, kein normaler Traum. Du weißt, dass du träumst, kannst das, was du erlebst, verändern, kannst einschreiten, dich sogar in Gefahr begeben, eben weil du weißt, dass dir nichts passieren kann, weil du nur träumst.«

»Trotzdem ist es keine meiner Erinnerungen, das meinte ich.«

»Doch, wenn du das möchtest, kannst du auch eigene Erinnerungen abrufen und das Erlebte verändern. In einem luziden Traum bist du der Regisseur und Mitspieler in einem. Du bist frei, die Handlung zu bestimmen. Dazu brauchst du natürlich etwas Übung, bis es klappt. Aber es funktioniert wirklich.«

»Aber wenn du dann aufwachst aus deinem Traum, ist diese Veränderung deiner Erinnerung dennoch nicht real. Das stelle ich mir frustrierend vor.«

»Kommt drauf an, was du draus machst. Ich sehe es als Therapie. In meinem Traum schaffe ich es, mich zu wehren, mich zu behaupten, stark zu sein. Ich mache all das, wozu ich in der Realität wegen meines Traumas und des Mangels an Selbstvertrauen nicht in der Lage bin. Und es fühlt sich gut an – zumindest für den Moment. Außerdem hab ich durch diese Träume und durch die Hypnose begriffen, dass nichts von allem, was mir widerfahren ist, allein meine Schuld war.

Ich bin damals noch so jung gewesen, fast noch ein Kind, völlig verängstigt und auf mich allein gestellt – was diese Tiere ausgenutzt haben. Mich ihnen im Traum zu stellen, mich gegen sie zu behaupten, fühlt sich einfach gut an. Und wer weiß, vielleicht schaffe ich es ja irgendwann, mir diesen Mut auch in der Realität zu eigen zu machen und mich meiner Vergangenheit zu stellen.«

Carias Worte waren Johanne den Rest des Vormittags nicht mehr aus dem Sinn gegangen und trieben sie noch immer um, als sie pünktlich zu ihrem Termin vor Selins Tür stand.

Sie klopfte, trat ein, nahm sich fest vor, heute ihren ersten Schritt in Richtung Finsternis zu gehen.

Selin sah ihr entgegen. »Alles okay?«

Johanne nickte, legte sich unaufgefordert auf das bequeme Sofa. »Am besten fangen wir gleich an, ehe ich es mir anders überlege.«

»Freut mich«, sagte Selin. »Fangen wir mit einem Bodyscan an und wenn Sie mir ein Zeichen geben, dass sie so weit sind, legen wir los.«

Johanne konzentrierte sich auf die Wahrnehmung ihres Körpers, spürte, wie ihre Gliedmaßen schwerer wurden, ihre Atmung langsamer und tiefer ging.

Schließlich hob sie den kleinen Finger ihrer rechten Hand – das Zeichen für Selin, mit dem Zählen zu beginnen.

Als sie die Stimme der Therapeutin nur noch wie unter Wasser wahrnahm, ließ sie ganz los, spürte, wie ihr Körper sich ganz leicht anfühlte.

Dann war sie in ihrem alten Kinderzimmer. Sah ihr jüngeres Ich im Schneidersitz auf dem Bett sitzen, auf den geöffneten Laptop starren.

Sie spürte einen Druck auf Brust, ein leichtes Ziehen im Magen, als ihr klar wurde, dass ihr jüngeres Ich weinte.

Dann sah sie, was damals passiert war.

Für den Bruchteil einer Sekunde hatte sie den überwältigenden Drang, zu fliehen, die Sitzung abzubrechen. Doch schließlich atmete sie tief durch, konzentrierte sich.

Als die Tür zu ihrem Kinderzimmer aufging und ihre

Mutter hereinkam, sog sie die Luft scharf ein. Obwohl sie jeden Tag im realen Leben an sie dachte, war das hier etwas ganz anderes. Sie real und lebendig vor sich zu sehen, war fast unerträglich.

Sie spürte, dass sie zu zittern begann, war wie erstarrt, als sie beobachtete, wie ihre Mutter sich aufs Bett setzte, ihr jüngeres Ich in die Arme nahm, sie tröstete.

»Sie fehlt mir so sehr«, vernahm sie ihr jüngeres Ich.

»Ich weiß«, gab ihre Mutter zurück und der Anblick dieser Szene fühlte sich heute noch so schmerzhaft an wie damals.

»Glaubst du, dass sie zurückkommt?«

»Natürlich glaube ich das!«

»Aber was, wenn ihr etwas Schlimmes zugestoßen ist?«

Ihre Mutter löste sich von ihr, sah sie schockiert an und wie schon damals spürte Johanne auch jetzt einen dicken Kloß im Hals.

»Wie kommst du auf so was, Schatz?«

»Sie hat etwas zu mir gesagt. Das war, kurz bevor du ihr das Handy weggenommen hast. Ich hatte es vergessen, aber vorhin ist es mir wieder eingefallen.«

»Was meinst du?«

Ihr jüngeres Ich begann zu zittern. »Sie hat sich gefürchtet, Mom. Sie sagte, dass ihr irgendwelche komischen Leute schreckliche Angst einjagen und sie deswegen von hier wegwollte.«

Als sie aus der Hypnose zu sich kam, starrte Selin sie erschrocken an. »Was ist passiert? Sie haben am ganzen Körper gezittert. Ich befürchtete schon, Sie bekämen einen Krampfanfall.«

»Ich bin okay.« Johanne schüttelte den Kopf, stand taumelnd auf.

»Bleiben Sie doch bitte noch und reden Sie mit mir … Was ist passiert? Haben Sie sich an etwas erinnert?«

Johanne hatte Mühe, nicht in Tränen auszubrechen. »Ich muss das erst mal verdauen. Lassen Sie uns später reden.«

Nachdem sie das Büro verlassen hatte, steuerte sie den Ausgang an. Sie brauchte jetzt dringend frischen Wind um die Nase, Bewegung und Ruhe. Auf dem Weg vom Park zum Strand kam ihr Caria entgegen. Noch ehe sie etwas sagen konnte, brach Johanne in Tränen aus.

Sofort schlossen sich Carias Arme um sie, streichelten tröstend ihren Rücken.

»Ich hab sie gesehen«, schluchzte sie an die Schulter ihrer Leidensgenossin. »Es war heute so verdammt intensiv. Ich hab gesehen, wie meine Mutter mein siebzehnjähriges Ich im Arm hielt, und ich konnte diese Umarmung tatsächlich spüren. Es war unglaublich.«

»Aber darüber müsstest du dich doch eigentlich freuen, oder?«

Johanne schüttelte den Kopf. »Die letzten Tage habe ich bei den Sitzungen nur kurze und schöne Erinnerungen zugelassen. Als ich ein kleines Mädchen war und noch glücklich gewesen bin. Doch diesmal war es anders, verstehst du? Ich hab eine Erinnerung gesehen, die extrem schmerzhaft war und auch heute noch verdammt wehtut. Ich konnte alles spüren. Die Traurigkeit, den Schmerz, die Verzweiflung meiner Mutter.«

»Was genau ist damals passiert? Sags mir ... natürlich nur, wenn du drüber reden willst.«

Johanne sah Caria an, hob die Schultern. »Wollen wir zum Strand runterlaufen?«

»Klar, warum nicht.«

Auf dem Weg nach unten schwiegen sie, setzten sich schließlich auf einen großen Felsbrocken, den Blick aufs Wasser gerichtet.

»Dann leg mal los.«

Johanne sah Caria an, schluckte angestrengt. »Ich hatte

eine Zwillingsschwester. Fine ist ein paar Minuten älter als ich. Wir sind keine eineiigen Zwillinge. Deswegen sahen wir uns nicht sehr ähnlich und waren auch charakterlich total verschieden.« Sie seufzte, machte eine kurze Pause, sah auf die Wellen, schmeckte das Salz auf den Lippen.

»Wenn du sagst, du hattest eine Schwester, bedeutet das dann, dass sie …« Caria brach ab.

Johanne wandte sich ihr zu, lächelte wehmütig, zuckte dann mit den Schultern.

»Das weiß keiner. Sie verschwand eines Tages und tauchte nie wieder auf.«

»Oh mein Gott«, stieß Caria aus. »Das tut mir furchtbar leid.«

»Keine Ahnung, ob sie noch lebt oder schon seit Jahren tot ist«, sagte Johanne. »Ich schätze, es ist ein schlechtes Zeichen, dass sie sich all die Jahre nicht gemeldet hat.«

»Hat es einen Streit gegeben?«, wollte Caria wissen. »Mit euren Eltern oder einem Freund vielleicht?«

»Sowohl als auch«, gab Johanne zurück. »Sie war damals mit jemandem zusammen. Einem schrägen Vogel, der ihr nicht guttat. Fine war ohnehin schon rebellisch und wild, doch er verstärkte das noch. Sie fing an, Drogen zu nehmen, kam nächtelang nicht nach Hause, hatte kein Interesse mehr an ihren Abschlussprüfungen. Sie dachte darüber nach, alle ihre Zukunftspläne über den Haufen zu werfen. Und dann stand eines Tages die Polizei vor der Tür. Unser Vater fiel aus allen Wolken. Doch wie immer behielt er die Nerven, war verständnisvoll und lieb zu Fine, machte ihr keinerlei Vorwürfe. Ich glaube, dass er nur dem Typen die Hölle heiß gemacht hat und nicht meiner Schwester, obwohl sie es ebenfalls verdient hätte. Ich weiß noch, dass ich ihn dabei belauscht habe, wie er mit unserer Mutter telefonierte. Sie waren zu dem Zeitpunkt seit einiger Zeit geschieden. Er bat sie um Hilfe. Fine sollte, obwohl sie keine Lust darauf hatte, übers Wochenende ohne mich zu ihr fahren.«

Johanne schwieg, kämpfte mit ihren Emotionen, bevor sie weitersprach. »Sie ist nie zurückgekommen.«

»Was ist passiert?«

Johanne zuckte hilflos mit den Schultern.

»Es hieß, sie sei schwanger gewesen und vollkommen verzweifelt. Anfangs dachten wir, dass sie die Nerven verloren hat, weil es zwischen ihr und diesem Kerl aus war und sie nun ein Kind von ihm bekam.«

»War es nicht so?«

Johanne schüttelte den Kopf, schnappte nach Luft. »Ich weiß nur, was alle behaupteten. Es hieß, mein Vater hätte etwas mit ihrem Verschwinden zu tun.«

Caria starrte betreten auf das Meer vor ihnen. »Hat er sie missbraucht?«, fragte sie schließlich mit leiser Stimme.

Johanne spürte, wie eine eisige Faust nach ihrem Herzen griff, es zusammenquetschte. »Ich bin hundertprozentig davon überzeugt, dass er das nicht getan hat. Er war ein guter Mensch und ein toller Vater. Er hätte sein Leben für uns gegeben und war am Boden zerstört, nachdem kein Lebenszeichen von Fine kam. Seine Trauer, die Verzweiflung in seinen Augen, wann immer er ihr leeres Zimmer sah – das war echt, da bin ich absolut sicher. Er hätte ihr niemals auch nur ein Haar gekrümmt.«

»Aber wer hat das dann in die Welt gesetzt?«, fragte Caria.

»Meine Mutter! Sie war überzeugt davon, dass er es getan hat – warum, weiß ich nicht. Angeblich wusste sie es von meiner Schwester. Doch das glaube ich bis heute nicht. Wäre etwas in dieser Richtung geschehen, dann hätte Fine es mir erzählt.«

Caria verzog das Gesicht. »Bist du da sicher? Ich meine ja nur … Du warst ebenfalls sein Kind, liebtest ihn, wieso sollte sie es gerade dir erzählen? Vielleicht hatte sie Angst, du könntest ihr nicht glauben.«

Carias Worte schmerzten Johanne. Dennoch schaffte sie es, ruhig zu bleiben. Sie sah sie an, schüttelte den Kopf.

»Ich weiß, wer mein Vater war. Er hat etwas Schlimmes getan, genau wie ich, aber er hat meine Schwester nicht missbraucht.«

Caria hob die Brauen. »Sondern?«

»Es ist damals angeblich einiges vorgefallen, was ich aber auch nur vom Hörensagen weiß. Vater hätte meine Mutter während eines Streits geschlagen. Sie zeigte ihn an. Doch Polizei und Staatsanwaltschaft ließen die Anzeige später fallen, weil sie nicht glaubwürdig schien. Danach kam es zu einem ähnlichen Vorfall. Zu dem Zeitpunkt war Fine bereits verschwunden. Er hat meine Mutter gestoßen und sie ist hingefallen und hat sich dabei den Arm verstaucht. Sie zeigte ihn wieder an und diesmal glaubten ihr natürlich alle, weil sie zu Schaden gekommen war. Das war eine blöde Geschichte damals, die üble Folgen nach sich zog. Meine Mutter drohte, das alleinige Sorgerecht für mich zu beantragen. Ich war zwar schon siebzehn, aber wer weiß, was gewesen wäre, wenn sie das tatsächlich durchgezogen hätte.«

»Sie hat es nicht gemacht?«

»So weit kam es nicht mehr. Aber das ist eine andere Geschichte.«

»Ich nehme an, dass du darüber nicht reden magst?«

»Nicht heute.« Johanne seufzte. »Ich weiß auch nicht … bei der Hypnose vorhin hab ich mich an etwas erinnert, das in Hinsicht auf alles, was später passiert ist, keinen Sinn ergibt. Zumindest noch nicht … Ich kann mir auch nicht erklären, warum mir diese eine Sache gerade jetzt wieder eingefallen ist. Wahrscheinlich hat es mit allem zu tun, was ich tief in meinem Innern vergraben habe. Es fällt mir schwer, mich zu erinnern ...« Sie stoppte, suchte nach Worten.

»Schon gut«, tröstete Caria sie. »Lass dir Zeit.«

Johanne suchte ihren Blickkontakt. »Das ist wie eine Blockade in mir. Sie hindert mich daran, auf meine Erinnerungen zuzugreifen.«

»Kannst du sie beschreiben?«

Johanne versuchte es, schloss kurz die Augen. »Es ist eine Wand aus dichtem Nebel, den ich im Zustand der Klarheit und des Wachseins einfach nicht durchdringen kann.«

»Das ist es«, rief Caria aus. »Deshalb schaffst du es auch nicht, das alles in einem luziden Traum nachzuerleben. Du kannst einfach nicht loslassen, bist zu verkrampft.«

»Das hat Selin auch gesagt.«

Caria zögerte, schien etwas sagen zu wollen.

»Was?«

»Ich hab da ein Medikament. Es ist eigentlich für die Behandlung von Alzheimerpatienten zugelassen, hat aber neben vielen beschissenen auch eine nette Nebenwirkung.«

»Und die wäre?«

Caria grinste breit. »Das Medikament verursacht laut einer Studie luzide Träume bei siebzig Prozent der Patienten. Es ist wirklich bahnbrechend in der Traumforschung. Mein Psychiater hat es mir nach Rücksprache mit Selin damals verordnet.« Sie hob die Schultern. »Bei mir wirkt das Zeug zwar, doch ich brauche es jetzt nicht mehr. Wer weiß, vielleicht hilft es dir ja auch … Warte, ich hab es bei mir.«

Johanne sah an Carias Blick, dass sie noch etwas auf dem Herzen hatte. »Ich sage niemandem, dass ich die Dinger von dir habe«, versprach sie.

»Das ist es nicht.« Caria zögerte, sah sie verunsichert an. »Du sagtest vorhin, dass du sicher bist, dass dein Vater deine Schwester nicht missbraucht hat, aber trotzdem etwas Furchtbares getan hat. Was war das?«

Johanne legte den Kopf in den Nacken, überlegte, ob es Sinn ergab, Caria anzulügen, entschied sich schließlich für die Wahrheit. »Ich kann mich nicht mehr an alles erinnern, aber Fakt ist, dass mein Vater meine Mutter ermordet hat.«

»Um Himmels willen«, stieß Caria aus. »Das tut mir schrecklich leid für dich.«

Johanne schluckte schwer, senkte den Blick. »Das muss es nicht. Er hat seine Strafe bereits bekommen.« Sie sah auf, blinzelte gegen die Tränen an, hatte das Gefühl, keine Luft mehr zu bekommen. »Er ist damals auch gestorben.«

»Was?!«

»Ich habe ihn umgebracht.«

NEUNZEHN
KOPENHAGEN
2006

»Was machst du denn hier?« Asger starrte sie aus vom Schlafen geschwollenen Augen an. »Es ist drei Uhr morgens!«

»Ich war joggen«, erklärte Laja. »Konnte im Gegensatz zu dir nicht pennen. Das Drama um Fine und ihren Vater … irgendwie hat es mich nicht losgelassen. Ich brauchte frische Luft zum Denken, hoffte, dass mir das Laufen dabei hilft, etwas besser durchzublicken.«

Sie schüttelte den Kopf, sah Asger hilflos an.

»Komm erst mal rein«, forderte er sie auf und winkte sie in die Küche. »Ich mach uns rasch einen Kaffee. Oder willst du lieber was Kaltes?«

»Nein, Kaffee ist prima«, antwortete sie und rieb sich fröstelnd die Arme.

»Hier, zieh das über«, sagte Asger kopfschüttelnd und reichte ihr eine Strickweste, die über einem Stuhl hing. Dann machte er sich an der Kaffeemaschine zu schaffen, blickte aber immer wieder zu ihr hinüber, nachdem sie sich in seine Jacke gekuschelt hatte.

»Sieht so aus, als wärest du mit deinen Überlegungen nicht viel weitergekommen, wenn du hier mitten in der

Nacht aufläufst ... im wahrsten Sinne des Wortes. Also, was hält dich wirklich von deinem Schönheitsschlaf ab?«

»Einiges ... und ich denke, dass der Kerl lügt.«

»Welcher Kerl? Fines Exfreund?«

Sie schüttelte den Kopf. »Nein – dem war die Blödheit ins Gesicht geschrieben. Ich glaube ihm, dass er wütend war, weil Poul Vinther ihm Prügel androhte, sollte er seine Tochter weiterhin treffen. Er hat auch offen zugegeben, dass er plante, den Mann abzufangen und ihm einen Denkzettel zu verpassen. Außerdem hat er nicht geleugnet, dass sein letztes Treffen mit Fine aus dem Ruder lief, nachdem sie zu ihrem Vater hielt und nicht zu ihm.«

»Und was ist mit der Schwangerschaft? Angeblich wusste er davon nichts. Nimmst du ihm das auch ab?«

»Ich hab ihn genau beobachtet, als wir ihn dazu befragt haben. Sein Gesicht hat Bände gesprochen. Er wirkte vollkommen überfordert. Der Idiot wusste vorher definitiv nichts davon. Wenn er Fine nach ihrer Flucht aus dem Haus der Mutter noch mal zu Gesicht bekommen hätte, wäre seine Reaktion anders ausgefallen.«

»Okay. Und wer hat deiner Meinung nach gelogen?«

»Lindell. Er behauptet zu nachdrücklich, dass Fine ihm offenbart habe, das Baby sei von ihrem Vater, gezeugt bei dem angeblichen Missbrauch. Das halte ich für eine Lüge, die zum Himmel stinkt.«

»Und warum genau?«

Laja holte tief Luft. »Ich habe noch mal alles zu dem Fall Revue passieren lassen. Beginnend mit den Aussagen, die Lindell gegenüber den Kollegen in Mon gemacht hat.«

»Okay?« Asger füllte zwei Becher mit dem inzwischen durchgelaufenen Kaffee und schob ihr einen davon zu.

Laja nippte daran, stellte die Tasse aber gleich wieder ab. »Die Kollegen in Mon wollten Airins Anzeige gegen ihren Mann bereits fallen lassen, weil Aussage gegen Aussage steht. Sie behauptet, er habe sie geschlagen. Er sagt aus, er habe sie nur fest gepackt und gegen die Wand gedrückt. Die Kollegen haben noch mal nachgehakt, nachdem wir uns in den Fall um Fine eingeklinkt hatten. Und siehe da, plötzlich ändert Airin ihre Aussage und behauptet, dass Poul sie nicht geschlagen habe.«

»Okay, sie hat sich also entschieden, ihre Aussage zu berichtigen. Aber was hat das mit Lindell zu tun?«

»Ich vermute, dass Poul sich nach unserem Gespräch ins Auto gesetzt hat und zu Airin und dem Jungen nach Kopenhagen gefahren ist. Er wollte beide wohl wegen der Anschuldigungen zur Rede stellen und ist dabei ausgeflippt. Diesmal ist ihm wohl tatsächlich die Hand ausgerutscht und er hat sowohl seiner Exfrau eine gescheuert als auch seinem ehemaligen Beinahe-Stiefsohn. Airin wollte diese Sache vielleicht nicht an die große Glocke hängen. Doch der Sohn hat das vermutlich nicht einfach hingenommen. Er hat daraufhin bei mir angerufen und wollte Anzeige gegen Poul erstatten.«

»Wollte? Oder hat er?«

»Ich hab ihm gesagt, er soll vorbeikommen. Doch das hat er bis jetzt nicht getan. Ich hab bis kurz nach neun Uhr auf ihn gewartet und bin dann nach Hause gefahren.«

»Warum hast du mir das nicht früher gesagt?«

»Du warst schon weg, als er anrief, und ich dachte mir, dass dieser Kindergarten auch bis morgen Zeit hat.«

»Moment, ich fass mal zusammen. Du glaubst, dass der Junge Poul Vinther aus tiefstem Herzen hasst und ihm deswegen etwas anhängen will? Dass er in seinen Rachegelüsten so weit geht, seine Mutter zu belügen?«

Laja hob die Schultern.

»Also ja?«

»Entweder das oder der Fall um Fine hängt mit all den Suiziden zusammen. Denk doch mal nach, Asger: Fine kommt aus einem zerrütteten Elternhaus, scheint reichlich Probleme gehabt zu haben. Immerhin war sie erst siebzehn und ungewollt schwanger – wahrscheinlich von ihrem vollkommen verblödeten Ex. Was, wenn sie tatsächlich einfach nur abgehauen ist, weil ihr alles zu viel wurde, und dabei jemandem in die Arme lief, der nichts Gutes im Schilde führte?«

»Und wem genau?«

»Das ist die große Frage. Ich hab keine Ahnung.«

»Und da dachtest du dir, wenn ich schon nicht pennen kann, weil die Sache mir über den Kopf wächst, weck ich auch gleich meinen netten Kollegen und raub ihm seinen Schlaf?« Asger grinste schief und sah sie kopfschüttelnd an. »Wie soll ich meiner Freundin erklären, dass meine Kollegin mitten in der Nacht hier aufkreuzt und mich in Grund und Boden sülzt?«

»Sehr witzig ...« Laja winkte ab. »Ich bin aber eigentlich wegen was anderem hier.«

»Jetzt machst du es aber spannend.«

Laja stieß die Luft aus, räusperte sich. »Heute Nacht ist was passiert, okay? Etwas, das ich ungern vor fremden Ohren besprechen will.« Sie blickte auf die offene Küchentür.

Asger seufzte, sprang auf und schloss die Tür.

»Besser so?«

»Ja, danke. Nicht dass ich deiner Freundin misstraue, aber ...«

»Schon gut. Also, was ist noch passiert?«

»Ich war schon joggen, als die Zentrale mir einen dringenden Anruf aufs Handy durchgestellt hat. Ein Kollege aus Odense hat sich gemeldet, weil es in seinem Zuständigkeitsbereich einen Vorfall gegeben hat, der uns auch interessieren könnte.«

Asger nahm einen kräftigen Schluck von seinem Kaffee. »Um was geht es genau?«

»Du erinnerst dich an Lily Overgaard aus Odense?«

Er verzog das Gesicht. »Ich bin müde, nicht dement.«

»Sie ist seit Monaten verschwunden und heute Abend gegen zweiundzwanzig Uhr taucht sie plötzlich im Präsidium auf. Sie war vollkommen verdreckt, wirkte auf den ersten Blick wie eine betrunkene Obdachlose, stammelte wirres Zeug. Die Kollegen dachten zuerst, dass sie eine mit Drogen vollgepumpte Pennerin vor sich hätten, doch dann fiel einem von ihnen die Ähnlichkeit mit Lily auf.«

Asger sah sie an, wirkte mit einem Schlag hellwach. »Sie ist also wirklich zurück?«

»Das war sie.« Laja schluckte schwer. »Sie sprachen sie direkt darauf an, fragten sie, ob sie tatsächlich Lily Overgaard sei, was sie bestätigte. Anschließend versuchten die Kollegen weiter, zu ihr durchzudringen, doch es war vergeblich. Das Mädchen weinte die ganze Zeit, schien vollkommen paranoid und verängstigt ...«

»Ja, und ... war das schon alles? Das hätte auch bis morgen warten können.«

»Warte!« Laja nippte erneut an ihrem Kaffee, bevor sie fortfuhr.

»Die Kollegen sagen, dass Lily bei jedem Geräusch zusammenzuckte, wie Espenlaub zitterte, man sich ihr nicht nähern dufte. Also schlugen sie dem Mädchen vor, dass sie seine Eltern anrufen würden. Und dann ist es passiert ...«

»Was?«

»Sie rastete völlig aus, sprang auf, wollte weglaufen. Die Kollegen schafften es gerade noch, sie festzuhalten und zu beruhigen. Zumindest schien es so ... Irgendwann musste das Mädchen auf die Toilette und wurde von einer Kollegin dorthin begleitet. Diese Kollegin fand man später bewusstlos in der Toilettenkabine. Lily hat sie mit dem Deckel des Spülkastens niedergeschlagen und ist abgehauen.«

»Du willst mir sagen, dass das Mädchen eine Polizistin ausgeknockt hat?«

»Nicht nur das ... Sie hat der Frau auch die Uniform ausgezogen und ist als Polizistin verkleidet aus dem Gebäude entwischt.«

Asger runzelte die Stirn. »Wieso geht sie erst zur Polizei, nur um wenig später wieder abzuhauen?«

»Ausgerastet ist sie ja erst, als die Polizisten ihre Eltern dazuholen wollte«, warf Laja ein. »Lily kam zu den Kollegen, weil sie Hilfe brauchte. Von der Polizei! Nicht von ihren Eltern! Als die Kollegen diese angerufen hatten, muss sie vor Angst außer sich gewesen sein. Anders lässt sich der Gewaltausbruch gegenüber dieser Polizistin, die ihr ja nur helfen wollte, nicht erklären.«

»Demnach suchen die Kollegen in Odense jetzt nach einer wild gewordenen Teenagerin, die als Polizistin verkleidet die Gegend unsicher macht?«

Laja schüttelte betreten den Kopf. »Sie haben die Suche aufgegeben, nachdem ein Anruf reinkam. Ein Lkw hat eine Frau in Polizeiklamotten plattgemacht. Es war ein Unfall … Lily ist ihm so knapp vor die Karre gesprungen, dass er nicht mehr bremsen konnte.«

»Du liebe Güte.« Asger sah sie erschüttert an. »Dann ist sie tot?«

ZWANZIG
VAGAR/FÄRÖER

2019

Im Frühstücksraum angekommen, sah sich Johanne um. Als sie Caria in Gesellschaft mehrerer Leute an einem Tisch sitzen sah, steuerte sie auf sie zu. »Ich muss mit dir reden«, sagte sie bestimmt. »Allein.«

Die anderen, ein Typ um die dreißig und zwei jüngere Frauen, sahen verblüfft zu ihr auf.

»Tut mir wirklich leid«, stieß sie aus. »Ich muss was mit Caria besprechen. Wäre es also okay, wenn ihr uns allein lasst?« Sie sah die drei auffordernd an.

»Lasst uns später weiterreden«, sagte Caria mit einem entschuldigenden Schulterzucken.

»Wie du meinst«, kam es leicht säuerlich von einer der jungen Frauen, bevor sie sich mit den anderen entfernte.

»Musste das sein?«, fragte Caria, als sie allein waren.

»Ja«, antwortete Johanne und ließ sich auf einem Stuhl neben ihr nieder. Als eine Kellnerin auf sie zusteuerte, schüttelte sie unwirsch den Kopf und sah ihr nach, bis sie wieder fort war. Dann wandte sie sich zu Caria. »Ich hab das Zeug genommen«, flüsterte sie. »Und ich hab alles so gemacht, wie du es mir gesagt hast. Ich hab mir ein paar Lieder aus dem Internet gezogen, die mich an damals erinnern, hab alte Foto angesehen, aber es hat trotzdem nicht geklappt.«

»Und deshalb musst du die Leute von meinem Tisch vergraulen, um mir das zu sagen?«

»Warte, das war noch nicht alles«, erklärte Johanne, sich kurz umblickend. »Ich hab tatsächlich geträumt … von damals … aber ich konnte in meinem Traum nichts machen. Ich war wie erstarrt.«

»Wusstest du, dass du träumst?«

»Ich glaube schon.«

»Dann hat die Tablette doch gewirkt, was der helle Wahnsinn ist.«

»Wieso das?«

»Na, weil die Dinger eigentlich eine Weile brauchen, bis die Nebenwirkung so richtig zutage treten. Ich musste das Zeug ein paar Tage lang nehmen, ehe es bei mir funktionierte.«

»Aber du hast gesagt, ich kann in einem luziden Traum alles machen, was ich will. Doch das konnte ich eben nicht. Ich saß nur da, war vollkommen verängstigt und konnte mich nicht bewegen.«

»Um was genau ging es in deinem Traum? Hast du von deinem Vater geträumt? Wie du ihn …« Caria brach ab, sah jetzt wieder genauso fassungslos aus wie gestern.

Johanne verneinte stumm. »Ich hab von dem Abend geträumt, als ich meine Mutter zum letzten Mal lebend gesehen habe. Ich wollte sie festhalten, sie nicht weggehen lassen, weil ich wusste, was passieren würde. Doch ich konnte es nicht. Ich saß einfach nur auf meinem Bett und ließ sie gehen … schon wieder.«

Caria seufzte. »Ich vermute, dass es die Angst war, die dich lähmte. Vielleicht auch der Schock, als du begriffen hast, dass du es tatsächlich geschafft hast, einen luziden Traum zu haben. Das ist völlig normal und war bei mir auch so.« Sie brach ab, hob die Schultern. »Du musst dir einfach Zeit geben. Versuch es heute Nacht noch einmal, dann morgen Nacht wieder. Irgendwann schaffst du es, dich zu überwinden und die damaligen Geschehnisse aufzuhalten.«

Johanne nickte, war aber keineswegs überzeugt.

»Und jetzt bestell dir was zu essen«, mahnte Caria, sie besorgt musternd. »Du siehst aus wie ein Nachtgespenst.«

»Keinen Hunger«, gab Johanne zurück. »Ich krieg keinen Bissen runter und kann an nichts anderes denken. Nach der gestrigen Sitzung bei Selin habe ich das Gefühl, dass sich in meinem Innern was zusammenbraut.«

»Vielleicht wirst du krank? Ist ja kälter hier als auf dem Festland.«

»Nicht körperlich«, gab sie zurück. »Ist schwer zu erklären. Es fühlt sich an, als zöge eine Art Sturm in mir auf. Wie ein inneres Beben, verstehst du?«

Caria schüttelte den Kopf. »Keine Ahnung, was du meinst. Erklär es mir.«

»Ich hab an die Nacht, als meine Eltern starben, nur noch verschwommene Erinnerungen. Ich sehe weder, was mein Vater getan hat, noch das, was ich anschließend ihm angetan habe. Da ist all die Jahre eine tiefe Leere in mir gewesen. Ich wusste natürlich, was ich getan hatte, konnte mich aber nicht an Einzelheiten erinnern. Geschweige denn, mir meine Tat noch mal vor Augen rufen. Es ist, als hätte ich diesen Teil vergessen, verstehst du? Das ist auch der Grund, weshalb ich vor Gericht nur unzureichend aussagen konnte. Alle dachten, ich würde lügen, doch es war die Wahrheit – ich konnte mich damals nicht an den Mord an meinem Vater erinnern. Das kann ich auch heute nicht. Im Laufe der Zeit habe ich deswegen meine komplette Vergangenheit mehr oder weniger in meinem Unterbewusstsein vergraben, doch jetzt … seit der Sitzung gestern, fühlt es sich an, als wollte alles wieder aus mir hervorbrechen.«

»Aber das ist doch gut! Deswegen bist du doch hier. Um dich allem zu stellen und dann den Verarbeitungsprozess beginnen zu können.«

Johanne nickte frustriert. »Trotzdem fühlt es sich wie ein innerer Kampf an. Ich will mich ja erinnern, habe aber Angst davor und verschließe mich deswegen vermutlich nur umso mehr. Ich schaffe es einfach nicht, mich so richtig darauf einzulassen.«

»Setz dich nicht so unter Druck! Du hattest erfolgreiche Hypnosesitzungen, letzte Nacht sogar endlich einen luziden Traum. Du bist auf dem Weg, Johanne.«

Johanne ließ Carias Worte in sich nachklingen, spürte ein inneres Kribbeln. Es war, als würden tausend Ameisen durch ihre Adern krabbeln.

»Darf ich dich etwas fragen?«, fragte Caria, sie scharf beobachtend.

Johanne nickte.

»Mir geht eine Sache nicht in den Kopf … Du sagtest, gegen deinen Vater stand der Vorwurf des sexuellen Missbrauchs deiner Schwester im Raum. Und dass er deine Mutter getötet hat?«

Johanne nickte.

»Warum haben sie dich dann des Mordes an deinem Vater verhaftet und weggesperrt? Du warst doch noch ein Teenager, wusstest, was er getan hatte, hattest Angst vor ihm. Die Verurteilung ergibt meines Erachtens gar keinen Sinn. Wieso haben sie deine Tat nicht als Notwehr eingestuft?«

Johanne schwieg eine Weile, dachte über eine Antwort nach. Schließlich seufzte sie. »Weil ich keine Angst vor ihm hatte, und das auch ausgesagt habe. Mein Vater war wie ein Freund für Fine und mich. Nie hat er seine Hand gegen uns erhoben, niemals ein böses oder unüberlegtes Wort zu uns gesagt. Er war der beste Vater, den man sich hätte wünschen können.«

Caria starrte sie verdattert an. »Aber wenn von ihm keine Gefahr für dich ausging, warum hast du dann…?«

Johanne blinzelte gegen die Tränen an, presste die Lider fest aufeinander. Als sie die Augen wieder öffnete, bemerkte sie, dass Caria sie misstrauisch anstarrte.

Johanne sprang auf, schüttelte den Kopf. »Tut mir leid … ich kann das nicht!«

Zurück in ihrem Zimmer warf sie sich aufs Bett, dachte an ihre Unterhaltung mit Caria zurück.

Caria hatte recht. So wie sie ihr den Ablauf geschildert hatte, ergab ihre Verurteilung keinen Sinn. Doch Caria wusste eben nicht alles. Sie selbst verstand es ja nicht mal.

Johanne schloss die Augen und sofort strömten unzählige Bilder auf sie ein.

Da war ihre Mutter. Sie lag am Boden, um sie herum Blut. So viel Blut.

Ihr Vater kniete über ihr und schrie wie von Sinnen, hatte sie dabei an den Schultern gepackt.

Und dann?

Was war danach passiert?

Sie konzentrierte sich auf diesen Moment, öffnete sich für die Wahrheit … doch nichts. Die Bilder erloschen.

Frustriert setzte Johanne sich hin, starrte in die Luft. Und dann spürte sie es erneut. Es fühlte sich wie ein Stromschlag an.

In ihrem Kopf überschlugen sich die Gedanken.

Die Erinnerung bei der letzten Hypnose … irgendwas stimmte damit nicht.

Sie fummelte ihr Handy aus der Tasche ihrer Jeans, suchte nach Jussis Nummer, klickte darauf. Als das Klingelzeichen ertönte, schickte sie ein stummes Stoßgebet zum Himmel.

Bitte, Gott, mach, dass er drangeht!

»Jo, schön, dass du dich meldest. Wie geht es dir?«

Anders als bei ihrem letzten Telefonat klang er heute vollkommen entspannt und bestens gelaunt.

»Ich hab mich an etwas erinnert«, schoss es aus ihr heraus.

»Ähh, Moment, okay? Ich gehe nach oben. Hier unten ist die Hölle los. Meine Kleine hat Geburtstag und wir haben volles Haus.«

Deswegen die gute Laune, dachte Johanne und verzog das Gesicht.

»So, jetzt sind wir ungestört.«

»Es geht um Mom«, sagte sie. »Mir ist wieder eingefallen, was sie zu mir gesagt hat, bevor sie …« Johanne brach ab.

Jussi am anderen Ende der Leitung sagte nichts. Sie hörte ihn nicht mal atmen.

»Bist du noch dran?«, fragte sie.

»Wo soll ich sonst sein?« Seine Stimme klang jetzt wieder so misstrauisch wie bei ihrem letzten Telefonat.

»Hast du gehört, was ich gesagt habe? Dass ich mich …«

»Sag einfach, an was du dich erinnerst.«

»Gut.« Johanne sog die Luft ein, sammelte sich. »Sie hat gesagt, dass sie dringend noch mal wegmüsse und bald wiederkomme.«

»Und was soll daran ungewöhnlich sein?«

»Sie sagte nicht, dass sie sich mit meinem Dad treffen will.«

»Süße«, kam es ungeduldig von Jussi, »vielleicht wollte sie dich nicht beunruhigen.«

»Beunruhigen? Ich hatte kein Problem mit Dad. Warum also sollte es mir etwas ausmachen, wenn sie sich mit ihm trifft? Sie hätte es mir einfach sagen können. Doch das tat sie nicht. Findest du das nicht auch merkwürdig?«

»Keine Ahnung, Jo, sollte ich?«

»Da ist noch was anderes … Ich hab mich an etwas erinnert, was Fine zu mir gesagt hat. Am Telefon, bevor Mom es ihr abgenommen hat. Sie rief mich an, schien total verängstigt, sagte, dass diese Leute ihr Angst machen.«

»Welche Leute?« Jussis Stimme klang angespannt. »Was soll das heißen?«

»Weiß ich doch auch nicht. Als ich sie danach fragte, wurde es noch seltsamer. Sie flüsterte plötzlich nur noch, meinte, dass sie auflegen muss und sich wieder meldet. Doch das tat sie nicht. Danach ist sie verschwunden.«

»Vielleicht hat sie ihren Freund gemeint? War er nicht einer von diesen aggressiven Motoradrockern?«

»Du meinst ihren Ex? Wenn sie vor ihm und seinen Kumpels Angst gehabt hätte, dann hätten Dad und ich davon gewusst – ganz sicher.«

»Ich würde das jetzt nicht überbewerten«, sagte Jussi. »Du bist doch auf die Insel geflogen, um das alles endgültig loszulassen.«

»Nein, bin ich nicht!«, protestierte Johanne aufgebracht. »Ich bin hier, um alles aufzuarbeiten und es dann hinter mir zu lassen. Umgedreht funktioniert es nicht.«

»Tut mir leid«, sagte Jussi zerknirscht. »Das alles ist so lange her …«

»Für mich ist es allgegenwärtig«, sagte Johanne. »Ich muss einfach wissen, wie alles zusammenhängt und was damals genau passiert ist. Ich muss herausfinden, wieso ich Dad auf diese Weise …« Sie brach ab.

»Warum hast du das, was Fine damals zu dir gesagt hat, nicht der Polizei erzählt? Oder Mom?«

Johanne zuckte zusammen. Die Frage war berechtigt. »Ich hab Fine damals nicht geglaubt«, gab sie schließlich zu. »Dachte, dass sie spinnt, weil sie wieder mal gekifft hat. Sie neigte doch dazu, Stuss von sich zu geben, wenn sie mal wieder stoned war. An jenem Abend klang ihre Stimme vollkommen verwaschen, als wäre sie nicht ganz bei sich. Ich hab ihre Worte einfach nicht wirklich ernst genommen.«

»Und als sie tatsächlich verschwunden war? Warum hast du es dann nicht zumindest Mom gesagt?«

»Das hab ich doch«, sagte Johanne aufbrausend. »An dem Abend, als sie starb. Ich hab es ihr erzählt und eine knappe halbe Stunde später kam sie in mein Zimmer und meinte, sie müsse ganz dringend noch mal weg.«

EINUNDZWANZIG
KOPENHAGEN

2006

Auf dem Weg zum Präsidium hatte Asger freiwillig das Steuer übernommen, während Laja müde vor sich hinstarrte. Anstelle ihrer Joggingkleidung hatte Asgers Freundin ihr ein paar Jeans, ein frisches Shirt und ein Sakko geliehen. An Schlaf war nicht zu denken, dafür hatte sie bei Asger zu viel Kaffee getrunken. Aber zumindest gelang es ihr, gedanklich ein wenig runterzufahren. Anders als Asger.

»Ob Lilys Eltern wohl noch da sind?«, fragte er und schon war auch sie wieder hellwach und richtete sich im Sitz auf.

»Lily hat sich allem Anschein nach das Leben genommen. Ich denke, dass sie vielleicht psychologische Hilfe in Anspruch nehmen oder noch mit den Kollegen vor Ort reden.«

»Du glaubst, es war Selbstmord?«

»Du etwa nicht?«

»Sie war panisch, als sie weggelaufen ist. Also könnte es auch ein Unfall gewesen sein. In ihrem Gemütszustand hat sie vermutlich nicht auf den Verkehr geachtet und ist blindlings auf die Straße gelaufen.«

»Ja, das ist gut möglich. Aber ich frage mich, warum

das Mädchen so panisch reagierte, als die Eltern ins Spiel kamen.«

»Nach deinem Besuch bei Lilys Eltern hast du geäußert, dass dir die Mutter irgendwie seltsam vorkam.«

Laja nickte nachdenklich. »Sie wirkte wie jemand, der etwas zu verheimlichen hat.«

»Warum befragen wir sie nicht noch mal?«

»Gute Idee. Aber lass uns erst mal herausfinden, wie weit die Kollegen sind«, schlug Laja vor. »Mann, der Fall geht mir echt an die Nieren.«

»Meinst du, man hätte Lilys Tod verhindern können?«

»Das denke ich tatsächlich. Wenn wir herausgefunden hätten, was hinter all den Suiziden steckt, hätten wir vielleicht wirklich was bewirken können. Überleg doch mal, von wie vielen Selbstmorden wir inzwischen wissen.« Laja zählte sie an den Fingern ab. »Das sind Asta, Viggo und dann auch noch die Fälle aus Skagen und Hvide Sande. Da stinkt irgendwas zum Himmel. Diese Narben und Verletzungen, die bei den Jugendlichen festgestellt wurden, müssen etwas miteinander zu tun haben.«

»Was das angeht, bin ich mir inzwischen auch sicher«, knurrte Asger.

Sie sah ihn überrascht an. »Das hast du mir bislang aber vorenthalten.«

»Ich war nur etwas vorsichtiger, Laja. Du bist jemand, der sich schnell in eine Richtung verrennt und vergisst nach rechts und links zu schauen.«

Laja grinste schief. »Wir beide ergänzen uns eben prima, das ist doch auch schon was …«

Er verzog das Gesicht, dann lächelte er.

»Was sagst du eigentlich zu meiner Sektentheorie? Hältst du sie inzwischen für wahrscheinlich?«

Asger runzelte nachdenklich die Stirn. »Ich halte sie zumindest nicht für abwegig. Es scheint, als habe jemand die jungen Leute mit einer Art Gehirnwäsche gebrochen. Allerdings verfolgt eine Sekte stets ein Ziel bei ihren

Anhängern. Und welchem Ziel könnte es dienlich sein, dass die Anhänger reihenweise Suizid begehen?«

»Vielleicht war das nicht geplant. Könnte ja sein, dass diese Jugendlichen dem Druck nicht standhielten und sich deswegen umbrachten. Oder dass man sie glauben ließ, sie seien nicht würdig, zu dieser Sekte zu gehören.«

»Klingt plausibel. Lass uns das im Hinterkopf behalten.« Er deutete mit dem Kopf nach vorne. »Wir sind da.« Dann durchfuhr er die Einfahrt zum Parkplatz des Präsidiums und stellte den Wagen auf dem ersten freien Platz ab.

»Bereit?«, fragte er, nachdem er den Motor abgestellt und seinen Sicherheitsgurt geöffnet hatte.

Laja holte tief Luft, nickte, stieg aus dem Wagen, blieb aber noch, auf die geöffnete Tür abgestützt, stehen. »Um ehrlich zu sein: Das Ganze schlägt mir auf den Magen. Ich kannte Lily nicht persönlich, aber dennoch fällt mir dieser Gang jetzt schwer.«

Asger, der inzwischen auch ausgestiegen war, nickte ihr zu. »Das versteh ich. Wir stecken seit Monaten in diesen Fällen drin, ohne wirklich weiterzukommen.«

»Dann geht es dir genauso?«

»Darauf kannst du einen lassen.« Er grinste müde. »Das ist übrigens der einzige Grund, warum ich dir heute Nacht nicht den Hals umgedreht habe, als du mich aus dem Bett geholt hast.«

Laja reichte dem Kollegen der Dienstelle Odense die Hand. »Ich bin Laja Ravn. Danke, dass Sie mich angerufen haben. Das ist mein Kollege Asger.«

Der Mann nickte, schüttelte zuerst ihr, dann Asger die Hand. »Marius«, stellte er sich vor. »Meine Kollegin, Vilma, die von Lily niedergeschlagen wurde, liegt übrigens im Krankenhaus. Das Mädchen hat sie böse am Kopf erwischt.

Vilma hat eine ernste Gehirnerschütterung und eine Platzwunde und fällt mindestens zwei Wochen aus.«

»Haben Sie noch mal mit ihr reden können?«

»Ja, aber das war nicht sonderlich ergiebig«, antwortete Marius. »Bevor die Sanitäter sie abtransportierten, hab ich es versucht. Doch sie hatte starke Schmerzen und war ziemlich neben der Spur. Das Einzige, was ich verstanden habe, ist, dass Lily vollkommen außer sich gewesen sei, fast wie fremdgesteuert, und dazu wild entschlossen abzuhauen, was ihr ja leider gelungen ist.«

»Was ist mit Ihnen? Hatten Sie nicht als Erster Kontakt mit Lily?«

Marius bestätigte das nickend. »Stimmt, aber viel hab ich aus dem Mädchen nicht herausbekommen. Es zitterte so stark, dass seine Zähne aufeinanderschlugen, schluchzte und murmelte nur wirres Zeug.«

»Was genau?«, fragte Asger.

»Das meiste hab ich nicht verstanden. Aber es kam mir vor, als würde sie nicht mit mir sprechen, sondern eine Art Zwiegespräch führen.«

»Erinnern Sie sich an einzelne Worte, an Satzfetzen?«, hakte Laja nach.

»Ja, sie murmelte etwas davon, dass er in ihr drin sei und sie von innen heraus vergifte oder so ähnlich.«

»Also glaubte sie, von irgendwem besessen zu sein?«

Marius sah sie verblüfft an, runzelte die Stirn, nickte schließlich. »Ja, das könnte man so deuten.«

Im Besprechungszimmer war es bedrückend still. Nur das leise Schluchzen von Esther und Konrad Overgaard war zu hören. Lilys Eltern schienen jeder für sich mit der Situation zu kämpfen. Während Lilys Vater zusammengesunken auf einem Stuhl kauerte, stand Esther mit dem Rücken zu ihnen am Fenster und starrte hinaus.

Asger warf Laja einen irritierten Blick zu. Er schien dasselbe zu denken wie sie. Beide hatten ihre Tochter verloren, wieso klammerten sie sich nicht aneinander und spendeten sich gegenseitig Trost?

Sie räusperte sich, um auf sich aufmerksam zu machen.

Konrad sah als Erster auf.

Laja ging auf den Mann zu, reichte ihm die Hand. »Wir kennen uns ja bereits. Es tut mir aufrichtig leid, dass wir uns unter diesen furchtbaren Umständen wiedersehen.«

Er nickte, ergriff ihre Hand. Sein Griff war kraftlos, seine Haut fühlte sich feucht und heiß an, wie bei jemandem, der stark fieberte.

»Möchten Sie, dass wir Ihnen einen Psychologen zur Seite stellen?«, fragte sie leise.

Konrad Overgaard schüttelte den Kopf. »Ich nehme an, Sie haben ein paar Fragen an meine Frau und mich?«

»Nur eine vorerst«, kam es von Asger.

»Ich kann es mir bereits denken. Sie wollen wissen, wieso unsere Tochter weggelaufen ist, nachdem die Polizei uns angerufen hat.«

Laja sah den Mann stumm an, wartete ab.

»Ich weiß es doch auch nicht«, sagte Konrad Overgaard, hilflos mit den Schultern zuckend. »Ich kann Ihnen nicht einmal genau sagen, wieso sie damals von zu Hause weggelaufen ist.«

»Gab es keinen Streit? Keine Auseinandersetzung oder irgendetwas Ungewöhnliches, was sie aus der Bahn geworfen haben könnte?«

Er schüttelte den Kopf. »Nicht mit mir …«

Laja sah zu Esther, die noch immer am Fenster stand und schluchzend nach draußen starrte.

Sie ging zu ihr, legte ihr sanft eine Hand auf die Schulter. Doch die Frau reagierte nicht.

»Ich muss Ihnen ein paar Fragen stellen«, sagte Laja leise und ließ ihre Hand wieder sinken.

Esther nickte, sah sie jedoch immer noch nicht an.

»Warum, denken Sie, ist Ihre Tochter weggerannt, als meine Kollegen bei Ihnen angerufen haben?«

Esther hob zitternd die Schultern, schwieg.

»Hatten Sie den Eindruck, dass Lily sauer war, als sie ihr Elternhaus verließ? Hatte es Streit zwischen Ihnen gegeben?«

Esther erstarrte, wandte sich ihr endlich zu. »Lily und ich hatten Streit, ja! Doch deswegen ist sie nicht fort. Sie hatte … sie war …« Sie brach ab, schnappte nach Luft.

»Lassen Sie sich Zeit«, sprach Laja leise auf sie ein. »Sagen Sie uns einfach, was Sie wissen oder denken.«

»Ich weiß nicht wirklich was«, stammelte Esther. »Aber nach dem, was heute Nacht passiert ist, glaube ich, dass sie depressiv gewesen ist. Ich hab es damals nicht sehen wollen, dachte, ihre miese Stimmung rühre daher, dass sie ständig im Internet surft und nur noch ihre merkwürdig düsteren Computerspiele im Kopf hat.«

»Haben Sie deshalb gestritten? Haben Sie sich Sorgen gemacht, weil Sie glaubten, dass Lily computersüchtig ist?«

»Nicht gerade süchtig«, stritt Esther ab. »Aber sie verbrachte tatsächlich viel mehr Zeit vor der Kiste, als gut für sie war. Sie hatte auch fast nur Freunde im Internet, kaum welche in der Realität. Zwei Freundinnen hat sie hin und wieder mal draußen getroffen. Doch im Grunde spielte sich ihr Leben vor dem Computer ab.«

»Haben Sie ihn ihr weggenommen?«, mutmaßte Laja.

»Woher wissen Sie das?«

»Nur geraten«, sagte Laja. »Ich hab eine Nichte in dem Alter und meine Schwester hat auch so ihre Probleme mit ihr.«

Das war gelogen, doch Laja hoffte, damit das Vertrauen Esthers zu gewinnen.

»Ja, ich hab ihr den Computer weggenommen«, bestätigte Esther noch mal. »Und ich hatte deshalb mit Konrad Streit. Er meinte, es sei übertrieben, ihr das Ding wegzunehmen. Und als sie wenige Tage später abgehauen ist, gab er mir die Schuld dafür.«

»Sie ist von zu Hause weggelaufen, weil Sie ihr den Computer weggenommen haben?«

Esther senkte den Blick, schien einen inneren Kampf auszufechten. »Nicht nur deswegen …« Sie holte tief Luft, legte den Kopf in den Nacken. »Ich bestand darauf, dass sie zu einem Psychiater geht. Ich fand, dass es nicht normal ist, wie sie sich verhält, wie sie ihre Freizeit verbringt. Wir, also mein Mann und ich, wir sind früher rausgegangen, in jeder freien Minute. Aber die jungen Leute heute verbringen ihre Zeit vor dem Computer und drehen irgendwann vollkommen ab, werden weltfremd, haben keine sozialen Kontakte mehr. Bei unserer Lily war es extrem und ich wollte, dass sie begreift, wie sehr sie auf einem Irrweg ist. Diese Spiele, die sie spielte, die waren nicht gut für sie. Es ging in ihnen nur ums Töten und um andere schlimme Dinge. Das hat Lily verändert.«

»War sie beim Psychiater?«

»Zweimal«, gab Esther zurück. »Und dann hat sie eines Tages ihre Klamotten gepackt und ist verschwunden.«

»Die Obduktionsergebnisse sind da.« Asgers Stimme klang aufgeregt. »Auch Lilys Körper weist Brandmale und Narben auf, die von Fesseln und Schnitten stammen könnten. Sie war stark dehydriert und unterernährt, was bedeuten könnte, dass sie längere Zeit mittellos auf der Straße verbracht hat.«

Laja legte den Kopf schräg. »Oder sie wurde irgendwo festgehalten, wo man ihr Nahrung entzogen hat.«

Asger seufzte. »Auch möglich, ja. Was hast du inzwischen? Warst du in Christiana?«

»Ja, ich komme gerade zurück. Den Besuch hätte ich mir aber auch sparen können.«

»Okay?« Asger sah sie abwartend an.

Laja seufzte. »Um es kurz zu machen: Die Leute dort waren allesamt nett und sehr kooperativ.«

»Aber? Keine geheimnisvollen Sektenrituale?«

»Nichts davon. Das sind nur harmlose Hippies. Die Ältesten von ihnen leben seit den Siebzigern in der Freistadt.«

»Also glaubst du nicht, dass die etwas mit unserem Fall zu tun haben könnten?«

»Definitiv nicht.«

»Mist! Ich hatte gehofft, dass du mehr Glück hattest als ich.« Asger stieß einen ärgerlichen Zischton aus. »Die Kollegen in Odense haben Lilys Freunde dazu befragt. Ob es sein könnte, dass Lily sich einer Sekte oder Organisation angeschlossen hat, was beide verneinten. Allerdings heißt das nichts. Kurz vor Lilys Verschwinden haben sie kaum noch Kontakt mit ihr gehabt. Das bringt uns also auch nicht weiter.«

»Bei Asta und Viggo dasselbe«, gab Laja zurück. »Niemand aus deren Umfeld kann etwas mit unserer Sektentheorie anfangen.«

»Und die zwei Fälle im Norden? Was ist damit?«

»Dazu habe ich die Kollegen vor Ort mit einbezogen und sie gebeten, sich umzuhören. Bislang hab ich noch nichts von ihnen gehört.«

»Demnach treten wir erneut nur auf der Stelle. Was jetzt?«, fragte Asger.

»Ich muss immer wieder an Lilys Mutter denken. Irgendwie hab ich bei ihr ein ganz mieses Gefühl.«

»Glaubst du, sie verschweigt uns was?«

»Ja, vielleicht lügt sie sogar.«

»Worüber genau?«

»Angenommen, die Eltern sind auch Teil dieser Glaubensgemeinschaft. Meinst du, sie würden es uns sagen, wenn sie etwas wüssten?«

»Ihre Tochter ist tot!«

»Sektenanhänger sind oft völlig verblendet und leben in ihrer eigenen Welt.«

Asger ließ ihre Worte wirken, hob die Schultern. »In diesem Fall wäre das der pure Irrsinn!«

»Wohl wahr«, gab Laja zurück und blickte verärgert auf das Display, als ihr Telefon klingelte. »Die Vorwahl von Roskilde«, sagte sie an Asger gewandt und seufzte. »Wenn Hugo mich anruft, kann das nichts Gutes bedeuten.«

Sie angelte den Hörer aus der Station, meldete sich.

»Sitzt du?«, drang die Stimme ihres ehemaligen Kollegen und Lebensgefährten aus dem Hörer.

»Ja«, sagte sie knapp und hielt vor Aufregung den Atem an.

»Ich hab vor zehn Minuten einen Anruf aus Aarhus bekommen. Die Kollegen dort sind zum Randers Fjord gerufen worden, um zwei Leichen zu bergen. Eine Frau und ein Junge im Teenageralter. Einer der Beamten vor Ort hat sich an den Vermisstenfall aus Roskilde erinnert und Übereinstimmungen gesehen.«

ZWEIUNDZWANZIG
VAGAR/FÄRÖER

2019

»Johanne, was machen Sie hier?« Selin starrte sie verblüfft an. »Sie haben erst heute Abend einen Termin bei mir.«

»Ich weiß«, stieß sie aus, wohl wissend, dass ihre Stimme vor Aufregung vibrierte. Sie streckte ihren Kopf weiter ins Zimmer, sodass sie einen Blick auf das Sofa erhaschen konnte, seufzte erleichtert, als sie sah, dass es leer war.

»Ich brauche Sie aber jetzt.« Sie sah Selin flehend an. »Sie sagten doch, dass ich jederzeit kommen dürfte, wenn es mir nicht gut geht oder wenn ich etwas auf dem Herzen habe.«

»Was ist passiert?«, fragte Selin.

»Es ist nichts … es geht mir gut«, versicherte Johanne schnell. »Trotzdem ist es wichtig. Ich …« Sie brach ab, schnappte nach Luft.

»Kommen Sie doch erst mal herein«, sagte Selin und winkte auffordernd.

Johanne nickte, setzte sich ihr gegenüber an den Schreibtisch.

»Möchten Sie einen Kaffee oder Tee?«, fragte Selin und lächelte. »Sie sehen aus, als könnten Sie eines von beiden gut gebrauchen.«

»Ich brauche nur eine Sitzung außer der Reihe«, sagte Johanne und sah Selin ernst an. »Es ist etwas passiert.« Sie machte eine Pause, spürte den Blick der Therapeutin auf sich.

»Ich habe die Stimme meiner Schwester gehört. In meinem Kopf und als ich wach war.«

»Und weiter?« Selin blickte sie auffordernd an.

»Ihr Name ist Fine und ich bin inzwischen ziemlich sicher, dass sie tot ist. Ich weiß nicht, ob sie es selbst war oder ob jemand sie umgebracht hat, aber die Gewissheit, dass sie nicht mehr am Leben ist, habe ich seit unserer letzten Sitzung.«

Selin sah sie nur schweigend an, wartete, dass sie fortfuhr.

»Deshalb brauch ich jetzt dringend Ihre Hilfe, um weiterzukommen.«

»Sie sagten, Sie hörten die Stimme Ihrer Schwester in Ihrem Kopf?«

Johanne nickte. Dann schloss sie seufzend die Augen. Als sie sie wieder öffnete, lächelte Selin, so als wüsste sie, was Johanne jetzt sagen würde.

»Ich bin nicht verrückt«, widersprach sie, obwohl Selin das nie ausgesprochen hatte. »Und erst recht nicht schizophren.«

»Die Worte kommen von Ihnen«, gab Selin lächelnd zurück.

Johanne verzog das Gesicht. Ihr war klar, worauf das hinauslief. In Wahrheit glaubte sie wirklich, durchzudrehen. »Die Stimme war so echt!«, sagte sie. »Ich konnte Fines Worte deutlich hören. Sie klang wie damals, als alles so furchtbar wurde.«

»Was genau hat diese Stimme gesagt?«

Johanne atmete tief ein. »Dass ich endlich anfangen muss, meine wahren Gedanken zuzulassen. Dass ich mich ihnen nicht verschließen darf, nicht mehr.«

»Wäre es denn nicht möglich, dass Sie zwar Fines

Stimme gehört, aber in Wirklichkeit zu sich selbst gesprochen haben?«

Johanne stöhnte. »Keine Ahnung, was ich denken soll! Fakt ist, dass irgendwo in meinem Inneren der Schlüssel zu allem verborgen liegt. Der Schlüssel zur Wahrheit, die so furchtbar sein muss, dass ich sie nicht sehen will.«

»Oder aber Sie wagen es nicht, die Wahrheit anzunehmen. So würde ich interpretieren, was Fines Stimme Ihnen sagen wollte. Dass Sie diese Gedanken schon seit Langem in sich tragen und sich immer wieder selbst zwingen, sie beiseitezuschieben, vielleicht weil sie Ihnen Angst machen oder Ihre selbst erbaute Schutzmauer zum Einsturz bringen könnten.«

»Deswegen bin ich doch hier«, sagte Johanne. »Ich möchte eine Hypnosesitzung, um zu jenem Tag zurückzugehen, der alles verändert hat. Und ich brauche sie jetzt sofort, bevor ich es mir anders überlege.«

»Gut, dann seh ich mal nach, wie ich Ihnen helfen kann.« Selin blätterte in ihrem Terminkalender, sah dann zu Johanne auf. »Sie haben zwanzig Minuten, ehe mein nächster Patient kommt.«

Diesmal fühlte sich das Hinübergleiten anders an. Johanne sah sich bereits auf dem Bett in ihrem alten Kinderzimmer sitzen, während Selins Stimme noch von zehn rückwärts zählte. Währenddessen konnte sie alles wahrnehmen, den muffigen Geruch, der von ihren ausgelatschten Sportschuhen herrührte, sie spürte sogar die Hilflosigkeit ihres jüngeren Ichs.

Nachdem Selins Stimme verstummt war, vernahm sie ein leises Surren. Sie sah sich selbst nach dem auf dem Bett liegenden Handy tasten, beobachtete, wie sie auf das winzige Display starrte und zögerte.

»Dad«, murmelte sie in Gedanken, während ihre jüngere Version das Gespräch annahm.

Alles in ihr verkrampfte sich, als sie sah, dass ihr jüngeres Ich in Tränen ausbrach.

»*Sie ist immer noch nicht zurück*«, hörte sie sich sagen.

»*Ich hab keinen Schimmer, wohin sie gegangen ist. Sie sagte nur, sie muss noch mal dringend weg.*«

Eine Pause entstand, sie lauschte.

»*Seit fast vier Stunden*«, hörte sie sich selbst. »*Warum ...? Das weiß ich nicht. Sie ist weg, nachdem ich ihr das von Fine erzählt habe.*«

Sie sah, wie sich der Gesichtsausdruck ihrer jüngeren Version veränderte, wie sie sich immer mehr verkrampfte.

»*Versprichst du, dass du nicht böse bist, wenn ich es dir sage?*«

Sie beobachtete sich dabei, wie sie ergeben seufzte.

»*Sie hatte Angst vor jemandem. Das hat sie mir am Telefon gesagt, als ich sie zuletzt gesprochen habe. Das war, kurz bevor Mom ihr das Handy abgenommen hat.*«

Ihr Vater am anderen Ende schien aufgebracht, denn ihr jüngeres Ich hob erschrocken den Hörer ein Stück vom Ohr weg.

»*Ich weiß nicht, wen sie meinte*«, hörte sie sich selbst in den Hörer schreien. »*Und ich hab es niemandem gesagt, weil ich dachte, dass sie wieder was genommen hat und deswegen durchdreht. Du weißt doch, wie sie war, wenn sie dieses beschissene Zeug geraucht hatte.*«

Ein heftiger Druck erschreckte sie, riss sie aus der Hypnose.

»Was ist los?«, fragte sie, starrte Selin an.

»Sie haben um sich geschlagen und mich angeschrien. Ich dachte, es ginge Ihnen nicht gut, und hielt es für besser, abzubrechen.«

Johanne bemerkte, dass ihre Atmung nur noch stoßweise ging und sie heftig zitterte. »Es geht mir gut«, brachte sie mühevoll hervor.

»Das sieht aber nicht so aus. Wollen Sie darüber sprechen, was eben passiert ist?«

»Es war anders diesmal. Nicht so intensiv wie beim letzten Mal. Dafür hatte ich das Gefühl, bereits zu wissen, was im nächsten Moment passiert. Es war … total schräg.«

»Wollen Sie weitermachen? Sie haben noch ein paar Minuten.«

Johanne wollte schon nicken und sich wieder hinlegen, als ein körperlicher Schmerz sie erfasste. Wie ein Brennen, das in der Halswirbelsäule begann. Es breitete sich in ihr aus, erreichte die Zehenspitzen. Fühlte sich an, als ginge in ihr ein grelles Licht an. Sie spürte eine starke Hitze durch ihre Adern fließen und glaubte, jeden Augenblick in Flammen aufzugehen. Sie schloss die Augen, ließ zu, dass Hunderte von Bildern auf sie einströmten.

Dann sah sie es …

Wie auf einer riesigen Kinoleinwand.

Sie war an jenem Abend vollkommen hysterisch gewesen, weil ihre Mutter gegen Mitternacht immer noch nicht zurück gewesen war. Später hatte sie noch einmal ihren Vater angerufen. Inzwischen war es weit nach Mitternacht. Ihr Vater hatte seltsam gehetzt geklungen, sich erst im Lauf des Gesprächs beruhigt und ihr mitgeteilt, dass er eine Nachricht von Mom bekommen habe. Sie wollte sich mit ihm bei seiner alten Firma treffen, um über Fine zu sprechen. Er hatte ihr gesagt, dass sie Ruhe bewahren solle, er später zusammen mit Mom zu ihr kommen würde.

Sie hatte nicht auf ihn gehört.

War mitten in tiefster Nacht nach draußen gestürzt, auf ihr Rad gestiegen und zum Treffpunkt ihrer Eltern gestrampelt.

Das Rad hatte sie dort achtlos fallen lassen.

War losgestürmt, hatte die Tür zur großen Halle geöffnet und dann …

Sie riss die Augen auf, sprang hoch.

»Ich weiß es wieder«, stammelte sie und kämpfte gegen

die aufsteigenden Tränen an. »Ich weiß, warum ich an jenem Abend wirklich das Haus verlassen habe. Meine Mom … Sie hat niemals SMS geschrieben, hasste diese modernen Methoden. Sie rief lieber bei den Leuten an, wenn sie etwas wollte. Warum sollte sie meinem Vater plötzlich eine Nachricht aufs Handy schicken? Nicht sie! Nicht wenn es um so etwas Wichtiges wie das Verschwinden meiner Schwester ging! Ich bin losgestürzt, weil mir das seltsam vorkam, weil ich mich sorgte …«

»Johanne, was war dann?«

»Dann hab ich ihn über Mom knien gesehen …« Sie brach ab, sog zitternd die Luft ein, legte den Kopf in den Nacken, kämpfte gegen ihre Verzweiflung an.

»Was dann? Johanne?«

»Ich bin so verdammt dämlich gewesen«, stieß sie aus. »Ich dachte, die Lüge wegen Moms SMS käme von ihm, um mich fernzuhalten, während er sie …« Johanne stoppte erneut. Blickte zu Selin, die kreidebleich geworden war.

»Ich glaube, ich hab die Situation damals vollkommen falsch eingeschätzt. Nicht mein Vater war es, der meiner Mutter das angetan hat. Es waren dieselben Leute, die mit dem Verschwinden meiner Schwester zu tun hatten.«

DREIUNDZWANZIG
KOPENHAGEN

2006

»In Roskilde ist die Kacke seit gestern am Dampfen«, verkündete Asger und setzte sich mit einer Zimtrolle und Kaffee zu Laja an den Tisch in der Kantine.

Laja, die sich gerade eine Pommes in den Mund stecken wollte, hielt inne. »Geht es um die unbekannten Toten? Eine Frau und ein kleiner Junge?«

»Ja, sie passen zu einer der Vermisstenanzeigen.«

»Demnach sind sie identifiziert?«

»Seit ein paar Minuten.« Asger seufzte. »Die Kollegen aus Roskilde haben bereits gestern den Mann, der seinen Sohn Tommen als vermisst gemeldet hatte, um eine Probe für den DNS-Test gebeten. Da er nichts dahatte, musste der Zahnarzt mit einem Gebissabdruck aushelfen. Heute Morgen kamen die Befunde in Roskilde an und vorhin das Ergebnis des Abgleichs – es handelt sich tatsächlich um Tommen und Dinette Juul aus Roskilde.«

»Dann ist zumindest geklärt, wer die beiden Toten sind.«

»Das schon. Aber der Vater rastete total aus, weil die Kollegen nichts Großartiges unternommen haben, um die von ihm vermisst Gemeldeten zu finden.«

»Ich erinnere mich. Der Junge war krankgemeldet.

Daher ist auch seiner Lehrerin nichts verdächtig vorgekommen, als er nicht zum Unterricht erschien.«

»Genau. Und der Vater hat damals ausgesagt, dass der Junge Abstand von ihm wollte. Daher bin auch ich davon ausgegangen, dass die Mutter mit dem Jungen irgendwo hingefahren ist, damit er sich erholen kann.«

Laja nickte nachdenklich. »Bis auf die familiären Verhältnisse sahen wir auch keine Verbindungen zu unseren Suizidfällen.«

»Im Augenblick sieht zwar alles nach einem erweiterten Suizid aus, doch Genaueres wird erst die Obduktion ergeben. Vorstellbar ist aber, dass die Mutter die Trennung schlecht verkraftet hat und so verzweifelt war ...«

»Dass sie sich selbst und den Vierzehnjährigen umgebracht hat?«, ergänzte Laja. »Das glaubst du doch nicht ernsthaft! Der Junge müsste sich heftig gewehrt haben, als sie ihn ertränkt oder in den Fluss gestoßen hat.«

»Vielleicht war er bereits tot, als sie ihn ins Wasser warf.«

»Auch möglich, aber das wird doch die Obduktion ergeben.« Laja stocherte nur noch auf ihrem Teller herum.

»Was ist, kein Hunger?«

»Das ist es nicht. Ich hab die ganze Zeit das Gefühl, wir übersehen etwas.«

Asger nickte nachdenklich. »Ich hab die Kollegen gebeten, bei der Befragung des Vaters auch in Richtung Sekte nachzubohren. Wer weiß, vielleicht erinnert er sich ja an etwas.« Er hielt inne, runzelte die Stirn.

»Was?«

»Ich überlege gerade. Dinette und Tommen passen tatsächlich immer noch nicht in das Raster unserer Suizidfälle.«

»Inwiefern?«

»Erstens ist Tommen viel jünger als die anderen Jugendlichen und es sind diesmal zwei Tote. Mutter und Sohn. Dahinter können ganz andere Tragödien liegen als bei unseren Fällen. Einen Zusammenhang mit Sekten sehe ich da allerdings auch nicht.«

Laja legte den Kopf schräg, schob ihren Teller beiseite. Der Appetit war ihr jetzt endgültig vergangen. »Was den Zusammenhang zu den Suiziden angeht, bin ich auch unsicher. Aber ...« Sie brach ab, holte Luft. »Ich glaube, dass es Mord war, Asger.«

»Wie kommst du denn darauf?«

»Ich weiß, dass ich das nicht vorbringen sollte, weil nur Fakten und Beweise zählen. Aber ich hab so ein Gefühl. In den letzten Monaten hatten wir sehr häufig mit Suiziden zu tun, was bedeutet, dass ich auf das Thema sensibilisiert bin. Und der Roskilde-Fall schreit für mich nach etwas anderem.«

»Selbst wenn es Mord war, liegt die Aufklärung nicht in unserem Zuständigkeitsbereich. Die Kollegen aus Aarhus haben die Leichen heute Morgen nach Roskilde überführen lassen und sind bereit, mit den Kollegen dort zusammenzuarbeiten.«

Laja grinste breit.

»Ja, ja, ich weiß«, knurrte Asger. »Du hast jemanden in Roskilde, dem du Interna entlocken kannst.«

Laja starrte nur in die Ferne, die Spitze kam nicht mal bei ihr an, weil sie mit den Gedanken ganz woanders war.

»Das ist es!«, rief sie plötzlich. »Der Arzt, Asger!«

»Ich versteh kein Wort.«

»Die Geschichte mit dem Arzt ist es, die mich stört.«

Ihr Kollege sah sie verwirrt an. »Sollte mir das etwas sagen?«

Sie nickte aufgeregt. »Tommens Vater sagte doch aus, dass der Kinderarzt seines Sohnes eigentlich in Roskilde ansässig sei. Tommens Mutter habe ihn aber zu einem Spezialisten nach Kopenhagen gebracht. Wetten, dass das kein normaler Arzt, sondern ein Psychiater war? Und jetzt erinnere dich mal daran, was Esther gestern ausgesagt hat, als es um Lily ging.«

Asger starrte sie an, nickte. »Sie hat Lily zu einem Psychiater in Kopenhagen geschleift.«

»Ganz genau«, sagte Laja. »Ich weiß, das klingt auch etwas weit hergeholt. Aber lass uns überprüfen, ob es sich bei diesem Arzt um ein und dieselbe Person handelt. Das kostet uns genau zwei Anrufe.«

»Hast du etwa die Nacht hier verbracht?« Asger musterte stirnrunzelnd ihre Klamotten, die sie auch gestern schon getragen hatte. Die Jeans und das Shirt, das Laja von seiner Freundin ausgeliehen hatte.

»Ich hab zwei Stunden auf der Eckbank in der Kaffeeküche gedöst und dann weitergearbeitet.«

»Wenn du so weitermachst ...« Er brach ab, sah besorgt auf die dunklen Schatten unter ihren Augen. »Laja, das ist jetzt schon die zweite Nacht in Folge, die du durchmachst. Hat es sich wenigstens gelohnt?«

Sie seufzte. »Keine Ahnung. Ich hab das Internet nach Dr. Albertsen, nach diesem Psychiater, durchforstet. Er arbeitet vor allem mit Kindern und Jugendlichen und soll einer der besten Psychiater des Landes sein. Es ist also nicht verwunderlich, dass sowohl Esther als auch Dinette ihre Kinder gerade zu ihm gebracht haben. Vermutlich ist das also nur ein Zufall, der uns nicht weiterbringt.«

»Wir werden ihn uns trotzdem vorknöpfen. Immerhin sind zwei seiner Patienten jetzt tot.«

»Ja sicher, einen Versuch ist es wert.«

»Ich versprech mir mehr davon!«, sagte Asger bestimmt. Lily oder Tommen könnten ihm gegenüber etwas erwähnt haben, das Roskilde, Odense oder uns weiterhilft.«

»Falls er redet und sich nicht auf seine Schweigepflicht beruft.«

»Mit einem richterlichen Beschluss könnten wir ihn davon entbinden.«

»Was ewig dauern könnte, sollte er sich dagegen sperren. Freiwillig wird er niemandem etwas über seine Patienten erzählen, geschweige denn, uns Einblick in die Patientenakten gewähren.«

Asger hob die Schultern. »Dann warten wir eben, Laja. Sobald der Beschluss vorliegt, muss er reden.« Er brach ab, sah sie grinsend an. »Aber wir könnten das Ganze natürlich auch abkürzen.«

Laja gähnte herzhaft und rieb sich die Augen. »Und wie? Komm, gib mir was, was mich schlagartig wach macht.«

»Außer einem doppelt starken Mokka? Na schön, du bist doch sonst diejenige von uns beiden, die gern mal an die Gefühle appelliert.«

»Mann, red schon. Ich bin zu müde, um Rätsel zu raten.«

»Lass uns bei unserem Besuch an Dr. Albertsens Mitgefühl appellieren. Zwei seiner Patienten sind tot. Das müsste diese Koryphäe doch auch aufwühlen. Vielleicht redet der Mann ja freiwillig oder verplappert sich. Soll es alles schon gegeben haben.«

Laja war gerade dabei, ihren Dienstwagen in die wahrscheinlich letzte freie Parkbucht im Umkreis von drei Kilometern zu bugsieren, als ihr Handy surrte.

Sie warf einen Blick aufs Display.

Asger ... Sie drückte auf den Knopf der Freisprecheinrichtung.

»Was gibt's?«, rief sie ungeduldig. »Ich versuche gerade einzuparken.«

»Ich dachte, du sitzt dem Kerl längst gegenüber.«

»Sehr witzig.«

»Na komm, du bist doch sonst nicht so empfindlich.«

»Das nervt nur noch. Ich frage mich, warum dieser ach so berühmte Psychodoktor seine Praxis genau da eröffnen muss, wo es vor Touristen und Shoppingfreaks nur so wimmelt.«

Asger ging nicht auf ihre Frotzelei ein, gab nur ein »Mmh« von sich.

»Was ...?«

»Du hattest recht«, kam es von ihm. »Dein alter Kumpel hat versucht, dich auf deinem Apparat zu erreichen, ich bin drangegangen.«

»Ja und?«

»Es geht um Dinette und Tommen Juul. Es war tatsächlich Mord.«

Laja, die es nun endlich geschafft hatte, gerade in der winzigen Lücke zu stehen, schaltete den Motor aus. »Wie?«, fragte sie.

»Die Obduktion ergab, dass Dinette eines gewaltsamen Erstickungstodes starb. Ihr Zungenbein ist gebrochen. Und Tommen ...« Asger brach ab und Laja hörte, wie er heftig den Atem ausstieß. »Der Körper des Jungen weist zwar einige schlimme Verletzungen auf, jedoch keine, die zum Tod geführt haben könnten. Er ist auch nicht ertrunken, sondern war, genau wie seine Mutter, bereits tot, als er ins Wasser geworfen wurde.«

»Aber woran genau ist er dann gestorben?«

»Der Pathologe sagt, dass er untererernährt war und verhungert oder verdurstet sein könnte. Entweder das oder er starb an einer Infektion seiner zahlreichen Wunden, die nicht behandelt worden sind.«

»Welche Art von Wunden?«

»Brandmale und Schnitte, genau wie bei einigen der suizidalen Jugendlichen.«

Laja schloss die Augen, spürte Wut in sich aufsteigen.

Wer auch immer hinter all dem steckte, sie würde keine Ruhe geben, ehe sie nicht jeden der Verantwortlichen hinter Gitter gebracht hatte. »Sonst noch was, was ich wissen sollte?«

»Laut Pathologe ist Tommens rechtes Handgelenk angebrochen. Der Zustand des Leichnams ist durch das Wasser nicht der beste. Trotzdem konnte man noch gut Spuren von Fesseln erkennen. Demnach hat Tommen verzweifelt versucht, sich zu befreien.«

»Der arme Kleine«, stieß Laja aus.

»Da ist noch etwas …«

»Geht es noch schlimmer?«

»Scheint so. Laut Pathologie starben die beiden bereits vor Monaten. Doch sie wurden nicht gleich nach ihrem Tod im Wasser entsorgt.«

»Was soll das denn heißen?«

»Dass jemand ihre Körper irgendwo anders gebunkert hatte, bevor er sie in den Fluss warf.«

VIERUNDZWANZIG

VAGAR/FÄRÖER

2019

Auf dem Weg von Selin zurück in ihr Zimmer lief sie Caria in die Arme.

»Was um Himmels willen ist mit dir los?« Caria starrte Johanne erschrocken an. »Du bist ja vollkommen durch den Wind.«

Johanne brach in Tränen aus.

»Komm«, befahl Caria und bugsierte sie nach draußen in den Park, schob sie dort angekommen auf die nächstbeste freie Bank. »Und jetzt rede. Was ist passiert?«

Johanne rang um Fassung, doch die Tränen flossen unkontrolliert weiter.

»Willst du nicht darüber sprechen?« Caria musterte sie besorgt.

»Warum sollte ich das?«, fragte Johanne aufgebracht und wischte sich in einer zornigen Bewegung die Tränen aus dem Gesicht. »Ständig lauerst du mir auf und quetschst mich über alles aus. Aber von dir selbst kommt kaum was!«

Caria zuckte zurück, verzog schließlich das Gesicht. »Also gut, das ist wohl nur fair. Was genau willst du wissen?«

Johanne hob die Schultern. »Alles! Warum du hier bist,

was du durchgemacht hast, doch vor allem …« Sie brach ab, zog ein Taschentuch aus der Tasche ihrer Jeans, schnäuzte sich. »Vor allem interessiert mich, wieso du so nett zu mir bist. Ehrlich, ich versteh es nicht. Du weißt, was ich getan habe, dass ich eine Mörderin bin. Warum bist du trotzdem so besorgt um mich und hast keine Angst vor mir?«

Caria starrte sie an, lächelte schließlich voller Mitleid. »Zum Ersten muss ich sagen, dass du alles andere als gefährlich aussiehst. Du wirkst auf mich eher harmlos ... und sehr verletzlich.« Sie brach ab, schüttelte den Kopf. »Ja, ich weiß, du hast deinen Vater umgebracht. Aber nach allem, was du erzählt hast, bin ich mir sicher, dass es kein böswillig geplanter Mord, sondern ein Unfall oder Notwehr war. Doch selbst wenn nicht, bin ich überzeugt, dass du einen sehr guten Grund dafür hattest, ihn umzubringen. Niemand bringt einfach so einen Elternteil um, es sei denn, er ist ein Psychopath. Und wie eine Irre kommst du mir wirklich nicht vor.«

Johanne kämpfte erneut mit den Tränen. »Bis vor wenigen Minuten habe ich auch gedacht, dass der Tod meines Vaters einen Sinn hatte. Dass ich es tun musste. Doch seit der Sitzung bei Selin vorhin …« Sie schnappte nach Luft, krallte ihre zitternde Hand in den Stoff ihrer Jeans, sah Caria an. »Es war weder Notwehr noch ein Unfall. Ich tat es, weil ich dachte, er habe meine Mom umgebracht.«

»Und, hat er das?«

Johanne schüttelte den Kopf. »Inzwischen weiß ich, dass das nicht stimmt. Ich habe meinen Vater getötet, weil ich auf einem Irrweg war, verstehst du? Und das lässt sich nie wieder gutmachen. Und damit muss ich für den Rest meines Lebens klarkommen.«

Caria starrte sie an. »Dazu hätte ich zig Fragen«, sagte sie schließlich und sah sie durchdringend an. »Aber vergessen wir das. Nur eins zählt, und jetzt hör mir gut zu …«

Johanne erwiderte abwartend ihren Blick.

»Was du getan hast, war keine böse Absicht, das ist alles, was zählt.«

»Ist es das?«

»Ja!«, betonte Caria. »Du wolltest ihm nichts antun, das weiß ich auch, ohne die ganze Geschichte zu kennen. Und ja, das bringt ihn nicht zurück. Doch ich bin sicher, dass er sich wünschen würde, dass du dich nicht kaputt machst. Du warst noch ein junges Mädchen damals. Du hattest schreckliche Angst um deine vermisste Schwester und deine Mutter.« Sie stoppte abrupt, schien über ihre nächsten Worte ganz genau nachdenken zu müssen. »Bei mir war das etwas anderes, okay? Ich habe in der Vergangenheit ganz bewusst schlimme Dinge getan, bevor ich endlich den Absprung geschafft habe.« Sie räusperte sich. »Sagt dir der Name *Kinder Gottes* etwas?«

Johanne hob die Schultern. »Kommt auf den Kontext an, schätze ich.«

»*Kinder Gottes* ist der Name einer Sekte«, erklärte Caria.

»Davon hab ich noch nie gehört.«

»Inzwischen gibt es sie auch nicht mehr. Zumindest nicht offiziell. Ich nehme an, dass es den Gründern irgendwann zu heiß geworden ist und sie seither nur noch im Verborgenen agieren oder sich komplett aufgelöst haben. Ich war damals ein Anhänger dieser Sekte. Fünf Jahre lang war ich dabei, hab viel davon mitbekommen, was innerhalb der Mauern schieflief, und trotzdem habe ich darüber geschwiegen.«

Johanne hob die Brauen empor. »Was bedeutet das?«

»Lass mich am Anfang beginnen.« Caria straffte die Schultern. »Ich hatte kein besonders schönes Zuhause als Kind. Meine Eltern waren ausnahmslos mit ihren Jobs beschäftigt und damit, wie sie voreinander ihre jeweiligen

Affären verbergen konnten. Um mich kümmerte sich keiner. Wenn es ein Problem gab, hatte ich es gefälligst selbst zu lösen. Ich hab alles versucht, um ihre Aufmerksamkeit zu bekommen, doch da kam nichts zurück. Als mein Vater auf einer Geschäftsreise einen Schlaganfall erlitt, verließ Mutter ihn und ließ mich bei ihm zurück. Ich schätze, das zeigt schon, was für eine Person sie ist … Gott sei Dank erholte sich mein Vater einigermaßen, hängte seinen Job an den Nagel, machte sich selbstständig, kassierte die ganz große Kohle.

Er lernte eine andere Frau kennen, verliebte sich Hals über Kopf, heiratete sie. Hella, so heißt meine Stiefmutter, brachte einen Sohn mit in die Ehe. Jasper ist sechs Jahre älter als ich. Jasper war nett, doch seine Freunde waren es nicht. Zwei von ihnen passten mich eines Tages auf dem Heimweg von einer Freundin ab, vergewaltigten mich. Ich war damals noch keine achtzehn, wusste nicht, was ich tun sollte, vertraute mich meiner Stiefmutter an. Doch sie glaubte mir nicht, dachte, ich wollte mich nur wichtigmachen.

Dann wurde ich schwanger, wusste, dass das Baby von einem der beiden Arschlöcher war, die mich missbraucht hatten. Ich wusste nicht mehr ein noch aus.

Zu meiner Stiefmutter konnte ich nicht gehen, zu meinem Vater ebenfalls nicht – ich schämte mich vor ihm. Also hab ich still und heimlich meine Sachen gepackt und bin abgehauen. Die ersten Tage hab ich bei meiner Mutter in Kopenhagen verbracht. Doch die hatte inzwischen auch einen neuen Partner und war nicht begeistert davon, dass ihre Teenagertochter bei ihr auf dem Sofa schlief.

Also hab ich ihr einen Packen Kohle geklaut und mich wieder getrollt. Die ersten Nächte danach hab ich in billigen Absteigen verbracht, bis ich pleite und gezwungen war, auf der Straße zu pennen.

Und da ist es dann passiert.

Ein Pärchen sprach mich an. Die beiden waren nett zu mir und ich zu dem Zeitpunkt anfällig für jede noch so kleine Aufmerksamkeit. Ich nahm ihr Angebot, mir zu helfen, an.«

Caria machte eine kurze Pause, schloss die Augen, schien mit den Tränen zu kämpfen. Schließlich sah sie wieder zu Johanne.

»Diese Leute brachten mich an einen Ort, knapp eine Stunde von Kopenhagen entfernt, auf dem Land. Dort lebten mehrere fremde Menschen friedlich als große Familie zusammen und ich fühlte mich zum ersten Mal in meinem Leben behütet. Sie gaben mir etwas zu essen, frische Kleidung, ein Dach über dem Kopf, sodass ich zur Ruhe kam.«

Johanne sah sie aus großen Augen an. »Waren das Sektenmitglieder, gehörten sie zu den *Kinder Gottes*-Anhängern?«

»Ja! Aber für mich waren es einfach nur warmherzige Menschen, die extrem gottesfürchtig waren, die mich von Tag zu Tag meinem eigenen Glauben näherbrachten. Als ich so weit war, musste ich mich einem Aufnahmeritual unterziehen und einen Schwur leisten, dass ich nichts tun würde, was gegen ihre Regeln verstößt. Ich wurde getauft und von allen Sünden, die ich jemals begangen hatte, reingewaschen. So wurde ich im Laufe der ersten Monate zu einem vollwertigen Mitglied der Gemeinschaft. Irgendwann konnte ich meinen Babybauch nicht mehr länger verstecken und vertraute den Leuten die furchtbare Wahrheit an. Es fühlte sich so gut an, dass sie mir glaubten. Niemand verurteilte mich. Ganz im Gegenteil, sie beteten für mich und das Ungeborene, behaupteten, durch die schmutzigen Umstände der Zeugung müsse ich mich einem Säuberungsritual unterziehen.

Im Grunde hätte ich da bereits misstrauisch werden müssen, weil sie mir einredeten, das Baby sei von einem Dämon besessen, wie alle Kinder, die nicht ehelich gezeugt wurden.«

»Aber du hast es hingenommen?«, fragte Johanne.

Caria nickte, den Blick in die Ferne gerichtet. »Sie sagten, dass genau solche Dinge dazu führten, weshalb die Jugend von heute immer mehr verrohe, und dass sie alles daransetzen würden, weitere Menschen aus den Fängen des Teufels zu retten. Ich war so blöd, ihnen diesen ganzen Schwachsinn abzukaufen.

Immerhin vermittelten sie mir Geborgenheit und Liebe – all das, wonach ich den größten Teil meiner Kindheit vergeblich gesucht hatte. Sie kümmerten sich auch um Behördengänge, weil ich mittlerweile achtzehn und somit volljährig war und Anspruch auf Stütze hatte. Diese Leute nahmen mir alles ab, und ich dachte damals, dass sie mir halfen, weil sie einfach nur gute Menschen waren.«

»Aber das waren sie nicht ...«

»Ganz und gar nicht! Alles, was sie taten, war wohlbedacht und berechnet. Sie kassierten das Geld ein, das mir zustand, speisten mich mit dem Minimum ab.«

»Und das Baby?«

Caria wurde blass, schnappte nach Luft.

»Sie wussten, unter welchen Umständen es gezeugt worden war, und überredeten mich dazu, es zur Adoption freizugeben. Nicht irgendeine Adoption. Oh nein! Das Kind sollte zu einem Paar innerhalb der Gemeinschaft kommen. Nur so sei gewährleistet, dass es zu einem von ihnen würde.«

»Dann hast du es tatsächlich weggegeben?«

Caria nickte. »Ich konnte mir nicht vorstellen, ein Kind aufzuziehen, das mich an den schlimmsten Moment meiner Jugend erinnerte.«

»Aber sein Kind zur Adoption freizugeben, ist nun wirklich keine schlimme Sache«, gab Johanne zurück. »Ganz im Gegenteil. Du hättest es auch abtreiben lassen können, hast dich aber dazu entschieden, es zu bekommen, und somit kein Leben ausgelöscht.«

Caria war bei ihren letzten Worten zusammengezuckt. Dann sackten ihre Schultern nach unten. »Ich hab andere

Dinge getan. Verbrechen vertuscht, von denen ich glaubte, sie geschähen im Namen Gottes. Diese Leute haben vielen Menschen großen Schaden zugefügt und ich hab einfach nur zugesehen ...« Wieder hielt Caria inne, knetete ihre Hände.

»Was haben sie getan?«, fragte Johanne.

»Unvorstellbares!«, entfuhr es Caria, die sichtlich mit ihrer Fassung rang. »Sie misshandelten und folterten einige der Neuankömmlinge, weil sie davon überzeugt waren, ihnen auf diese Art und Weise den Teufel und böse Gedanken auszutreiben. Exorzismen nannten sie es, ich nenne es Unmenschlichkeit. Unter den Opfern waren viele Kinder und Jugendliche, die teilweise sogar von den eigenen Eltern an diesen Ort gebracht worden waren, weil sie nicht mehr mit ihnen klarkamen.«

»Hat sich denn nie jemand dagegen gewehrt?«, fragte Johanne entsetzt.

»Wie denn? Anfangs merkten die Neuen ja oft nicht, wo sie da gelandet waren. Einige der Opfer waren, genau wie ich, von Anhängern aufgegriffen und zu diesem Ort gebracht worden. Man versprach ihnen ein besseres Leben, Teil einer Gemeinschaft zu werden, wenn sie sich nur bereit erklärten, ein Aufnahmeritual über sich ergehen zu lassen und alle Brücken zu ihrem alten Leben abzubrechen. Einmal drin bedeutete, sein Leben nur noch im Sinne Gottes und der Gemeinschaft zu leben. Wir wurden dazu gezwungen, neue Mitglieder zu rekrutieren. Wer sich weigerte, wurde schwer bestraft und gedemütigt. Doch niemals ließen sie jemanden freiwillig wieder gehen.«

Johanne starrte Caria an, wusste nicht, was sie sagen sollte, so viele weitere Fragen schwirrten ihr im Kopf herum. »Es gab wirklich Eltern, die zuließen, dass diese Menschen derartig grausam zu ihren Kindern waren? Ihnen Schmerzen zufügten?«

Caria hielt Johannes Blick stand, nickte. »Alle, die zu uns kamen, hatten eine ähnlich traumatische Vergangenheit wie ich. Das waren gebrochene Seelen, die leicht zu manipulieren waren.«

»Immerhin hast du den Absprung geschafft«, sagte Johanne matt. Diese Geschichte setzte ihr extrem zu, doch sie konnte beim besten Willen nicht sagen, warum.

»Das war kein Absprung«, gab Caria zurück, »sondern viel eher eine Flucht aus der Hölle.« Sie stieß ein Seufzen aus. »Ich hatte damals die Wahl – mich für immer selbst zu verlieren, meine Menschlichkeit und alles, was mich ausmacht, oder zu fliehen.« Sie sah Johanne an, schüttelte den Kopf. »Damals ist ein Junge gestorben. Ich weiß nicht, wie er hieß oder wer er war, doch ich kannte seine Mutter. Sie brachte ihn an diesen Ort, weil er psychische Probleme hatte und man ihr versprach, dass er gesund würde, wenn sie auf Gott vertrauen würde. Ich weiß nicht genau, woran das Kind gestorben ist, aber die Mutter verschwand wenig später ebenfalls und mir wurde klar, dass das kein gutes Zeichen ist. Sie haben sie wahrscheinlich aus dem Weg geräumt.«

»Warum bist du nicht zur Polizei gegangen?«, fragte Johanne. »Man hätte diesen Leuten das Handwerk legen müssen!«

Caria schüttelte den Kopf. »Weil ich ein Feigling bin. Nach meiner Flucht war ich einfach nur froh, alles hinter mir lassen zu können. Bis heute habe ich mit niemandem darüber gesprochen. Aber ich weiß inzwischen, dass es auch vor mir bereits Leute gab, denen der Absprung gelang und von denen sich später einige umgebracht haben.«

Johanne dachte einen Augenblick über Carias Geständnis nach, und obwohl auch sie etwas Schreckliches getan hatte, spürte sie ihr gegenüber jetzt eine gewisse Verachtung.

Sie wollte sich schon eine Ausrede einfallen lassen und zurück in ihr Zimmer gehen, als sie sich an das zuletzt von

Caria Erzählte erinnerte. »Diese schlimme Sache mit dem Jungen und seiner Mutter … Wann genau war das?«

Caria legte ihre Stirn in Falten, schien sich konzentrieren zu müssen. »Irgendwann im Sommer 2006, glaube ich.«

»Weißt du, ob man ihre Leichen jemals gefunden hat?«

Caria schluckte schwer. »Zu dem Zeitpunkt war ich längst wieder bei meinem Vater zu Hause. Ich hab in den Nachrichten etwas darüber gesehen. Das muss ein knappes Vierteljahr später gewesen sein. Irgendwann im Spätherbst.«

Johanne schoss von der Bank hoch, sah sie fassungslos an. »Mitte Oktober 2006, sagst du?«

Caria nickte misstrauisch. »Warum? Was ist los?«

»Knapp zwei Wochen bevor bekannt wurde, dass die Leichen der vermissten Familie aus Roskilde gefunden wurden, ist Fine verschwunden, meine Schwester …« Johanne legte den Kopf in den Nacken, schloss für einen Moment die Augen, hing ihren Gedanken nach. Als sie wieder zu Caria sah, starrte diese sie noch immer fragend an.

Johanne stieß die Luft aus, zuckte mit den Schultern.

»Frag mich bitte nicht, wieso. Aber ich habe das Gefühl, dass deine Geschichte mit meiner zusammenhängt, und es ist kein Zufall, dass gerade wir beide an diesem Ort aufeinandertreffen.«

FÜNFUNDZWANZIG
KOPENHAGEN
2006

Ein unangenehmes Surren drang wie durch dichten Nebel zu ihr bis in den Halbschlaf. Sie blinzelte, drehte sich auf die Seite, angelte ihr Handy vom Nachtkästchen.

Als sie die Nummer der Zentrale sah, seufzte sie. Heute war die dritte Nacht in Folge, in der sie kaum Schlaf fand. Sie drückte auf die Annehmen-Taste, meldete sich mit ihrem Namen, fügte ein »verdammt, ich war grad eingeschlafen, was gibts?« hinzu.

Ein Mann am anderen Ende der Leitung entschuldigte sich überschwänglich für die nächtliche Störung, was bedeutete, dass er noch nicht allzu lange im Dienst der Polizei stehen dürfte. Erfahrene Kollegen in der Vermittlung übergingen gewöhnlich das Grummeln der aus dem Schlaf gerissenen Kollegen.

»Schon gut«, unterbrach Laja ihn, »was ist passiert?«

»Ein junger Mann aus Refshaleøen hat einen Vorfall gemeldet.«

»Ja und? Was genau ist dort passiert? Und wo? Refshaleøen ist groß.«

»Ich hab fast nichts aus ihm rausbekommen, so aufgebracht und verzweifelt war der Anrufer. Er stammelte, alles sei voller Blut und seine Mutter reagiere nicht auf ihn. Er wisse nicht, ob sie tot sei. Erst nach mehrmaligem Nachfragen erfuhr ich, dass er sich auf dem Firmengelände des Exmannes seiner Mutter aufhielt. Ein ehemaliger Metallverarbeitungsbetrieb. Ich schick Ihnen die Koordinaten per SMS.«

Laja atmete tief durch. »Warum haben Sie nicht jemanden vom Nachtdienst dorthin geschickt?«

»Das wollte ich, aber der Kollege meinte, dass Sie mir dann den Arsch aufreißen würden.«

»Wie bitte?« Laja schoss aus dem Bett, wankte sekundenlang, weil ihr Kreislauf aufgrund des Schlafmangels verrücktspielte. »Wie ist der Name des Anrufers?«

»Justian Lindell.«

Asger wirkte genauso übernächtigt, wie sie sich fühlte, als er zu ihr in den Wagen stieg. Und seine Laune war nicht die beste.

»Dann mal los«, sagte sie und trat aufs Gas, kaum dass er die Tür hinter sich geschlossen und sich angeschnallt hatte.

Er brummte etwas wie *auch einen wunderschönen guten Morgen*, dann seufzte er. »Geht mir langsam echt auf die Nerven, diese Hektik mitten in der Nacht.« Er zog die Stirn in Falten. »Ich hab höchstens eine Stunde geschlafen.«

Sie warf ihm einen Seitenblick zu, hob die Schultern. »Frag mich mal. Aber was solls.«

»Warum wissen wir nicht, was genau passiert ist?«

»Hab ich dir doch schon erklärt. Der Kollege am Telefon meinte, dass Justian Lindell vollkommen verstört war. Bis jetzt weiß ich nur, dass seine Mutter Airin nicht mehr reagiert und dort alles voller Blut sein soll.«

»Ist die Spurensicherung informiert?«

Laja nickte, sog die Unterlippe ein, kaute nervös darauf herum. »Ich rechne mit dem Schlimmsten«, stieß sie schließlich aus. »Airin ist entweder schwer verletzt oder tot. Ich hab keine Ahnung, wer dafür verantwortlich ist.«

»Was ist mit Poul, ihrem Ex?«, fragte Asger. »Er ist ja schon zweimal im Streit auf sie losgegangen. Vielleicht hat er diesmal die Kontrolle verloren.«

Laja presste die Lippen aufeinander, blieb Asger eine Antwort schuldig.

»Was?«, fragte Asger. »Warum sagst du nichts?«

»Poul kommt mir nicht gerade wie ein Irrer vor, der seine Frau schwer verletzen oder gar umbringen würde.«

»Exfrau«, kam es von Asger, »das ist ein wichtiger Unterschied.«

»Findest du?«

Er nickte.

»Soll ich dir sagen, was mir auch noch Kopfzerbrechen macht?«, wechselte sie das Thema, während sie die Ausfahrt zum Industriegebiet nahm.

»Soll ich raten oder sagst du es mir?«

»Ich war doch gestern noch bei dem Arzt.«

»Richtig. Und?«

»Ich trau dem Kerl nicht über den Weg. Er war übermäßig kooperativ und freundlich, ist mir fast in den Arsch gekrochen.«

»Na und? Ist doch verständlich. Er wollte sich garantiert nicht verdächtig machen, nachdem du ihm berichtet hast, dass zwei seiner Patienten zu Tode gekommen sind. Einer durch Mord, der andere durch Suizid.«

»Trotzdem …«, widersprach Laja. »Er hätte sich auf seine Schweigepflicht berufen können.«

»Hat er das nicht?«

»Nein. Er hat alle meine Fragen ohne großes Hin und Her beantwortet.«

»Und was genau stört dich daran?«

»Genau das, was du eben ausgesprochen hast. Ich hatte den Eindruck, er wollte verhindern, dass er Ärger bekommt, wenn wir mit einem Beschluss wiederkommen und seine Praxis auf den Kopf stellen.«

»Was wir nun nicht müssen, weil er uns bereits alles gesagt hat.«

Laja stieß ein Grunzen aus, schwieg jedoch.

»Worüber grübelst du dann noch?«

»Ich will einfach keinen Fehler machen. Und Gutgläubigkeit ist nun mal einer …«

»Du willst seine Praxis trotzdem auf den Kopf stellen? Dass bekommst du niemals durch.«

Laja stöhnte. »Das ist mir klar, aber irgendwas muss ich tun. Ich weiß einfach, dass dieser Arzt irgendwas mit der ganzen Sache zu tun hat.«

»Na ja, Tommen und Lily waren seine Patienten. Das bedeutet aber nicht, dass er etwas mit ihrem Tod zu tun hat. Ganz davon abgesehen, dass wir es mit zwei verschiedenen Todesursachen zu tun haben. Tommen wurde ermordet – mehr oder weniger zumindest. Lily starb durch einen Unfall oder Suizid – wie immer man es auch sehen mag.«

»Du hättest dabei sein sollen. Der Typ ist nicht koscher«

»Was heißt das?«

»Keine Ahnung, kann ich schwer in Worte fassen.«

»Soll ich ihn mir auch mal ansehen? Ich kann ihn vorladen, wenn du willst.«

Laja drehte ihren Kopf, sah Asger an. »Das würdest du machen?«

Er nickte düster. »Ich tue alles, um diesen Scheißfall endlich abschließen und mal wieder schlafen zu können.«

Laja warf einen Blick aufs Navi, schluckte angestrengt. »Wir sind gleich da.«

»Wo zur Hölle geht es hier auf das Grundstück?«, fragte Asger und leuchtete mit der Taschenlampe an dem

Maschendrahtzaun entlang.

»Eigentlich müsste Lindell gehört haben, dass wir kommen. Mach das Ding mal aus!«

Asger tat wie ihm geheißen. Sie starrten in die Dunkelheit, während sie weiter an dem Zaun entlangliefen.

»Da«, rief Laja und deutete auf einen hellen Schein, der in etwa zwanzig Metern Entfernung aus dem Inneren des Grundstücks zu kommen schien.

Sie tasteten sich weiter am Zaun entlang, bis dieser endete. Sie bogen um die Ecke, auf einen unbefestigten Pfad und entdeckten endlich den Eingang. Das Tor war nur angelehnt, sodass sie es ohne Probleme aufstoßen konnten. Sie eilten auf das Licht zu, das von einer geöffneten Halle ausging, traten über die Schwelle.

Das Innere der Fabrikhalle war riesig.

»Hallo?«, rief Laja, sah sich um.

»Hier hinten«, erklang die Stimme eines jungen Mädchens.

»Die Stimme kenn ich doch«, flüsterte Asger. »Ist das nicht Pouls zweite Tochter, die uns mit einem *fuck you* verabschiedet hat?«

Laja schüttelte irritiert den Kopf. »Scheint ein blutiges Familientreffen zu sein. Sehen wir es uns an.«

Als sie dem wiederholten Rufen folgten und an leeren Werkbänken vorbei zum hinteren Teil der Halle eilten, kam ihnen jedoch eine Fremde entgegen. Die junge Frau wirkte verstört, sah aus, als hätte sie geweint.

»Wer sind Sie?«, fragte Laja.

Die Fremde zuckte zurück, starrte sie an, stammelte etwas Unverständliches.

Laja konnte Erbrochenes aus ihrem Mund riechen. »Ich ... ich bin Justians Verlobte. Suvi. Suvi Lassen.«

»Was ist passiert?«, fragte Laja.

Suvi schnappte nach Luft, wollte etwas sagen, schüttelte dann aber nur den Kopf.

»Schon gut, Schatz«, ertönte Lindells leise Stimme aus dem Hintergrund.

Sie liefen auf die Stimme zu, entdeckten Justian Lindell hinter einer stillgelegten Großmaschine.

Der junge Mann sah blass aus, hatte genau wie seine Verlobte vom Weinen dick geschwollene Augen, wankte leicht. Laja registrierte die Platzwunde an seiner Schläfe. Asger stürzte auf ihn zu, packte ihn an den Armen, bewahrte ihn gerade noch davor, zusammenzubrechen.

Laja sah zu Suvi. »Gibt es hier irgendwo einen Stuhl, auf den Justian sich setzen könnte?«

Die junge Frau schüttelte den Kopf. »Hier ist nichts mehr. Der Großteil der Einrichtung wurde bereits verkauft. Was hier noch rumsteht, wollte keiner. Airins Exmann hat zu viel Kohle dafür verlangt.«

Asger musterte Justian Lindell besorgt. »Haben Sie noch andere Verletzungen? Das Blut an ihrer Kleidung ...«

»Ist nicht von mir«, stieß Lindell aus. »Sie hat mich nur am Kopf erwischt.«

»Sie?« Laja warf Asger einen fragenden Blick zu, dann musterte sie Justian, der nur noch aufrecht stand, weil Asger ihn stützte. »Wen meinen Sie?«

Justian schüttelte nur den Kopf, zuckte schmerzerfüllt zusammen.

»Ich vermute, dass er eine Gehirnerschütterung hat«, sagte Asger.

Laja nickte, ließ den Verletzten nicht aus den Augen. »Sie haben gemeldet, dass Ihre Mutter sich nicht mehr rührt. Wo ist sie und was ist hier vorgefallen?«

»Johanne ...«, stieß Justian aus. »Als Suvi und ich hier ankamen, schlug sie mit einem Metallrohr auf ihren Vater ein. Sie hat wie eine Wahnsinnige herumgebrüllt und ließ sich weder von Suvi noch von mir beruhigen. Als ich sie von Poul wegziehen wollte, hat sie mich mit dem Rohr am Kopf erwischt. Ich bin gestürzt. Wenn Suvi nicht gewesen wäre ... sie musste sie niederschlagen. Jo war völlig von Sinnen.«

»Moment mal! Ich dachte, es ginge um Ihre Mutter«, sagte Laja verblüfft. »Das haben Sie jedenfalls am Telefon so gesagt«, wiederholte sie. »Sie sei verletzt.«

»Verletzt?« Justian Lindell schluchzte auf. »Meine Mutter ist tot. Dieses Arschloch hat ihr den Schädel zertrümmert. Meine Schwester muss ihn dabei überrascht haben, wollte ihr wahrscheinlich helfen, doch es war längst zu spät.«

»Und wer hat Sie beide hergerufen? Woher wussten Sie, was sich hier abspielte?«, fragte Laja misstrauisch.

Lindell zog sein Handy aus der Tasche, drückte darauf herum, reichte es ihr.

Laja nahm es, las die SMS auf dem Display und blickte auf. »Ihre Mutter hat sich hier mit Poul getroffen und wollte, dass Sie dazukommen?«

»Wahrscheinlich wollte sie Poul unter Druck setzen, damit er endlich sagt, wo Fine ist. Vielleicht wollte sie ihm noch eine letzte Chance geben, bevor sie ihn wegen Missbrauchs anzeigt.«

»Möglich«, gab Laja zurück. »Ist das alles? Sie vermuten das nur? Hat Ihre Mutter Ihnen gegenüber vorher nicht erwähnt, dass sie Poul treffen wollte? Es gibt nur diese SMS, mit der Sie darum bittet, dass Sie dazukommen?«

Justian zuckte mit den Schultern. »Nein, sie hat mir vorher nichts von ihrem Plan gesagt. Ich hätte auch ganz bestimmt versucht, sie davon abzuhalten, nachdem der Kerl ihr erst kürzlich eine geknallt hat. Wahrscheinlich hat sie mir deshalb erst eine Nachricht geschickt, als sie bereits hierher unterwegs war.« Er schluchzte auf. »Suvi und ich waren im Kino, hatten unsere Handys auf lautlos gestellt. Ich hab die SMS viel zu spät gesehen.« Er brach ab, schloss die Augen und Laja ahnte, was ihm durch den Kopf ging. Seine Mutter könnte noch leben, wäre er nicht im Kino gewesen.

»Es ist nicht Ihre Schuld«, sagte sie sanft. Dann wandte sie sich an Suvi. »Was ist eigentlich mit Johanne? Warum ist sie hergekommen?«

»Sie muss Mom gefolgt sein«, antwortete Lindell an ihrer Stelle. »Ich glaube nicht, dass Mom wollte, dass Johanne mitkommt. Aber sie tut eben nie, was man ihr sagt.«

»Wo ist sie jetzt?«

»Ich musste sie mit einem Werkzeug außer Gefecht setzen«, kam es von Suvi. »Keine Ahnung, was das für ein Ding war. Aber ich hab es geschafft, sie damit außer Gefecht zu setzen. Sie ist zusammengebrochen und liegt jetzt neben ihren Eltern. Ich hab sie vorsichtshalber gefesselt, weil ich mir nicht sicher war, wie schnell sie wieder zu sich kommt.«

Laja gab Asger ein Zeichen, sich auf den Weg zu machen, bevor die Spurensicherung anrückte, die alles auf den Kopf stellen würde.

Dann sah sie Suvi an. »Sie bleiben bei Ihrem Verlobten, okay?«

Suvi nickte, eilte auf ihn zu, schloss ihn in die Arme.

Laja sah die beiden unschlüssig an, machte sich dann ebenfalls auf den Weg zum hinteren Teil der Halle.

Als sie Asger von Weitem sah, fiel ihr sofort seine verkrampfte Haltung auf, was bedeutete, dass sie sich auf einen furchtbaren Anblick gefasst machen musste.

»Heilige Scheiße«, stieß sie aus, als sie Airins leblosen Körper sah. Ihr Schädel war eingeschlagen, von ihrem einstmals hübschen Gesicht war nicht mehr viel zu erkennen. Poul hatte ihr offensichtlich sowohl die Wangenknochen als auch den Kiefer zertrümmert.

»Das kannst du laut sagen«, knurrte Asger mit Blick auf Pouls leblosen Körper, der neben dem seiner Frau lag. Auch er war übel zugerichtet, jedoch nicht halb so schlimm wie seine Frau. Johanne hatte ihn augenscheinlich am Hinterkopf erwischt und ein riesiges Loch in seinen

Schädel geschlagen. Dessen nicht genug, schien auch Pouls Rückgrat schwer verletzt zu sein, wofür das Blut sprach, das durch sein Hemd sickerte.

Asger wies auf die rechte Hand des Toten. »Das sind vermutlich Abwehrspuren«, sagte er. »Poul muss versucht haben, sich gegen die Attacke zu wehren. Die Finger sind zertrümmert. Zu guter Letzt hat sie ihm das Eisenrohr ins Gesicht gerammt, wofür seine blutige und zur Seite aufklaffende Nase und die wulstige Oberlippe sprechen«, kommentierte er weitere Verletzungen.

Ein leises Stöhnen riss Laja aus ihrer Erstarrung.

Es kam von Johanne, die bäuchlings neben ihrem Vater lag, mit auf dem Rücken zusammengezurrten Händen.

Laja erkannte erst auf den zweiten Blick, dass es Kabelbinder war, mit dem Suvi sie fixiert hatte.

Sie eilte zu Johanne, musterte die Verletzung an ihrem Kopf. Lindells Freundin musste heftig zugeschlagen haben, um Johanne dermaßen auszuknocken. Die Wunde sah schlimm aus und musste schnellstens in einem Krankenhaus verarztet, vielleicht sogar genäht werden.

Sie sah Asger an, der bereits telefonierte und einen Notarzt anforderte. »Sollen wir sie von den Fesseln befreien?«

Er steckte das Handy weg, zögerte. »Ich würde damit lieber warten, bis die Kollegen da sind.« Er ging neben Laja in die Hocke, musterte gleichfalls ihre Kopfwunde. »Ich weiß nicht ...«, setzte er an.

Laja stoppte ihn mit einer Handbewegung, wollte verhindern, dass er vor einer möglichen Täterin aussprach, was sie sich gleichfalls gerade fragte: War es möglich, dass Johanne ihren Vater dermaßen zugerichtet hatte?

Das Mädchen verehrte seinen Vater, liebte ihn über alles, vertraute ihm blind. Sie hatte so wütend ausgesehen, als sie sie mit dem Vorwurf des Missbrauchs konfrontiert hatten. Und nun sollte sie für das hier verantwortlich sein?

»Kannst du mich hören?«, fragte Laja das Mädchen.

Ein Stöhnen als Antwort war alles, was zurückkam.

Johanne schien furchtbare Schmerzen zu haben.

»Warum bist du hier?«, fragte Asger.

»Dad … er wollte sich hier mit Mom treffen.«

»Hat er dir das erzählt?«

Johanne nickte, fing an zu weinen, doch Laja konnte beim besten Willen nicht sagen, ob vor Schmerzen oder aus Verzweiflung. Ohne groß darüber nachzudenken, zog sie ihren Schlüsselbund hervor, an dem ein Taschenmesser hing, und befreite Johanne von den Fesseln.

Im Bruchteil einer Sekunde schoss das Mädchen nach oben, stürzte heulend auf seinen Vater zu, brach über seinem leblosen Körper zusammen.

Laja hielt Asger zurück, der dazwischengehen wollte, wohl um zu verhindern, dass sie Spuren verwischte.

Ihr Kollege wollte etwas sagen, doch Laja schüttelte den Kopf, stieß ein leises Zischen aus, das ihm klarmachen sollte, leise zu sein.

Und dann schien auch er es zu hören …

Johanne flüsterte leise etwas vor sich hin.

Es klang wie … *Ich hasse dich!*

Laja sah zu Asger, dann wieder zu Johanne. Trat ein paar Schritte nach vorn, um besser zu verstehen, was sie immer wieder vor sich hin murmelte.

Als Laja begriff, dass sie richtig verstanden hatte, sog sie schockiert die Luft ein, warf Asger einen Blick zu.

Er nickte düster, räusperte sich. »Du hättest die Kabelbinder dranlassen sollen.«

SECHSUNDZWANZIG
VAGAR/FÄRÖER

2019

Die Nacht war kühl und es nieselte leicht. Doch davon bekam sie kaum etwas mit. Dafür war sie innerlich viel zu aufgewühlt.

Heftig in die Pedale tretend, versuchte sie, das Gefühl in ihrer Magengrube zu ignorieren, das sie warnte. Kehr um, noch ist es nicht zu spät!

Als sie das Firmengelände in der Ferne erkannte, schlug ihr Herz so schnell, dass sie kaum mehr atmen konnte. Sie fühlte sich zerrissen.

Was jetzt?

Weiterfahren? Umkehren?

Nein! Jetzt war sie doch schon hier. Also konnte sie auch nachsehen, ob mit ihren Eltern alles in Ordnung war.

Als sie den Zaun erreicht hatte, der das Gelände der alten Fabrik umschloss, sprang sie von ihrem Rad, schob es die letzten Meter bis zum Tor, stellte es ab.

Hektisch sah sie sich um, suchte nach einer Spur von ihnen. Doch erst als sie bereits auf dem Weg zur großen Halle war, erblickte sie auf der anderen Seite das geöffnete Rolltor, erkannte den Wagen ihrer Mutter, daneben den ihres Vaters. Sie lief schneller, doch je näher sie dem Eingang kam, desto mehr hatte sie das Gefühl, dass ihre Gliedmaßen sich in Gummi verwandelten.

Aus dem Inneren der Halle drang ein schwacher Lichtschein nach draußen, trotzdem kam sie nicht gegen die Furcht an, deren Klammergriff mit jedem Meter, den sie sich näherte, stärker wurde.

Dann hörte sie ihn …

Ihr Vater! Er schrie etwas. Sie verstand seine Worte nicht, hörte nur, dass er wütend, ja nahezu panisch zu sein schien.

Sie rannte schneller, bis sie ihn im hinteren Teil der Halle auf dem Boden knien sah.

Sie stutze. Was sie sah und hörte, ergab keinen Sinn.

Warum kreischte er so hysterisch?

Doch dann hörte sie dieses Röcheln, das in ein Gurgeln überging.

Ihr Blick glitt auf den Boden unter ihm.

Da war Blut, so viel Blut.

Sie erkannte die Umrisse eines zweiten Menschen, spürte, wie die Beine unter ihrem Körper wegsackten. Sie knallte auf den harten Betonboden, stöhnte, als sie sich das linke Knie aufschlug.

Dann erkannte sie …

Es war ihre Mutter.

Schnell rappelte sie sich wieder hoch, ignorierte das schmerzhafte Pochen im Bein, das Brennen der Schürfwunde an ihrer Handfläche, wankte nach vorn.

Als sie näher kam und die blutige Masse sah, die einst das Gesicht ihrer Mutter gewesen war, hatte sie das Gefühl, erneut den Boden unter ihren Füßen zu verlieren. Doch ein Teil von ihr, der mutigere Teil ihres Selbst, flüsterte ihr zu, dass sie wenigstens versuchen musste, ihrer Mutter zu helfen.

Dad, nicht!, wollte sie schreien. Doch aus ihrer Kehle kam nichts außer einem heiseren Krächzen.

Ihr Dad kniete über Mom, hatte sie an ihrem Shirt gepackt, leicht vom Boden hochgehoben und schüttelte sie wie von Sinnen.

Sie glaubte, ein paar Wortfetzen zu verstehen. ***Wo ist sie, was habt ihr mit ihr gemacht?*** *– doch beschwören, dass er genau das sagte, konnte sie nicht.*

Ihr Vater schien vollkommen außer Kontrolle zu sein. Sie

musste ihn von Mom wegholen, selbst wenn es dafür längst zu spät sein sollte. Musste ihn davon abbringen, sie weiter zu schütteln.

Sie sah sich um, griff nach dem ersten Teil, das in ihrer Nähe lag. Eine Eisenstange. Sie hievte sie hoch über ihren Kopf, ließ sie auf den Rücken ihres Vaters niedersausen.

Einmal, zweimal.

Sie wollte sein Geschrei mit dem ihren übertönen, ihn zwingen, endlich aufzuhören. Doch er nahm weder sie noch ihre Schläge wahr.

Als sie einen Luftzug im Rücken spürte, wirbelte sie herum, sah diese Polizistin hinter sich stehen, die erst neulich bei ihr zu Hause gewesen war, daneben ihren Bruder.

Jussi starrte sie mit einer Mischung aus Angst und Besorgnis an. Doch da war auch noch etwas anderes in seinem Blick. Etwas Verschlagenes, das ihr Furcht einjagte.

Sie ließ die Eisenstange fallen, zuckte zusammen, als sie auf dem Boden aufschlug und ein dumpfes Dröhnen verursachte.

»Seht ihr«, stammelte sie mit einer Stimme, die ihr völlig fremd vorkam. »Ich hab ihn nicht umgebracht, ich hab ihn nur zwingen wollen, Mom in Ruhe zu lassen.«

Jussi schüttelte verständnislos den Kopf, sah die Polizistin an, dann sie. »Das hier ist falsch, Jo … vollkommen falsch. Du solltest bewusstlos sein, stattdessen machst du alles kaputt!«

Als Johanne die Augen aufschlug, war ihr schrecklich heiß und in ihrem Zimmer war es so stickig, dass sie das Gefühl hatte, Feuchtigkeit zu atmen.

Sie schlug die Decke zurück, schwang ihre Beine aus dem Bett, stand auf.

Auf dem Weg zum Fenster musste sie sich an dem kleinen Tisch abstützen, weil ihr schwindelig war. Wankend gelangte sie zum Fenster, zerrte am Griff, riss einen Flügel auf und seufzte erleichtert, als frische Nachtluft ins Zimmer strömte.

Johanne nahm ein paar tiefe Atemzüge, spürte, wie ihr Herzschlag sich beruhigte, tappte mit immer noch weichen Knien zurück zum Bett. Setzte sich auf die Kante.

Dieser Traum …

Sie wusste nicht genau, was er zu bedeuten hatte.

Es war irgendwie wie damals. Doch etwas stimmte nicht damit. In ihrer Erinnerung war vieles ganz anders gewesen.

Als sie damals zu sich gekommen war, hatte sie sich nicht bewegen können und schreckliche Kopfschmerzen gehabt.

Jussi hatte den Polizisten und später vor Gericht erzählt, dass er sie niederschlagen und fesseln musste, weil sie vollkommen außer sich vor Wut und Raserei gewesen war.

Daran erinnerte sie sich nicht. In ihrem Traum hatte sie nur eines ganz deutlich gespürt: fürchterliche Angst.

Nicht vor ihrem Vater.

Nein, sie hatte nur Angst um ihn verspürt. Sie hatte sich um ihn gesorgt. Um ihn und ihre Mom.

Auch waren ihre Schläge nicht allzu fest gewesen. Sie hatte ihrem Vater definitiv nicht wehtun wollen. Sie hatte doch nur versucht, ihn zu stoppen, ihn von ihrer Mom abzulenken. Dort wegzuholen. Daher ergab alles, was Jussi und Suvi ausgesagt hatten gar keinen Sinn.

Jussis Blick in ihrem Traum …

Was sollte der ihr sagen?

Dass ihr Bruder gelogen hatte?

Doch warum?

Das weißt du doch längst … Du hast es immer gewusst!

Sie ignorierte ihre innere Stimme. Etwas anderes war ebenso seltsam und kam ihr völlig falsch vor.

Sie erinnerte sich an diese Polizistin aus ihrem Traum.

Die Frau war mit einem ihrer Kollegen vorm Haus ihres

Vaters in Mon aufgetaucht und hatte wilde Anschuldigungen gegen ihren Vater vorgebracht. Sie hatte die beiden Beamten übel beschimpft und anschließend befürchtet, dass sie deswegen Ärger bekäme.

Und in jener Nacht, als sie aus ihrer Bewusstlosigkeit wieder zu sich gekommen war, war auch alles anders gewesen. Das Erste, woran sie sich erinnerte, war nicht Jussis Gesicht. Es war das dieser Polizistin. Sie hatte besorgt gewirkt, freundlich sogar. Sie hatte ihr die Fesseln abgenommen.

Doch was war danach passiert?

Johanne schloss die Augen, zwang sich, die Erinnerung an damals aus ihrem Unterbewusstsein an die Oberfläche zu zerren.

Da war dieser eine Moment gewesen. Sie war nicht mehr gefesselt gewesen, hatte sich wieder bewegen können und sich erinnert. Etwas Schreckliches war mit Dad, mit ihrer Mom geschehen. Sie war aufgesprungen, zu ihren reglos am Boden liegenden Eltern gestürzt. Hatte an ihrem Vater herumgezerrt, ihn dazu bringen wollen, etwas zu sagen, wie er es immer tat, wenn sie sich sorgte.

Sie wollte doch nur, dass er sie beruhigte, ihr versicherte, dass alles wieder gut werden würde ... so wie er es stets getan hatte.

Aber nichts würde je wieder gut werden.

Das hatte sie bei seinem Anblick erkannt. Es war vorbei.

Es war zu spät.

Für sie alle. Auch für ihre Mutter – auch für sie kam zu diesem Zeitpunkt jede Hilfe zu spät.

Sie spürte, wie sich ihr Magen verkrampfte, wie sie zu zittern begann.

Was war danach gewesen?

Sie erinnerte sich an Hände, die an ihr herumgezerrt hatten, die sie wegziehen wollten.

Die Polizistin …

Sie hatte so besorgt ausgesehen, als sie sie von den Fesseln befreit hatte.

Doch inzwischen hatte sich ihr Gesichtsausdruck verändert. Die Frau hatte sie angesehen, als habe sie eine Irre vor sich.

Warum?

Weil sie wütend gewesen war?

Auf ihren Vater.

Weil er wegen seiner Sorge um Fine scheinbar alles nur noch schlimmer gemacht hatte.

Nach Luft japsend erkannte Johanne, dass sie die Situation vollkommen missverstanden hatte, doch damals …

Johanne erinnerte sich, dass sie ihren Dad aus tiefstem Herzen dafür verabscheut, vielleicht sogar gehasst hatte, weil sie aufgrund seines hysterischen Verhaltens gezwungen gewesen war, dieses Ding zu nehmen und auf ihn einzudreschen.

Sie stöhnte leise, als ihr bewusst wurde, dass das des Rätsels Lösung war.

Diese Polizisten hatte ihre Reaktion vollkommen fehlinterpretiert. Ihr hilfloser Zorn und Jussis Aussage hatten sie glauben lassen, dass sie, Johanne, tatsächlich ihren Vater …

Johanne stoppte, keuchte nach Luft.

Sah jetzt alles wieder vor sich.

Dad hatte eine Delle in seinem Schädel, Wunden am Rücken, aus denen Blut durch seine zerrissene Kleidung sickerte.

Ihre Fingerabdrücke waren auf dem Eisenrohr gewesen und sie hatte zugegeben, damit auf ihn eingeprügelt zu haben.

Warum?

Sie gab sich selbst die Antwort. In diesem Augenblick war sie selbst davon überzeugt gewesen, ihren Dad so zugerichtet zu haben, um ihre Mutter zu retten.

Erst später, nachdem sich der erste Schock gelegt hatte,

waren ihr ernsthafte Zweifel gekommen. Doch Jussis und Suvis Aussage hatten gegen sie gesprochen.

Das alles sowie die Vorwürfe bezüglich Fine, die nach wie vor gegen ihren Dad sprachen, ließen Polizei, Staatsanwaltschaft und Richter glauben, dass sie immer weiter auf ihn eingeschlagen hatte, bis er sich nicht mehr hatte rühren können.

Ihr Anwalt hatte ihr ins Gewissen geredet, vor Gericht auszusagen, dass sie aus einer Notwehrsituation heraus gehandelt hatte. Aber so war es nicht gewesen. So konnte es nicht gewesen sein.

Es hätte im Umkehrschluss bedeutet, dass auch sie ihren Dad für schuldig gehalten hätte, was den Missbrauch und das Verschwinden von Fine anging. Also hatte sie abgelehnt, stattdessen die Wahrheit gesagt.

Ihre Wahrheit.

Sie hatte ausgesagt, dass sie zu keinem Zeitpunkt Angst vor Dad gehabt hatte und dass sie alle Anschuldigungen gegen ihn für Lügen hielt.

Auch die Frage des Richters, weshalb sie dann mit einer derartigen Brutalität auf ihren Vater eingeprügelt habe, war berechtigt gewesen. Aber sie hatte sie nicht beantworten können, wusste es ja selbst nicht. Sie hatte wahrheitsgemäß ausgesagt, dass sie sich nicht daran erinnere. Sie wisse nur noch, dass sie einige Male auf seinen Rücken geschlagen habe, damit er von Mom abließ und ihr nicht weiter wehtat.

Der Rest war Geschichte. Ihre traurige Geschichte.

Ihr Anwalt hatte ihr vergeblich nahegelegt, gegen das Urteil – fünf Jahre forensische Psychiatrie – Einspruch einzulegen.

Damals hatte sie einfach nicht die Kraft und den Mut aufgebracht, sich all dem ein zweites Mal zu stellen. Die Vorstellung, die nächsten Jahre in einer Einrichtung zu verbringen, wo man ihr helfen würde, ihr Trauma zu verarbeiten, hatte sie weniger erschreckt.

Immerhin hatte sie ihre Eltern und ihre Schwester verloren. Was waren da schon fünf Jahre intensive psychotherapeutische Behandlungen, die ihr vielleicht sogar Frieden schenken würden?

Heute wusste sie, dass dies alles nur ein Schutzreflex gewesen war, um sie davor zu bewahren, ein zweites Mal verraten zu werden.

Verraten vom Rest ihrer Familie, der damals und heute nur noch aus Jussi bestand.

Wieder hatte sie seinen Gesichtsausdruck aus ihrem Traum vor Augen … seine Worte im Ohr.

Sie waren nicht real gewesen, nur ein Auswuchs ihrer Fantasie, und doch war ihr klar, dass sie etwas bedeuteten.

Sie stand auf, schlüpfte in ihre Klamotten vom Vortag, warf einen Blick aus dem Fenster und auf die Uhr. Es war noch stockfinster und erst kurz nach vier Uhr, doch darauf konnte sie jetzt keine Rücksicht nehmen. Sie musste dringend mit jemandem sprechen, mit irgendwem, musste wissen, wie es sich anfühlte, ihren Verdacht in Anwesenheit eines Außenstehenden laut auszusprechen.

Zwei Minuten später verließ sie ihr Zimmer, eilte den Gang entlang, bis sie schließlich vor Carias Türe stand. Sie hob die Hand, zögerte kurz, dann holte sie tief Luft, klopfte zweimal fest gegen das Holz.

In Gedanken wappnete sie sich gegen einen eventuellen Wutausbruch wegen der späten Störung. Doch als wenig später die Tür aufging, sah Caria nicht so aus, als hätte sie tief und fest geschlafen.

»Ich war es nicht«, stieß Johanne aus, sah ihr Gegenüber fest an, hörte in sich hinein, spürte, dass es sich richtig anfühlte, diese Worte auszusprechen.

Caria starrte sie an, schien verwirrt.

»Das mit meinem Vater … Ich habe ihn nicht getötet.«

»Okay«, stieß Caria aus, schüttelte den Kopf. »Ich weiß zwar nicht, was genau mit dir los ist, aber was hältst du davon, wenn wir noch ein Stück gehen? Frische Luft schadet uns beiden nicht.«

»Also, um das alles noch mal zu rekapitulieren«, sagte Caria, starrte an ihr vorbei auf die Bucht hinunter. »Du denkst, dein Bruder oder seine damalige Freundin, die inzwischen seine Frau ist, haben dir das alles nur angehängt?«

Johanne nickte. »Nur das ergibt Sinn, verstehst du? Was ich geträumt habe, ist niemals so passiert. Jussi hat nichts zu mir gesagt. Also gehe ich davon aus, dass diese Worte aus mir selbst kommen, aus meinem Unterbewusstsein. Als ich damals zu mir kam, war ich gefesselt. Suvi sagte aus, dass sie es tun musste, weil sie Angst hatte, dass ich auf Jussi oder sie losgehen und mir selbst Schaden zufügen könnte. Aber vielleicht war alles ganz anders …«

»Was glaubst du, wie es wirklich war? Und warum plötzlich das Misstrauen gegen Jussi, deinen Bruder?«

Johanne nickte nachdenklich. »Zwischen uns war einiges seltsam.«

»Was genau?«

»Er hat mich zum Beispiel all die Jahre nicht besucht. Hat nicht mal Kontakt zu mir aufgenommen. Er benahm sich, als existierte ich nicht mehr für ihn. Ich dachte, dass er wütend ist, mich hasst. Doch als ich ihn neulich ohne Vorankündigung besucht habe, war er total nett zu mir, schien froh zu sein, mich zu sehen. Es war, als täte ihm leid, was ich alles durchgemacht hatte. Doch als ich ihn dann von hier aus anrief, war er völlig anders am Telefon. Irgendwie misstrauisch. Und gestern …«

»Was war da?«

»Ich hab ihn gleich nach unserem Gespräch angerufen, plapperte vor Aufregung einfach drauflos. Ehe ich mich versah, hab ich ihm von meiner letzten Sitzung und dann von dir erzählt und …«

»Du hast was?!«, unterbrach Caria sie.

Johanne hob die Schultern. »Ich weiß auch nicht, wie und warum ich bei dem Telefonat auf dich gekommen bin. Vielleicht, weil ich noch immer diese Verbindung spürte und das Gefühl hatte, dass das, was dir passiert ist, auch mich betrifft. Ich hab es dir ja bereits gestern gesagt … Ich glaube nicht an Zufälle. Es muss etwas bedeuten, dass du und ich zur selben Zeit hier sind.«

»Und das hast du deinem Bruder erzählt? Genau so?«

Johanne nickte aufgeregt. »Jussi war aber nicht richtig bei der Sache. Ich hatte das Gefühl, er hört mir nicht zu oder ist abgelenkt. Er unterbrach mich, versprach, mich später zurückzurufen. Doch das tat er nicht. Vielleicht hab ich deswegen von ihm geträumt … Weil mich sein Verhalten bei unseren letzten Telefonaten irgendwie misstrauisch werden ließ. Manchmal kam es mir vor, als wolle er gar nicht, dass ich mich wieder genau erinnere, damit ich das alles wirklich für mich abschließen kann.«

»Dennoch.« Caria schüttelte unwirsch den Kopf. »Du hättest mich da raushalten sollen … Was ich dir über meine Vergangenheit erzählt habe, war im Vertrauen. Diese Leute von damals sind noch da draußen und sie sind nach wie vor gefährlich. Sie haben mindestens zwei, wenn nicht sogar mehr Menschen getötet, unzähligen weiteren schweren seelischen Schaden zugefügt.«

»Umso weniger verstehe ich, dass du sie mit alledem davonkommen lassen willst. Du musst dir doch wünschen, dass sie bestraft werden und dass sie keinem Menschen mehr Leid zufügen können. Stattdessen verkriechst du dich hier und versuchst verzweifelt, zu verdrängen, was passiert ist.«

»Ganz genau wie du, Johanne! Auch du bist hier, um hinter dir lassen zu können, was damals passiert ist. Daran ist nichts Falsches, klar?«

»Ich versuche aber zumindest zu verstehen, was damals passiert ist, während du deine Verantwortung an den Geschehnissen leugnest, indem du dich als Opfer darstellst.«

»Ich war ein Opfer!«, kreischte Caria und hob die Hände, nur um sie gleich wieder fallen zu lassen. »Und ich würde alles tun, um ungeschehen zu machen, dass ich damals zu feige war, das Richtige zu tun.«

»Dann mach es jetzt«, forderte Johanne. »Lass uns zur Polizei gehen und eine Aussage machen. Erzähle ihnen all das, was du mir gestern geschildert hast.«

Caria starrte sie an, schüttelte schließlich den Kopf. »Das zu entscheiden, liegt nicht an dir.«

»Vielleicht doch«, stieß Johanne leise aus. »Ich habe meiner Mutter an jenem Abend etwas erzählt, was meine Schwester betrifft. Es ging um ihre letzten Worte an mich, bevor sie verschwand. Danach ist meine Mutter aus dem Haus, um sich mit meinem Vater zu treffen. Ich dachte die ganze Zeit über, dass sie noch immer glaubte, er habe mit Fines Verschwinden zu tun. Doch es ging um das, was ich ihr erzählt hatte.«

»Und was soll das gewesen sein?«

»Zu diesem Zeitpunkt drehten sich die Nachrichten meistens um den Leichenfund eines Jungen und seiner Mutter. Ich hab meiner Mom davon erzählt und sie darauf aufmerksam gemacht, dass Fine verschwunden ist, bevor deren Leichen gefunden worden sind. Ich dachte, vielleicht könnte Fine etwas ähnliches zugestoßen sein.«

»Okay? Und weiter?«

»Inzwischen glaube ich, dass auch meine Mutter damals einen Zusammenhang gesehen hat und deswegen mitten in der Nacht aus dem Haus gegangen ist.«

»Du glaubst, dass deine Mutter vielleicht etwas mit dem Verschwinden deiner Schwester zu tun hatte?«

Johanne schüttelte den Kopf. »Sie hätte meiner Schwester niemals etwas zuleide getan. Aber vielleicht wurde ihr in jener Nacht bewusst, wer stattdessen zu etwas Derartigem in der Lage wäre …«

Caria schüttelte den Kopf. »Aber wie kommt dein Vater da ins Spiel?«

»Das ist es ja. Vielleicht hat sie ihn benachrichtigt, bevor sie sich mit jemandem verabredet und getroffen hat. Als Rückversicherung, weil sie sich gefürchtet hat. Und mein Vater kam in die Fabrik, als es schon zu spät war. Meine Mutter war da bereits schwer verletzt oder tot und ich hab alles ganz falsch verstanden. Dabei hab ich aus Unwissenheit den größten aller Fehler begangen und die einzige Person niedergeschlagen, die an der ganzen Sache tatsächlich unschuldig war.«

»Das wirst du niemals beweisen können … nicht nach all den Jahren.«

»Ich nicht, das stimmt. Aber die Polizei könnte den Fall neu aufrollen und in eine andere Richtung ermitteln.«

»Und was hab ich damit zu schaffen?«

»Du sagtest, dass diese Gemeinschaft in der Nähe von Kopenhagen ansässig war, und meine Schwester ist verschwunden, als sie gerade bei meiner Mom in Kopenhagen war. Du hast viele der Leute damals persönlich gekannt. Du könntest der Polizei eine Menge Arbeit ersparen, indem du Namen nennst, Gesichter identifizierst.«

»Und dein Bruder? Was denkst du, wie er in diese Sache verwickelt ist?«

»Ich weiß es nicht«, gab sie zu. »Aber seine Frau … Suvi … Sie hat mich neulich angesehen, als wollte sie in mir lesen, wie in einem Buch. Jetzt wird mir klar, dass sie vielleicht abschätzen wollte, ob ich eine Gefahr darstelle.«

»Du glaubst, dass sie in dieser Sekte war?«

»Ich kenne sie kaum, aber möglich wäre es.«

»Dann hätte dein Bruder gelogen, um sie zu schützen. Warum sollte er das tun? Warum sollte er dich, seine eigene Schwester, verraten?«

»Ich bin nur seine Halbschwester, meinen Dad mochte er nicht.«

»Würde er so weit gehen, ihn umzubringen und dir dermaßen zu schaden?«

»Das weiß ich nicht. Vielleicht wusste er von all dem auch gar nichts. Vielleicht hat Suvi auch ihn belogen? Immerhin haben die Anhänger der Sekte damals schlimme Dinge getan und sind damit bis heute davongekommen.«

»Trotzdem, Johanne …«

»Was? Was spricht dagegen? Willst du mir nicht helfen?«

Caria zögerte. »Das ist es nicht. Es ist nicht so, dass ich dir nicht helfen will.«

»Sondern?«

»Was du von mir erwartest, kann ich nicht tun. Nicht auf der Basis dessen, was du dir da zusammenreimst. Du vermischst Begebenheiten, die auch vollkommen unabhängig voneinander passiert sein können. Du verrennst dich in etwas und verlangst von mir, dir blind zu folgen, egal welche Konsequenzen sich daraus für mich ergeben.«

»Du hättest bereits vor Jahren zur Polizei gehen sollen.«

»Für dich und deine Geschichte hätte das trotzdem nichts geändert.«

»Das kannst du nicht wissen.«

»Was ich weiß, ist, dass ich nicht bereit dafür bin. Noch nicht.«

»Dann lass mich den Anfang machen, okay? Lass mich diese Polizisten von damals anrufen und …«

»Ich sagte Nein«, schrie Caria, starrte sie mit wutverzerrtem Gesichtsausdruck an. »Wenn du das machst, werde ich behaupten, dass das alles Auswüchse deiner Fantasie sind.«

Johanne starrte die Frau fassungslos an. »Ich dachte die ganze Zeit über, dass ich die Kaputtere von uns beiden bin. Doch ich habe mich wohl getäuscht. Das wahre Monster … das bist du!«

SIEBENUNDZWANZIG
VAGAR

2019

Lautes Gerede riss sie aus dem Schlaf. Johanne erhob sich, starrte auf das Display ihres Handys, erschrak, als sie sah, dass es bereits später Nachmittag war. Nach der Debatte mit Caria war sie zurück in ihr Zimmer gelaufen, hatte sich hingelegt, um etwas zu schlafen, doch die Aufregung war zu groß gewesen. Immer wieder tauchten vor ihrem inneren Auge Bilder auf, die ihren Herzschlag beschleunigten. Doch es war auch Wut im Spiel gewesen, dessen war sie sich sehr wohl bewusst. Wut auf Caria, die nicht nur einfach feige, sondern dämlich war.

Dass sie die Zusammenhänge zwischen ihren beiden Vergangenheiten nicht sah – darüber ließ sich ja noch streiten.

Aber Carias Rückgratlosigkeit war es, die sie wirklich krank machte.

Wieder drang lautes Gerede zu ihr herein, dann vernahm sie das aufgeregte Schluchzen einer Frau.

Sie runzelte die Stirn, ging ins Bad, um sich frisch zu machen. Dann beschloss sie, an der Bar einen Kaffee zu trinken und Jussi anzurufen. Das hatte sie bereits gegen Mittag versucht und später noch zweimal, ohne ihn an die

Strippe zu bekommen. Er hatte noch nicht mal auf ihre Bitte um Rückruf reagiert. Nicht mal mit einer SMS.

Als sie, schon in Gedanken bei dem, was sie Jussi fragen musste, die Tür öffnete, kollidierte sie fast mit einer Frau, die sie noch nie zuvor gesehen hatte.

»Sind Sie Johanne?«, wollte die Fremde wissen.

Johanne nickte beklommen.

»Ich bin Annalotta Sturm von der Polizei«, erklärte die Frau, ohne ihre Miene zu verziehen. »Meine Kollegen sprechen gerade mit den anderen Gästen im Haus, während ich für Sie zuständig bin.«

»Ist etwas passiert?«, fragte Johanne erschrocken. Doch die Polizistin ignorierte ihre Frage, fummelte stattdessen einen Block aus ihrer Tasche, sah sie wachsam an. »Sie hatten heute Morgen Kontakt mit einem Gast des Hauses. Caria ist ihr Name, richtig?«

Johanne nickte erfreut. »Also hat sie sich meine Worte zu Herzen genommen und Hilfe gesucht?«

Die Polizistin runzelte die Stirn, ging jedoch nicht darauf ein. »Wann genau haben Sie Caria zuletzt gesehen und wo?«

Johanne schluckte. »Das muss gegen halb fünf gewesen sein. Ich hab sie um vier aus dem Zimmer geholt, wir sind spazieren gegangen.«

»Mitten in der Nacht?«

»Warum nicht?«, gab Johanne zurück.

»Wo genau waren Sie beide?«

»Wir sind durch den Garten bis zu dem kleinen Weg, der zum Strand führt.«

»Dann waren Sie am Ufer unten?«

»Nein. Wir sind oben an den Klippen geblieben, haben uns auf die Wiese gesetzt und uns unterhalten.«

»Ist es wahr, dass Sie sich gestritten haben?«

Johanne runzelte die Stirn. »Eine kleine Auseinandersetzung trifft es eher. Wir hatten verschiedene Ansichten zu einem Thema, das unsere Vergangenheiten angeht.«

»Das heißt, Sie beide kannten sich bereits, als Sie hier ankamen?«

Johanne verneinte kopfschüttelnd. »Wir fanden nur heraus, dass es eine Gemeinsamkeit gibt, die uns mit früher verbindet.«

»Und dieser Streit, wie darf ich mir den vorstellen?«

Johanne hob die Schultern. »Sie hat mich ein oder zweimal angebrüllt, weil sie anderer Meinung war als ich.«

»Was taten Sie daraufhin?«

»Ich bin gegangen«, antwortete Johanne und begann, sich unwohl zu fühlen. »Warum fragen Sie mich das alles? Was ist eigentlich passiert?«

Annalotta Sturm musterte sie, als müsse sie abschätzen, was sie ihr gegenüber preisgeben durfte und was nicht.

Schließlich nickte sie bedächtig. »Caria ist tot, Johanne. Einer der anderen Gäste fand sie vor knapp einer Stunde am Fuß der Klippe, und meine Kollegen und ich versuchen herauszufinden, was passiert ist.«

Johannes Mund klappte auf, dann spürte sie, wie ihr die Tränen kamen. »Oh Gott«, stammelte sie, musste sich am Türrahmen festhalten, weil ihr schwindelig war.

»Sie muss gesprungen sein«, flüsterte sie dann und starrte die Polizistin an.

»Gab es Ihrer Meinung nach einen Grund dafür?«

»Ich hätte sie für stabil gehalten, zumindest stabil genug, sich nichts anzutun.«

»Aber sie hatte Probleme, genau wie alle Gäste, die hier anwesend sind. Richtig?«

Johanne hob die Schultern. »Bis auf Caria kenne ich kaum jemanden in diesem Haus. Selin, meine Therapeutin, ist neben Caria die Einzige, mit der ich mehr als nur einen Gruß gewechselt habe.«

»Gut, das wars fürs Erste. Ich muss Sie bitten, auf der Insel zu bleiben, bis alles geklärt ist«, sagte die Polizistin. »Ich schätze, dass wir Sie in ein paar Tagen zu einer schriftlichen Aussage vorladen.«

»Verdächtigen Sie mich etwa, Caria etwas angetan zu haben?«

»Wir befragen jeden Anwesenden im Haus, aber es gibt jemanden, der Sie und Caria heute Morgen aus dem Haus hat gehen sehen. Derjenige ist Ihnen gefolgt und hat mitbekommen, dass Sie sich gestritten haben.«

»Und nur weil wir spazieren waren und dabei eine Auseinandersetzung hatten, verdächtigen Sie mich, ihr etwas angetan zu haben?«

Annalotta Sturm legte den Kopf schräg. »Bleiben Sie einfach auf der Insel, okay? Falls wir noch etwas von Ihnen benötigen, melden wir uns.«

Johanne hatte gerade erst einmal von ihrem Kaffee genippt, als sie Selin auf sich zukommen sah. Ihre Therapeutin wirkte aufgeregt, blieb schließlich an ihrem Tisch stehen. »Ich hab Sie gesucht, Johanne«, stieß sie aus. »Sie müssen leider das Haus verlassen, tut mir wirklich leid.«

»Wie bitte?«, fragte Johanne. »Warum? Glauben Sie etwa auch, dass ich Caria …« Sie brach ab, sog die Luft scharf ein. »Caria und ich hatten uns angefreundet. Wir mochten uns. Warum sollte …?« Sie hielt inne, als sie Selins Blick begegnete. »Waren Sie das?«, stieß sie hervor. »Waren Sie es, die uns bis zu den Klippen gefolgt ist?«

»Nicht absichtlich. Ich gehe jeden Morgen zwischen vier und fünf eine Runde joggen und mache danach Yoga. Ich bin fast zur selben Zeit raus wie Sie. Auf meinem Rückweg habe ich Sie dann streiten hören und das habe ich auch der Polizei gesagt.«

»Und warum werfen Sie mich raus?«

Selin zögerte einen Moment, stieß die Luft aus. »Das ist nichts Persönliches, Johanne. Aber Sie waren nun einmal die Letzte, die mit Caria zu tun hatte. Diejenige, die Streit mit ihr hatte – die anderen Gäste würden sich bestimmt unwohl fühlen, falls Sie bleiben sollten.«

Johanne sah Selin an, nickte schließlich ergeben, trank den Rest ihres Kaffees auf einen Zug leer. »In Ordnung, ich gehe meine Sachen packen.« Sie brach ab, sah Selin herausfordernd an. »Ich habe die Anschuldigung aus Ihren Worten sehr wohl rausgehört, was für den Moment okay ist. Doch sobald meine Unschuld an dieser Sache festgestellt wurde, verlange ich eine Entschuldigung von Ihnen und den Teil des Geldes zurück, den ich jetzt nicht mehr abgelten kann.«

Nachdem Johanne ihr Zeug verstaut hatte, machte sie sich auf den Weg zum Ausgang, verzichtete aber darauf, sich an der Rezeption abzumelden. Als sie draußen war, suchte sie die Nummer des örtlichen Taxianbieters heraus und bestellte einen Wagen.

Im Eingangsbereich setzte sie sich auf ihren Koffer, tippte erneut Jussis Nummer ein. Doch wieder meldete sich niemand. Sie schüttelte den Kopf, dachte einen Augenblick daran, Frey anzurufen, ließ es dann aber. Stattdessen klickte sie die Booking-App an, suchte sich ein freies Hotelzimmer in der Nähe. Der Preis ließ sie zwar schlucken, doch sie hatte keine Wahl. Irgendwo musste sie unterkommen und schlafen, vor allem nachdem sie laut Polizei die Insel nicht verlassen durfte.

Sie drehte sich um, wünschte, sie hätte die Notfallzigarettenpackung von zu Hause mitgenommen. Zum ersten Mal seit Jahren verspürte sie wieder Verlangen nach Nikotin.

Sie trat beiseite, als ein Polizist mit einer Kiste die Treppe herunterkam. Sie erkannte das kleine, oben aufliegende Büchlein, das Caria stets mit sich herumgetragen hatte. Wahrscheinlich ihr Tagebuch oder eine Art

Symptombuch für ihr persönliches Befinden. Selin hatte ihr vorgeschlagen, ebenfalls so ein Buch zu führen.

Doch noch etwas anderes erregte ihre Aufmerksamkeit. Unter dem Buch lugte die Ecke eines Notizblocks hervor, auf dem sie eine Zeichnung erkennen konnte.

Johanne zuckte zusammen, als ihr bewusst wurde, dass sie dieses Logo, oder was auch immer das war, bereits einmal gesehen hatte. Es sah aus wie zwei ineinander verschlungene Dreiecke mit einem kleinen Kreuz in den überlappenden Enden.

Sie wollte den Polizisten schon darauf ansprechen, ließ es dann aber. Vielleicht konnte sie Annalotta Sturm später danach fragen.

In dem Moment sah sie ihr Taxi in die Einfahrt einbiegen.

Sie griff nach ihrem Koffer, lief auf den Wagen zu, ließ sich vom Fahrer mit ihrem Gepäck helfen, nannte ihm das Hotel, das sie ausgewählt hatte.

Als sie schließlich auf der Rückbank saß, ging ihr Carias Zeichnung noch immer nicht aus dem Kopf.

Wo zum Teufel hatte sie so etwas schon einmal gesehen?

Sie schloss die Augen, legte all ihre Kraft in den Versuch, sich zu konzentrieren, doch es klappte einfach nicht.

Sie öffnete die Augen wieder, sah zur Seitenscheibe hinaus, betrachtete Land und Leute, bedauerte ein wenig, dass ihr Aufenthalt so ein jähes, hässliches Ende zu nehmen drohte. Wobei es ja jetzt bereits hässlich war, sehr hässlich sogar. Darüber täuschte auch die Schönheit dieser Insel nicht hinweg.

Jetzt hätte sie Vagar am liebsten auf der Stelle verlassen, was die Polizistin ihr aber untersagt hatte.

Sie wollte gerade tiefer in ihren Sitz sinken, als der Kopf des Mannes, der im Wagen vor ihnen fuhr, ihre Aufmerksamkeit erregte. Irgendwas an ihm kam ihr vertraut vor …

»Könnten Sie bitte ein wenig langsamer fahren?«, bat sie den Fahrer. »Folgen Sie einfach dem Wagen vor uns, ja?«

Der Fahrer sah sie durch den Rückspiegel an, hob schließlich die Schultern, murmelte etwas Unverständliches.

Johanne konzentrierte sich auf den Hinterkopf des Mannes vor ihr im Wagen, schickte ein stummes Gebet zum Himmel, er möge kurz zur Seite blicken.

Als der Fahrer des Wagens vor ihr den Blinker setzte, rief sie aufgeregt »los, hinterher!«

»Ich glaube, der will zu der Bungalowanlage da vorne«, antwortete ihr Fahrer.

»Dann halten Sie einfach kurz am Straßenrand, bitte! Am besten so, dass ich sehen kann, wer aus dem Wagen steigt.«

Der Mann am Steuer grinste, schien sie für eine eifersüchtige Ehefrau zu halten. Doch das war ihr egal.

Als der Wagen vor ihnen am Ende der Straße stoppte, um zu parken, hielt Johanne nervös die Luft an.

Die Tür des Wagens ging auf, dann sah sie einen Mann aussteigen. Sie versteckte sich hinter dem Fahrer.

Als sie wieder nach vorne spitzte, stieß sie einen leisen Schrei aus.

»Oh Gott … das darf nicht wahr sein«, stieß sie aus.

»Alles in Ordnung mit Ihnen?«, fragte der Fahrer misstrauisch. »Sie sehen aus, als müssten Sie sich jeden Moment übergeben.«

Johanne schluckte. »Keine Sorge, mir geht es gut, und jetzt fahren sie langsam weiter nach vorne, sodass ich sehen kann, in welchem Bungalow das Stück Scheiße da vorne abgestiegen ist.«

Als der Mann im Innern seiner Bleibe verschwunden war, lehnte sie sich seufzend zurück, atmete tief durch. »Ich danke Ihnen … Das Hotel, das ich Ihnen vorhin genannt habe, wie weit von hier ist das entfernt?«

Der Fahrer grinste sie durch den Spiegel an, wiegte den Kopf hin und her. »Fußläufig maximal eine Viertelstunde. Wenn Ihnen das zu weit ist, könnten Sie auch versuchen, gleich hier unterzukommen.«

Johanne schüttelte den Kopf. »Das passt schon«, murmelte sie. Sie wollte lieber nichts riskieren. Ein wenig Distanz zu diesem Typen aus dem Wagen war sicher nicht schlecht. Sie spürte, wie unbändiger Zorn in ihr aufstieg. Die Gefahr, dass sie diesem Individuum ohne Vorwarnung an die Gurgel gehen würde, war groß.

»Ich kann die Buchung nicht mehr stornieren«, erklärte sie dem Fahrer, der sie immer noch abwartend ansah, und atmete tief durch, als er nickend losfuhr.

Sie zog ihr Handy aus der Tasche, wollte gerade Frey anrufen, als er klingelte und seine Nummer auf dem Display erschien. Gedankenübertragung, dachte sie und schloss eine Sekunde lang dankbar die Augen.

Schließlich drückte sie auf Annehmen. Irgendjemandem musste sie erzählen, was gerade passiert war, sonst drehte sie am Ende noch durch.

Als sie Freys Stimme am anderen Ende vernahm, brach sie unvermittelt in Tränen aus.

Doch anders als sonst reagierte Frey nicht ruhig und fürsorglich, sondern klang beinahe panisch, als er fragte, was zur Hölle auf der Insel los sei.

»Caria ist tot«, brachte Johanne zwischen zwei Schluchzern hervor. »Ich weiß, dass dir dieser Name nichts sagt. Aber dass sie tot ist, hat damit zu tun, was mir früher passiert ist.« Sie brach ab, stutzte plötzlich. »Woher weißt du eigentlich, dass hier etwas passiert ist?«

Frey räusperte sich. »Eine Polizistin hat bei mir angerufen und mich über dich ausgefragt. Ich konnte ihr kaum folgen, geschweige denn etwas sagen, weil ich selbst fast nichts über dich weiß. Doch ich konnte heraushören, dass jemand zu Schaden gekommen ist und dass sie denken, dass du irgendwas damit zu tun hast.«

»Er will es wieder mir anhängen«, stieß Johanne aus und spürte, wie ihre Wut langsam wieder die Oberhand gewann.

Doch dann lüftete sich der Schleier, sie sah klar und erinnerte sich an die rätselhafte Zeichnung auf Carias Block.

»Wer will dir was anhängen?«

»Suvi …!«

»Moment mal, was willst du damit sagen?«

»Die Tätowierung in ihrer Armbeuge. Ich hab sie gesehen, als Suvi mir die Hand gegeben hat. Jussi hat auch so eine … seit damals schon.«

»Wie bitte?«, fragte Frey und klang vollkommen überfordert. »Von was genau redest du?«

»Caria, mein Vater … einfach alles, okay? Jussi steckt da mit drin. Ich hab ihn gerade eben mit eigenen Augen auf der Insel gesehen!«

ACHTUNDZWANZIG
KOPENHAGEN

2019

In der Küche war alles wie jeden Morgen. Zufrieden bemerkte Laja, dass Kort bereits ihr Frühstück vorbereitete, während Mille wie immer die Nase in einem Buch stecken hatte.

Laja ging zu ihrem Mann, stellte sich auf die Zehenspitzen, küsste ihn auf die Nase, danach strubbelte sie ihrer Tochter durchs Haar.

»Was magst du, Schatz?«, fragte Kort sie. »Ich hab Pfannkuchen und Rühreier gemacht. Dazu gibt es noch Buttertoast.«

Laja rümpfte im Scherz die Nase. »Nur Kaffee erst mal, dann sehen wir weiter.«

Kort, der wusste, was für ein Frühstücksmuffel sie war, stellte eine Tasse unter den Auslass der Maschine, drückte auf den Knopf. Augenblicklich erfüllte der Duft nach frisch gemahlenen Bohnen den Raum.

Laja schloss sekundenlang die Augen, genoss das morgendliche Gewusel ihrer Familie in der Küche – oftmals einer der wenigen Momente des Tages, in denen sie einfach nur Mutter und Ehefrau war, keine Polizistin, die bis spät abends im Präsidium war und dann vollkommen erschöpft nach Hause kam.

Als ein Lufthauch über ihr Gesicht strich, öffnete sie die Augen, sah zu Kort auf, der gerade die Tasse vor ihr abstellte. »Du bist der Beste«, raunte sie ihm leise zu.

»Ich weiß«, sagte er schmunzelnd, beugte sich zu ihr hinab, küsste sie auf die Stirn.

In Augenblicken wie diesen war sie dankbar für das, was sie hatte. Eine Familie, die sie auffing, sie nach einem stressigen Arbeitstag in Empfang nahm, ihr das Gefühl gab, ein ganz normales Leben zu führen.

Als sie Kort vor knapp zehn Jahren begegnet war, hätte sie im Traum nicht erwartet, dass sie eine so lange Zeit später noch immer zusammen sein würden. Sie hatte befürchtet, er würde spätestens die Flucht ergreifen, wenn sie den nächsten großen Fall bearbeitete. Wenn sie wieder einmal wochenlang keine freien Tage hatte und oft auch die Nächte im Präsidium verbrachte.

Doch Kort war geblieben.

Mehr noch hatte er eines Tages den Wunsch geäußert, es offiziell zu machen. Zu heiraten, eine Familie zu gründen. Sie hatte sich damals eine Bedenkzeit ausgebeten, lange und gründlich darüber nachgedacht, sich irgendwann zwar für die Ehe, aber gegen ein gemeinsames Kind ausgesprochen. Doch Gott, oder wer auch immer, hatte andere Pläne mit ihr gehabt.

Sie war schwanger geworden, auf die Weise, die sie früher immer augendrehend belächelt hatte – trotz Pille. Ihre Frauenärztin hatte gemeint, dass es vielleicht an einem Virus gelegen habe, dass die Pille nicht gewirkt hatte, oder dass sie sie doch einmal vergessen hatte. Also hatte sie eine Entscheidung treffen müssen.

Und da sie wusste, dass Kort sich nichts mehr wünschte als Vater zu werden, hatte sie sich schlussendlich für das Baby entschieden und es bis heute niemals bereut.

»Eine Kleinigkeit essen musst du aber«, durchbrach Kort ihre Gedanken, stellte einen Teller mit Eiern, einem halben Toast und einem winzigen Pfannkuchen in Herzform vor ihr ab. Sie grinste.

Kort war nicht nur ein perfekter Vater und Ehemann, sondern auch noch ein hervorragender Koch. Als Anwalt hatte auch er einen stressigen Job, doch seine Familie mit leckerem Essen zu versorgen, war ihm wichtig. Fast so wie für sie ihre abendliche Laufrunde.

Sie nahm die Gabel, die er ihr entgegenhielt, fing an zu essen.

»Kannst du schon absehen, wann du heute Abend nach Hause kommst?«, fragte er.

Sie sah auf, hob die Schultern. »Wenn nichts Unvorhergesehenes passiert, dann so gegen sechs, vielleicht auch schon um fünf. Und du?«

Kort setzte sich ihr gegenüber, fing an, einen Pfannkuchen zu vertilgen. »Meine Mutter holt Mille nach dem Hort ab und kommt mit ihr hierher, bis ich durch bin, was vermutlich gegen sieben sein wird. Ich bringe etwas vom Italiener mit, es sei denn, du willst lieber ein Curry oder was anderes.«

Laja grinste, da sie die Vorliebe ihres Mannes für die mediterrane Küche kannte. »Nudeln sind okay.« Sie sah Mille an. »Was sagst du? Pizza oder was vom Inder?«

»Pizza«, rief Mille, ohne ihren Blick von dem Buch zu heben.

Laja versuchte, einen Blick auf das Cover zu erhaschen, konnte jedoch nicht alles erkennen. Sie vermutete, dass es irgendein Pferdebuch war. Mille war vollkommen verrückt auf alles, was mit Reiten zu tun hatte. Deswegen hatten Kort und sie beschlossen, dass sie die Sommerferien in Island verbringen wollten. Eine Woche lang würden sie die Ringstraße abfahren und sich so viele Sehenswürdigkeiten wie möglich ansehen, die zweite Woche würden sie dann auf einem Pferdehof relaxen, während Mille Reitstunden bekam. Sie hatten es ihr noch nicht verraten, wollten damit warten, bis sie ihr diesjähriges Zeugnis mit nach Hause brachte. Aber Laja hatte da keine Sorge, ihre Kleine war eine gute Schülerin.

Laja hatte kaum die Hälfte dessen, was Kort ihr auf den Teller gepackt hatte, verdrückt, als das Handy vor ihr auf dem Tisch surrte.

Mille sah auf – das erste Mal heute Morgen – und runzelte unwillig die Stirn, was Kort ein Kichern entlockte.

Laja grinste. Vater und Tochter fanden es beide ziemlich nervig, wenn die kurze Familienzeit am Morgen mal wieder wie üblich unterbrochen wurde. Mille weit mehr als Kort, der bis heute unendliches Verständnis dafür hatte, dass Laja ihren Job ernst nahm.

Laja nahm das Handy, ging damit auf den Gang hinaus, da sie selbst die Regel aufgestellt hatte, dass in der Küche Telefonverbot herrschte.

»Sorry, dass ich dich vor Dienstbeginn nerve«, kam es von Mikkaela, einer jungen Polizistin, die erst seit Kurzem zu Lajas Team gehörte. »Ich wollte dich fragen, ob es okay ist, wenn ich deine Nummer an eine Kollegin aus dem Norden weitergebe. Die Dame heißt Annalotta Sturm und ist auf Vagar mit einem Fall betraut, der dich interessieren dürfte.«

»Auf Vagar?«, fragte Laja und kramte in ihrem Gedächtnis.

»Ja, das ist eine der Färöer Inseln«, erklärte Mikki. »Annalotta wollte Informationen zu einer Johanne Vinther einholen, und als ich ihr die Akten kopiert und geschickt hatte, ist mir aufgefallen, dass du diesen Fall damals bearbeitet hast, zusammen mit Asger.«

Laja schloss die Augen für einen Moment, konzentrierte sich. »Richtig! Johanne Vinther … die ihren Vater umgebracht hat?«

»Genau«, bestätigte Mikki. »Diese Johanne ist momentan auf Vagar und wird mit einem weiteren Mord in Verbindung gebracht. Annalotta Sturm hat im Intranet etwas über Johanne gefunden und wollte herausfinden, mit wem sie es zu tun hat. Erinnerst du dich noch an Einzelheiten zu dem Fall?«

»Ja, sicher.«

»Gut, Annalotta wollte nämlich unbedingt auch mit den Kollegen sprechen, die den Fall damals bearbeitet haben, und da Asger inzwischen weg ist, bleibst nur noch du.«

»Gib ihr meine Nummer«, sagte Laja und schluckte angestrengt. »Sag ihr, sie kann mich in einer knappen Stunde anrufen.«

Als sie in die Küche zurückkam, sah Kort besorgt auf. »Alles okay?«

Sie nickte, warf Mille einen Blick zu. »Du musst dich langsam für die Schule fertig machen ...«

Das Mädchen sah auf, runzelte die Stirn. »Ich hab noch über eine halbe Stunde Zeit, Mom. Du kannst ruhig sagen, dass ich in mein Zimmer gehen soll, damit du mit Dad über deine Arbeit reden kannst.«

Laja lächelte, zog das Mädchen am Arm näher zu sich heran, gab ihm einen Kuss auf die Wange. »Hab dich lieb«, raunte sie und sah Mille nach, als sie mit dem Buch unterm Arm die Küche verließ.

»Was ist passiert?«, fragte Kort, als sie allein waren.

»Bis jetzt weiß ich nur, dass es auf Vagar einen Mord gegeben hat. Vagar ist eine ...«

»Färöer Insel, ich weiß«, unterbrach Kort sie grinsend.

Sie stöhnte. »Bin ich die Einzige, die geografisch eine Niete ist?« Dann wurde sie wieder ernst. »Eine junge Frau, die ich von einem früheren Fall kenne, steht im Verdacht, etwas damit zu tun zu haben. Die zuständige Kollegin will sich bei mir melden.«

»Dann ist es also möglich, dass es heute später wird?«

»Ist nicht mein Fall«, gab Laja zurück. »Sie will nur mit mir reden.«

Kort sah sie forschend an. »Ich sehe an deinem Gesicht, dass dieser damalige Fall dich noch immer beschäftigt. Also mach dir keine Gedanken wegen uns. Wir kommen zurecht, falls es doch später werden sollte.«

Sie sah ihn an, schmunzelte. »Ich hab wirklich Glück mit dir«, sagte sie leise.

»Und ich mit dir.«

Nachdem sie Mille an der Schule abgesetzt hatte, machte sie sich auf den Weg ins Präsidium. Sie war schon fast da, als ihr Handy klingelte.

Sie drückte den Knopf für die Freisprecheinrichtung, meldete sich. »Laja Ravn-Oversen, mit wem spreche ich?«

»Annalotta Sturm. Ihre Kollegin war so nett, mir Ihre Nummer zu geben.«

»Sie rufen wegen Johanne Vinther an?«

»Ganz genau. Sie ist Gast im *Careful Living* oder war es, besser gesagt, als es zu einem Vorfall kam. Eine junge Frau, Caria Brugge, kam durch einen Sturz aus etwa dreißig Meter Höhe zu Tode.«

»Und was hat das mit Johanne zu tun?«

»Sie wurde als Letzte mit der Toten gesehen. Sie hatte eine Auseinandersetzung mit ihr.«

»Johanne und Caria haben sich also gestritten? Und jetzt wird Johanne verdächtigt?«

»Ja, das ist der aktuelle Stand. Für den Streit gibt es eine Zeugin. Sie befand sich in der Nähe und sagte aus, dass mehrmals das Wort Sekte gefallen sei. In Carias Therapie-Tagebuch fanden wir Einträge, die darauf hindeuten, dass sie tatsächlich früher etwas mit einer Sekte zu tun hatte und deswegen in Behandlung ist.«

Laja, die die letzten Worte der Kollegin nur wie durch dichten Nebel wahrgenommen hatte, setzte den Blinker, fuhr rechts ran.

Schließlich atmete sie tief durch.

»Sind Sie noch dran?«, fragte Annalotta.

»Bin ich«, gab Laja zurück. »Ich hab nur rasch den Wagen geparkt. Diese Zeugin, wie vertrauenswürdig ist sie?«

»Sehr vertrauenswürdig. Sie ist Therapeutin in der Einrichtung, in der beide Frauen untergebracht waren.«

»Um was für eine Einrichtung handelt es sich?«

»Eine Art Luxussanatorium für Menschen mit psychischen Erkrankungen und Stress-Symptomatik.«

»Okay«, stieß Laja aus, »und was genau wollen Sie von mir? Wie kann ich Ihnen helfen?«

»Im Moment wissen wir noch nicht, ob Caria gesprungen ist oder gestoßen wurde. Laut ihrer Therapeutin war sie nicht suizidgefährdet und nervlich stabil, doch nach dem Lesen ihres Tagebuches zweifle ich das an. Und dieser Streit mit Johanne und deren Hintergrundgeschichte wirft mehr Rätsel auf, als ich im Moment Antworten finde. Deshalb wollte ich mit Ihnen sprechen. Mit jemandem, der Johanne von früher kennt.«

»Sie wollen wissen, ob ich sie für gefährlich halte?«

»Im Grunde ja.«

»Sie hat damals ihren Vater erschlagen, nachdem dieser im Verdacht stand, die Mutter getötet und seine andere Tochter Fine – Johannes Zwillingsschwester – missbraucht und vielleicht ebenfalls getötet zu haben. Was den Mord an der Mutter angeht, sind wir sicher gewesen, dass es Vinthers Vater war. Doch der Missbrauch und das Verschwinden Fines sind, offen gestanden, bis heute ungelöste Fälle. Johannes Schwester Fine ist bis heute nicht wieder aufgetaucht.«

»Dann war der Mord an ihrem Vater im Grunde Notwehr?«

»Johanne wollte ihrer Mutter helfen, doch zu dem Zeitpunkt, als sie den Vater tötete, war es für die Frau längst zu spät. Sie war bereits tot.«

»Was können Sie mir sonst noch über Johanne sagen?«

»Sie war damals ein Teenager, gerade mal siebzehn. Ich konnte nicht herausfinden, ob sie wusste, was sie tat. Sie wurde nicht zu einer Freiheitsstrafe verurteilt, musste aber für einige Zeit in einer forensischen Psychiatrie untergebracht werden, nachdem sie sowohl unter einer posttraumatischen Belastungsstörung litt als auch eine Gefahr für sich selbst darstellte. Sie leugnete ihre Tat bis zum Schluss, behauptete, dass sie ihren Vater nicht getötet habe. Der Richter hielt es für angebracht, sie in Psychiatrie einzuweisen, damit sie professionelle Hilfe bekommt.«

»Dann halten Sie sie also nicht für potenziell gefährlich?«

»Ehrlich gesagt, nein. Allerdings habe ich sie seit der Gerichtsverhandlung nicht mehr gesehen.«

Laja schloss die Augen, holte tief Luft. »Dieses Tagebuch, von dem Sie sprachen, wäre es möglich, dass ich es lesen kann?«

»Ich kann Ihnen Kopien der Einträge machen lassen und sie Ihnen zusenden, wenn Sie mir Ihre Mailadresse geben.«

Laja nannte ihre Adresse, holte tief Luft. »Was haben Sie mit Johanne vor?«

»Aktuell darf sie zwar die Insel nicht verlassen, ist aber nicht in Gewahrsam. Wir wissen ja nicht mal, ob es Mord, ein Unfall oder Suizid war. Aber der Verdacht, dass es Mord war, steht im Raum aufgrund des vorangegangenen Streits mit Johanne. Doch solange wir nicht sicher sind, haben wir keine Handhabe für eine Untersuchungshaft.«

»Würden Sie mich informieren, wenn es was Neues gibt?«, fragte Laja.

»Klar«, gab Annalotta zurück. »Und falls Ihnen noch etwas einfällt, haben Sie ja jetzt meine Nummer.«

Nachdem sie das Gespräch beendet hatte, startete Laja den Wagen, fuhr weiter, doch ihre Gedanken kreisten unaufhörlich um Johanne.

Sie musste inzwischen um die dreißig sein, eine erwachsene Frau, doch wie es aussah, holte ihre Vergangenheit sie gerade wieder ein.

Doch auch für sie selbst war es nicht einfach, unbefangen an damals zurückzudenken. Vor allem Carias Sturz hatte sie aufhorchen lassen. Der Tod einer Frau, der auch ein Suizid sein könnte.

Noch heute setzte es ihr zu, dass Asger und sie damals keinen Schritt weitergekommen waren. Die Morde an dem Jungen und seiner Mutter – ihre Akte verstaubte noch heute im Regal der ungelösten Fälle ihrer Karriere. Genau wie all die Suizidfälle, bei denen sie damals vollkommen sicher gewesen war, dass sie zusammenhingen.

Doch einen Beweis für ihre Vermutung hatte sie nie gefunden und sich schließlich geschlagen geben müssen. Ein herber Rückschlag sowohl für sie als auch für Asger, der inzwischen mit seiner zweiten Frau nach Kanada ausgewandert war und dort ein ruhiges Leben als Farmer führte.

Laja grinste bei der Vorstellung von Asger inmitten einer Herde Schafe. Sie hatte es bislang noch nicht geschafft, ihren ehemaligen Kollegen zu besuchen. Doch dieses Unterfangen stand nach der Islandreise auf ihrer Wunschliste.

Für den Bruchteil einer Sekunde stellte sie sich vor, wie es wäre, Asger gegenüberzusitzen und ihm zu erzählen, dass es ihr nach all den Jahren gelungen war, einen ihrer ungelösten Fälle aufzuklären, was natürlich reines Wunschdenken war.

Ihre Gedanken kreisten weiter um den damaligen Fall. Und sie erinnerte sich auch wieder an diesen Arzt, der sowohl Lily als auch Tommen behandelt hatte. Er war zum damaligen Zeitpunkt ihre einzige heiße Spur gewesen. Eine Spur, die sich als wertlos herausgestellt hatte. Weder hatte man ihm etwas nachweisen können, was ihn belastet hätte, noch hatte die Überprüfung seiner Praxis etwas ergeben.

Asger und sie hatten wirklich alles versucht, um ihre Sektentheorie beweisen zu können, doch am Ende war auch diese Option im Sande verlaufen.

Laja hatte damals vermutet, dass die Verantwortlichen vorsichtiger agierten, sich diese Gemeinschaft vielleicht aufgelöst haben könnte, nachdem die Morde an Tommen und seiner Mutter die Medien überflutet hatten.

Tatsächlich war es seither zu keinem weiteren Suizid mehr gekommen, bei dem Asger oder sie einen Zusammenhang zu ihrem Fall gesehen hatten. Was natürlich gut war, doch zugleich hatten sie damit auch keinen Grund mehr gehabt, den alten Fällen weiter nachzugehen.

Beim Gedanken an Johanne spürte Laja wieder den allzu bekannten Schmerz in ihrem Inneren. Die junge Frau war ein Paradebeispiel für das Sprichwort, zur falschen Zeit am falschen Ort zu sein.

Johannes Leben hätte anders verlaufen können, wenn sie an jenem Abend auf ihre Mutter gehört und deren Haus niemals verlassen hätte. Poul Vinther könnte noch am Leben sein, säße jedoch im Gefängnis. Vielleicht hätten sie mit seiner Hilfe irgendwann noch herausgefunden, was mit Fine, seiner Ältesten, geschehen war. Doch nachdem beide Elternteile Johannes tot waren, konnten sie keinen mehr befragen.

Laja seufzte, steuerte ihren Parkplatz vor dem Präsidium an, blieb aber noch im Wagen sitzen, nachdem sie den Motor abgestellt und den Gurt abgenommen hatte.

Das Mädchen, das heute eine junge Frau war, tat ihr noch immer aus tiefstem Herzen leid.

Sie hatte an dem Wochenende gar nicht bei ihrer Mutter sein wollen, doch ihr Vater hatte sie dazu überredet und ihr ans Herz gelegt, die Mutter wegen Fine auszuhorchen. Ein zum Scheitern verurteiltes Unterfangen, nachdem die Frau genauso unwissend wie ihr Exmann war.

Schließlich zog Laja ihr Handy aus der Tasche, öffnete Instagram, suchte in der Leiste eine Weile erfolglos nach

Johanne Vinther. Als sie nicht weiterkam, probierte sie einige Abkürzungen.

Möglich, dass sie sich bewusst von Social-Media-Kanälen fernhält.

Doch dann schüttelte sie den Kopf.

Johanne war dreißig, eine junge Frau, und sie lebte ganz sicher nicht hinter dem Mond. Sie hatte keine Familie mehr, bis auf ihren Bruder, der damals gegen sie ausgesagt hatte. Ob sie wohl noch Kontakt zu ihm hatte?

Und was war mit Fine?

Hatte Johanne weiter nach ihrer Schwester gesucht? Sie vielleicht sogar gefunden, ohne dass die Behörden je davon erfahren hatten?

Sie gab Fine Vinther in die Suchleiste ein und sog erschrocken die Luft ein, als es tatsächlich einen Eintrag gab.

Fine?

Erst nachdem sie sich auf die Seite eingeloggt hatte, stieß sie den angehaltenen Atem wieder aus. Der Account gehörte nicht Fine, wie sie für den Bruchteil einer Sekunde geglaubt hatte. Johanne hatte den Account nur unter dem Namen ihrer vermissten Schwester erstellt, um nach Fine zu suchen. Sie bat die Besucher um Mithilfe bei der Suche.

Laja klickte sich durch die Follower, hielt inne, als sie das Profilbild einer Frau sah, die Johanne sehr ähnlich war. Die Haarfarbe war anders und sie war noch viel zierlicher als die junge Frau, aus ihrer Erinnerung. Nachdem sie das Bild länger studiert hatte, war sie sich sicher: Das war Johanne Vinther!

Sie klickte sich durch deren Kontakte, verharrte bei einem jungen Mann, der fast alle Beiträge Johannes gelikt hatte. Sein Name war Frey und Laja vermutete, dass er Johannes Freund war.

Hilfreich wäre ein Nachname, doch so viel Glück hatte sie nicht.

Sie stieg aus dem Wagen, machte sich auf den Weg nach oben.

Als sie aus dem Aufzug stieg, legte sie einen Stopp bei Greg von der Technik ein, hielt ihm ihr Handy vor die Nase. »Ich brauche den Nachnamen und paar Infos zu diesem Typen. Bekommst du das hin?«

Greg grinste, nahm ihr das Handy ab, tippte darauf herum. »Gib mir zwanzig Minuten.«

Sie nickte zufrieden, machte sich auf den Weg in ihr Büro.

Eine Weile trommelte sie unschlüssig mit dem Finger auf der Schreibtischplatte herum, dann klappte sie ihren Laptop auf, schaltete ihn an, rief ihr Mailsystem auf.

Als sie eine Nachricht von Annalotta Sturm sah, machte ihr Herz einen Satz.

Ihre Hände zitterten leicht, als sie den Anhang anklickte.

Dann fing sie an zu lesen …

»Frey Mortensen.«

Laja riss den Kopf hoch, starrte Greg an. »Was?«

»Der Name, nach dem du mich gefragt hast. Der Typ von dem Instaprofil.«

»Wow, das ging ja schnell. Hast du noch mehr über ihn?«

»Nichts Verdächtiges, wenn du danach suchst. Der Typ ist sauber. Keine Vorstrafen, noch nicht einmal ein Strafzettel. Die Suchmaschine hat nur deswegen gleich einen Treffer angezeigt, weil er auf der Seite seiner Firma abgebildet ist.« Er reichte ihr einen Ausdruck. »Brauchst du sonst noch was?«

Laja verneinte stumm, wartete, bis Greg verschwunden war, las dann, was er zusammengetragen hatte. Als ihr

Blick auf eine Telefonnummer fiel, überlegte sie nicht lange.

»Spreche ich mit Frey Mortensen?«, fragte sie, kaum dass jemand abgenommen hatte.

»Wer will das wissen?«, kam es misstrauisch zurück.

»Die Polizei Kopenhagen, Laja Ravn-Oversen.«

Der Mann am anderen Ende stieß einen erschrockenen Zischlaut aus. »Sie sind bereits die zweite Polizistin, die mich anruft.«

»Lassen Sie mich raten. Die erste war Annalotta Sturm?«

»Genau«, sagte Frey und Laja hörte, wie er nervös den Atem ausstieß. »Sie hat meine Nummer aus der Rechnungsabteilung des *Careful Living,* weil ich Johannes Aufenthalt dort bezahlt habe. Diese Polizistin hat mir gestern einige wirklich beängstigende Fragen über Johanne gestellt.«

»Das waren sicher alles nur Routinefragen«, sagte Laja. »Machen Sie sich keine Sorgen.«

»Wie sollte ich mir keine Sorgen machen?«, stieß Frey aus. »Ich war es, der Johanne dazu gedrängt hat, dort hinzufahren. Und nun steckt sie deswegen in Schwierigkeiten. Ich verstehe gar nicht, wie irgendjemand auch nur annehmen kann, dass sie einem Menschen etwas zuleide tut.«

»Was meinen Sie damit, dass Johanne Ihretwegen auf der Insel ist?«

»Johanne hat viel durchgemacht in der Vergangenheit, aber das wissen Sie sicher besser als ich. Habe ich recht? Sie haben bestimmt in ihren Akten geforscht.«

»Das beantwortet meine Frage nicht. Warum haben Sie Johanne gedrängt, sich im *Careful Living* behandeln zu lassen?«

»Ich wollte einfach, dass es ihr besser geht. Sie leidet noch immer unter all dem, was damals passiert ist. Und ich hab drei Wochen in dieser Einrichtung gebucht, damit sie runterfahren, sich einmal so richtig erholen und an sich arbeiten kann.« Er brach ab, räusperte sich. »Sie bedeutet mir alles, wissen Sie?«

Laja lächelte, kam nicht dagegen an, dass sie sich für Johanne freute. Nach allem, was vorgefallen war, hatte sie ein bisschen Glück mehr als verdient.

»Haben Sie seit dem Vorfall auf der Insel mit ihr telefoniert?«, fragte Laja weiter.

»Nur gestern, und nur ganz kurz«, antwortete Frey.

»Hat sie etwas gesagt, etwas, das Ihnen seltsam vorkam?«

»Das hat sie tatsächlich«, bestätigte Frey. »Und jetzt erreiche ich sie nicht mehr. Ich hab deswegen auch bereits Annalotta Sturm angerufen. Doch ich hatte nicht den Eindruck, dass sie sich auch nur halb so viel Sorgen um Johanne macht wie ich. Wahrscheinlich denkt sie, dass Johanne diese Frau tatsächlich umgebracht hat und jetzt auf der Flucht ist.«

Laja hörte das Blut in ihren Ohren rauschen, spürte eine innere Unruhe wie schon lange nicht mehr.

»Okay, jetzt ganz langsam, ja? Was genau sagte Johanne, das Ihnen merkwürdig vorkam?«

»Es ging um Jussi, ihren Bruder. Sie schien überzeugt davon, dass er ihr etwas anhängen will. Und sie stammelte etwas von einer Tätowierung, die sie an einer Suvi gesehen habe. Genau wie an ihrem Bruder.«

»Was ist das für eine Tätowierung? Hat sie sie beschrieben?«

»Irgendein Zeichen, eine Art Symbol. Sie habe das gleiche Motiv auch irgendwo bei Caria gesehen, die jetzt tot ist.«

»Sind Sie ganz sicher, dass sie Jussi sagte? Der Name ihres Bruders ist Justian.«

»Ich weiß«, gab Frey zurück, »sie nennt ihn aber Jussi. Und wie es aussieht, hat sie ihn auch gestern auf der Insel gesehen.«

»Hat sie noch etwas gesagt?«

»Nein, aber sie klang aufgewühlt und zornig, und ich glaube, dass sie etwas im Schilde führte.«

»Wissen Sie, wo sie untergekommen ist?«

»Ich kann Ihnen die Nummer und die Adresse des Hotels per SMS schicken. Annalotta habe ich beides eben auch schon durchgegeben.«

Das Anklopfzeichen für ein wartendes Gespräch ertönte. Laja hielt das Handy von ihrem Ohr weg, sah die Nummer der Kollegin auf Vagar. »Ich muss auflegen. Schicken Sie mir bitte die Daten des Hotels und melden Sie sich, wenn Ihnen noch was einfällt«, sagte sie zu Frey. »Bitte machen Sie sich keine Sorgen. Wir finden Johanne, versprochen.«

»Was gibt's?«, stieß sie aus, kaum dass die Leitung für Annalotta frei war.

»Eine Menge«, antwortete die Polizistin. »Und nichts Gutes. Johanne ist verschwunden.«

»Waren Sie in ihrem Hotelzimmer?«

»Natürlich. Dort ist sie nicht. Die Rezeptionistin sagt, dass sie irgendwann in der Nacht gegen halb vier das Haus verlassen hat.«

»Wissen Sie von Frey, dass sie ihren Bruder auf Vagar gesehen hat und deswegen sehr beunruhigt war?«

»Er hat mir alles erzählt, aber so richtig schlau werde ich daraus nicht. Allerdings haben wir anschließend den Taxifahrer befragt, der Johanne gestern zu ihrem Hotel gebracht hat. Er war sehr auskunftsfreudig. Wir wissen, dass sich Johanne für einen Typen interessiert hat, dem er bis zu seiner Unterkunft folgen sollte. Wir haben nachgeprüft, um wen es sich handelt, und sind gerade dabei, die Daten auszuwerten.«

»Das muss Justian Lindell gewesen sein«, erklärte Laja. »Sie hat ihren Halbbruder auf der Insel gesehen. Und zwar gestern. Das stimmt also mit der Schilderung des Taxifahrers überein. Justian, sie nennt ihn Jussi, ist ihr Halbbruder. Und er könnte gefährlich sein.«

»Dass Justian Lindell mit Johanne verwandt ist, haben wir auch schon herausgefunden. Aber er kann niemandem mehr gefährlich werden«, erklärte Annalotta. »Er ist tot. Johanne hat ihm den Schädel eingeschlagen, anschließend seinen Mietwagen genommen und ist damit abgehauen.«

»Was sagen Sie da? Sie denken, Johanne hat Jussi erschlagen?«

»Ja, es passt alles zusammen. Sowohl ihr Freund als auch der Taxifahrer sagten, dass sie sehr wütend auf Justian zu sein schien. Und wenige Stunden später ist er tot, erschlagen. Auf genau dieselbe Weise wie damals ihr Vater. Was also sollen wir da glauben? Dass es noch einen geheimnisvollen Dritten gibt? Nein, die Geschichte ist absolut klar.«

Laja schüttelte den Kopf. Ja, sie konnte Annalottas Schlussfolgerungen nachvollziehen. Dennoch hörte sich das falsch an. Allein der Gedanke an Johanne, wie sie ihrem Bruder den Garaus machte ... Sie schüttelte heftig den Kopf.

»Was haben Sie jetzt vor?«, fragte sie die Kollegin.

»Heutzutage haben die meisten Mietwägen ein GPS-Signal. Wir warten aktuell noch auf den Beschluss für die Vermietungsfirma. Doch sobald dieser vorliegt, spüren wir Johanne auf und setzen sie fest.«

NEUNUNDZWANZIG
VAGAR/FÄRÖER

2019

Ihr Schädel hämmerte so heftig, dass sie Mühe hatte, sich nicht zu übergeben. Sollte sie nicht mehr dagegen ankämpfen können, wäre das ihr Todesurteil. Sie würde an ihrem eigenen Erbrochenen ersticken – und das war kein angenehmer Tod.

Sofort stiegen wieder die Bilder von Jussi in ihr auf. Sein Schädel, der auf der rechten Seite komplett eingedrückt war, seine vor Schreck geweiteten Augen, der leere Blick …

Sie war so sicher gewesen, dass er der Drahtzieher von allem gewesen war. Doch wieder einmal hatte sie sich fürchterlich getäuscht.

Als der Kofferraum plötzlich aufging, sah sie, dass es mittlerweile wieder dunkel wurde.

Suvi schien alles bis ins kleinste Detail geplant zu haben. Selbst den Mord an ihrem Ehemann.

Das Miststück grinste sie spöttisch an. »Dass mein Mann dran glauben musste, ist allein deine verdammte Schuld«, zischte sie. »Warum konntest du es nicht einfach gut sein lassen? Musstest du ausgerechnet hierherkommen und dieser Fotze über den Weg laufen?« Suvi seufzte, sah für einen Augenblick tatsächlich so aus, als würde sie

Jussis Tod bedauern. »Ich hab ihn recht gerngehabt, weißt du? Er war zwar nicht meine erste Wahl als Ehemann, doch nachdem er mich damals geschwängert hatte ... Na ja. Vorbei ist vorbei.« Sie holte Luft, sah auf die Uhr. »Bringen wir es zu Ende.« Sie streckte die Hand aus, riss an dem Klebeband, bis Johannes Mund frei war.

»Schreien kannst du dir sparen«, erklärte sie. »Hier draußen ist außer uns kein Mensch.«

Sie bückte sich, hatte plötzlich eine Flasche in der Hand, schraubte den Verschluss ab, riss Johannes Kopf an den Haaren in die Höhe, setzte den Flaschenhals an ihrem Mund an. Ein Schwall Wodka schwappte ihr übers Kinn. »Ich an deiner Stelle würde mein Maul aufmachen«, erklärte Suvi. »Es wird dann viel weniger schmerzhaft sein, versprochen.«

Ergeben ließ Johanne etwas von dem Zeug in ihren Mund fließen, hustete, als ein paar Tropfen ihre Luftröhre reizten. »Damit kommst du nicht davon«, röchelte sie, als sie wieder Luft bekam.

Suvi grinste noch breiter. »Natürlich werde ich davonkommen. Niemand weiß, dass ich hier bin«, erklärte sie. »Ich bin mit einem falschen Pass angereist, den ich mir schon vor Jahren für den Fall der Fälle besorgt habe.«

»Was hast du mit mir vor?«, fragte Johanne.

»Ach, mach dir darüber keine Gedanken. Ich werde dir nicht wehtun. Du wirst sanft entschlummern«, erklärte Suvi. »Deine Familienmitglieder hätten wahrscheinlich alles dafür getan, wenn sie auf eine so humane Weise hätten abtreten dürfen.«

»Warum?«, stieß Johanne aus. »Warum machst du das? Ich verstehe das alles nicht ...«

»Du kannst dich bei deiner Schwester bedanken«, sagte Suvi und schüttelte bedauernd mit dem Kopf. »Sie musste ja unbedingt überall herumschnüffeln, statt ihrer Mutter einen Gefallen zu tun und sich uns anzuschließen.«

»Was soll das bedeuten?«

»Ach ja, das weißt du ja noch nicht. Deine Mutter und Jussi gehörten zu unserer Gemeinschaft. Wir wollten Gutes tun, vor allem der Jugend von heute. Wir wollten all das Böse in ihnen austreiben, sie dazu bringen, sich uns anzuschließen. Mit ihnen gemeinsam wollten wir eine bessere Welt erschaffen. Deine Mutter und dein Bruder haben verstanden, um was es uns ging. Sie waren von der ersten Stunde an dabei, doch deine Schwester …«

»Was ist mit Fine? Was habt ihr Fine angetan?«

»Fine«, wiederholte Suvi den Namen mit einem entrückten Lächeln. »Für sie war es längst zu spät. Doch das wollte deine Mutter nicht wahrhaben.«

»Was nicht wahrhaben?«

»Dass sie gegen uns war, dass sie uns schaden wollte. Sie fing an, auf unserem Gelände herumzuschnüffeln, fand die Leichen des armen Jungen und seiner Mutter. Das war dumm, so dumm ... Was damals passiert ist, war nicht unsere Schuld, verstehst du? Es war Gottes Wille, doch deine Schwester sah das nicht ein. Sie wollte zur Polizei gehen und meine Mom musste sie aufhalten – zum Wohle aller, verstehst du? Blöderweise hat sie den Fehler gemacht, die Leichen woandershin schaffen zu lassen, wo sie dann gefunden wurden. Das war schlimm und hätte uns beinahe das Genick gebrochen. Gott sei Dank hat einer unserer Anhänger, ein Arzt aus Kopenhagen, alle Beweise und Dokumente verschwinden lassen und uns noch rechtzeitig gewarnt. Aber wir waren gezwungen, eine Weile die Füße still zu halten. Wir durften keine Aufmerksamkeit auf uns ziehen, nahmen keine neuen Leute mehr auf. Die Sache mit deiner Schwester war schwieriger. Wir mussten uns etwas einfallen lassen. Es war übrigens meine Idee, deinem Bruder zu sagen, dass Fine weggelaufen ist, weil sie von ihrem Daddy missbraucht wurde, das Baby wahrscheinlich von ihm ist.« Suvi schüttelte lächelnd den Kopf.

Johanne wollte etwas sagen, doch sie schaffte es nicht, brachte nur ein Krächzen heraus.

»Ach Johanne«, fuhr Suvi fort. »Deine Mom und dein Bruder haben es uns so einfach gemacht … Sie glaubten uns, ohne auch nur zu zögern. Wie geplant stellte sich deine Mom gegen deinen Vater. Alles fügte sich, bis du dich eingemischt hast. Du hättest deinen Mund halten sollen, dann wären deine Eltern noch am Leben. Aber nein, du musstest brühwarm weitererzählen, was Fine dir am Telefon gepetzt hatte, worauf deine Mutter völlig kopflos wurde. Sie dachte, wir bemerken es nicht, wenn sie nachts heimlich auf unserem Anwesen herumlungert und nach ihrer Tochter sucht. Doch wir haben jeden ihrer Schritte beobachtet. Letztendlich hat sie mit dieser Schnüffelei nicht nur ihr Leben, sondern auch das deines Vaters ausgelöscht.«

»Du hast meine Mutter umgebracht?«

Suvi schüttelte den Kopf. »Das war ein guter Freund meiner Mutter. Danach brachten sie die Leiche auf das Firmengelände, schrieben deinem Vater von ihrem Handy aus eine SMS. An Jussi ging ebenfalls eine Nachricht. Doch wie geplant bekam er diese erst ein wenig später, weil ich ihn zu einem Kinobesuch überredet und er sein Handy ausgeschaltet hatte. Meine Mutter und ich waren überzeugt, dass dein Vater, wenn er deine Mom findet, die Polizei ruft. Wir waren so sicher, dass sie ihn verdächtigen würden, nachdem schon zwei Anzeigen wegen körperlicher Gewalt gegen ihn vorlagen. Er hätte sich da niemals rausreden können, alles war so perfekt geplant. Doch dann musstest du uns ja einen Strich durch die Rechnung machen.«

Johanne schloss die Augen, stöhnte leise. »Weil ich dazukam, ehe er die Polizei rufen konnte.«

»Ja, du hast uns alles vermasselt und ich musste improvisieren …«

Johanne schluckte, versuchte, zu begreifen. »Ich hab Dad noch nie so wütend gesehen«, sagte sie, mehr zu sich selbst als zu Suvi. »Ich dachte wirklich, er wolle meiner

Mom noch mehr wehtun, und ich wollte ihn stoppen. Also schlug ich mit diesem Rohr zu, weil ich hoffte, dass meine Mutter noch zu retten wäre.«

»Ja, wie dumm von dir. Jussi und ich sind in dem Augenblick dazugekommen, als du verzweifelt versucht hast, mit deiner Mutter zu sprechen, obwohl sie doch längst hinüber war. Dein Vater war zu dem Zeitpunkt nur bewusstlos. Jussi dachte übrigens auch, dein Vater habe eure Mom getötet und du hättest daraufhin deinen Dad niedergeschlagen. Du hattest ja sogar noch die Tatwaffe in der Hand.«

»Was ist dann passiert?«, fragte Johanne, als Suvi kurz innehielt.

»Ich konnte nichts tun, Johanne. Ehe ich mich versah, war Jussi bei dir, riss dir das Rohr aus der Hand und erwischte dich damit am Kopf. Du schlugst hin, warst ausgeknockt. Doch er kümmerte sich nicht um dich. Er kniete nur minutenlang schreiend über seiner Mutter, während ich dich gefesselt habe. Danach ist Jussi aufgesprungen, hat sich wieder das Rohr geschnappt und damit wie ein Irrer auf Poul eingedroschen, der noch immer bewusstlos war. Auch jetzt konnte ich nur zusehen. Er war vollkommen außer sich vor Wut. Als er irgendwann zu sich kam und begriff, was er angerichtet hatte, machte ich ihm den Vorschlag, es dir in die Schuhe zu schieben. Du warst ja noch fast ein Kind, hättest bei Weitem nicht die Strafe bekommen wie er. Zuerst wollte er das nicht, doch als ich ihm sagte, dass ich schwanger bin, änderte er zum Glück seine Meinung.«

»Du hast ihn angelogen?«

»Wir haben das Baby damals verloren …«

Johanne schluckte gegen den Brechreiz an. »Trotzdem war deine gesamte Beziehung mit Jussi auf einer Lüge aufgebaut.«

»Eine Lüge, mit der er gut leben konnte, bis du wieder

aufgetaucht bist. Ich wusste in dem Augenblick, als ich dich sah, dass es Ärger geben würde. Dein Bruder veränderte sich innerhalb kürzester Zeit, litt furchtbar darunter, dass er dir all das angetan hatte. Ich glaube, wenn wir die Kinder nicht gehabt hätten, dann wäre er zu dir gekrochen und hätte dir alles gestanden.«

»Hast du ihn deswegen umgebracht?«

»Nein, das ist allein Carias Schuld gewesen. Als du bei uns anriefst und von dieser Frau erzähltest, war mir klar, dass ich etwas unternehmen muss. Meine Mutter und ich überzeugten deinen Bruder davon, dass es das Beste wäre, wenn Caria einem bedauerlichen Unfall zum Opfer fiele. Unser aller Zukunft stand schließlich auf dem Spiel, auch das unserer Kinder. Wir mussten verhindern, dass Caria mit der Polizei über damals redet. Jussi hat das eingesehen und wollte das schnell und human erledigen. Ach ja, der gute Jussi. Er war einfach zu schwach. Ich ahnte, dass diese Sache irgendwann dazu führen würde, dass er noch mehr unter Schuldgefühlen litt. Also hab ich darauf bestanden, ihn zu begleiten, hab währenddessen meinen persönlichen Feldzug geplant – und dieser hat, wie du siehst, ziemlich gut funktioniert.«

»Du und diese Leute … eure Gemeinschaft … Ihr wollt Gutes tun und seid in Wahrheit das personifizierte Böse.«

»Selbst Gott musste schlimme Dinge tun, bevor etwas Gutes daraus hervorgehen konnte. Wenn du die Bibel gelesen hättest, wüsstest du das.«

Johanne schloss die Augen, schrak zusammen, als Suvi ihr erneut die Flasche mit dem Hochprozentigen an die Lippen drückte. Würgend schluckte sie das scharfe Gebräu hinunter, überlegte fieberhaft, was sie tun konnte, um sich aus dieser misslichen Lage zu befreien.

Als ihr Blick das Innere des Wagens erfasste, bemerkte sie den typischen Neuwagengeruch. Waren diese neuen Mietwagen nicht alle mit GPS-Trackern ausgestattet?

Wenn ja ...

Sie schöpfte Hoffnung.

Um vielleicht doch noch gefunden zu werden, musste sie Suvi hinhalten, musste Zeit schinden. Mittlerweile hatten sie bestimmt Jussis Leichnam gefunden und die Polizei würde sie suchen. Das war ihre einzige Chance. Ihre Gedanken überschlugen sich. Sie musste Suvi dazu bringen, sich weiter zu unterhalten und herauszureden, wie sie es schon die letzten Minuten getan hatte.

»Hast du meinem Bruder wenigstens noch die Wahrheit gesagt, ehe er gestorben ist?«, fragte sie und suchte den Blick ihrer Schwägerin.

Suvi sah sie nur kurz an, schaffte es diesmal nicht, ihrem Blick standzuhalten. »Ich glaube, er wusste es in dem Augenblick, als er begriff, dass ich ihn niedergeschlagen hatte. Seine Augen, sein Blick …«, stammelte sie. »Ob ich ihm doch noch die Wahrheit gesagt habe?«, wiederholte sie Johannes Frage, als müsste sie sich diese selbst stellen. »Ich glaube ja. Vielleicht hat er sie auch all die Jahre geahnt. Vielleicht hat er tief in sich immer gespürt, dass er damals die falsche Seite gewählt hat. Möglich, dass das der Grund für sein schlechtes Gewissen war.«

»Was wirst du den Kindern sagen, wenn sie nach ihrem Dad fragen? Wenn sie wissen wollen, wo er ist?«

»Das muss ich gar nicht. Sie werden es zwangsläufig erfahren, wenn die Polizei bei uns vor der Tür steht. Oder aus dem Fernsehen. Sie werden ihre irre Tante aus tiefstem Herzen dafür hassen, dass sie ihnen den Vater genommen hat.«

»Oder auch nicht!«, ertönte plötzlich eine Stimme von irgendwo hinter ihnen. »Treten Sie von dem Wagen zurück oder ich schieße, verstanden?«

Johanne schloss für den Bruchteil einer Sekunde die Augen, musste sich beherrschen, um nicht vor Erleichterung in Tränen auszubrechen.

Suvi verzog das Gesicht, starrte sie hasserfüllt an. Dann drehte sie sich langsam um, ließ die Flasche fallen, hob die Hände.

Johanne atmete auf.

Es war vorbei …

Endlich!

EPILOG

2019

Eine Woche später …

Nachdem Johanne von der Polizei von Vagar gerettet und Suvi in Gewahrsam genommen worden war, hatte sie zahllose Verhöre über sich ergehen lassen müssen.

Zunächst befragte die hiesige Polizei sie, um zu klären, was mit Caria passiert war. Danach war die Kopenhagener Polizistin von damals auf die Insel gekommen und hatte sie ebenfalls stundenlang mit Fragen gelöchert.

Doch Johanne stand das alles durch. Es war nicht annähernd so schlimm gewesen wie damals, als sie zum ersten Mal mit Polizeibeamten in Kontakt gekommen war. Diesmal hatte sie das Gefühl, dass sie ihr zuhörten, sie ernst nahmen und ihr glaubten, auch wenn sie für viele ihrer Aussagen keinerlei Beweise hatte. Doch während man Suvi in einer Zelle festhielt, war ihr gestattet worden, auf freiem Fuß zu bleiben.

Vor sechs Tagen war auch Frey angekommen, hatte ein kuscheliges Hotelzimmer gemietet, sie getröstet und war einfach nur für sie da gewesen. Er hatte es tatsächlich geschafft, die schroffe Polizistin von hier zu umgarnen und ihr ein paar Informationen zu entlocken. Es war sein Verdienst, dass sie inzwischen alles über Carias Tagebuch wusste.

Die Polizei hatte alle Eintragungen Carias gründlich studiert, und sie bestätigten, dass die Ärmste ihr in allem die Wahrheit gesagt hatte. Diese Sekte hatte es tatsächlich gegeben und Suvi sowie viele andere Anhänger wurden in dem Buch namentlich erwähnt. Jussi nicht, doch für seine Beteiligung an dieser Gemeinschaft sprach das Tattoo, das sich ein Stück unterhalb der Kniekehle auf seiner Wade befand.

Die Polizei in Kopenhagen hatte bereits die ersten Mitglieder der Sekte verhaftet, was Johanne nur aus einem Grund leidtat: Jussis Kinder wegen, die bei einer Pflegefamilie untergebracht werden sollten.

Sie seufzte.

»Was ist los?«, fragte Frey, der gerade ins Zimmer kam, um die letzten Koffer zum Taxi zu schleppen.

»Nichts weiter«, gab sie zurück, doch er schien an dem Ausdruck auf ihrem Gesicht erkennen zu können, was tatsächlich in ihr vorging.

»Das mit Jussi tut mir leid«, sagte er und schloss sie in die Arme. »Doch das ist nicht deine Schuld, und ich hoffe, du weißt das auch.«

Sie sah ihn an, nickte. »Er war zwar nicht unschuldig, doch im Grunde seines Herzens kein schlechter Mensch, ganz im Gegensatz zu seiner Frau. Seine armen Kinder … Sie haben nicht nur ihn, sondern auch ihre Mutter und Großmutter verloren.«

»Die letzten beiden sind nun wirklich kein Verlust für zwei unschuldige Kinder. Irgendwann werden sie das auch verstehen.«

»Aber bis dahin …« Johanne seufze leise, sah ihn unschlüssig an.

Er grinste. »Was genau geht dir gerade durch den Kopf?«

»Ach, nichts weiter.«

Frey schüttelte den Kopf. »Jetzt bist du diejenige, die lügt«, sagte er liebevoll.

»Die beiden sind noch so klein und unschuldig. Sie können am allerwenigsten dafür. Und Suvi wird so schnell nicht aus dem Gefängnis kommen, wenn sie überhaupt jemals wieder frei kommt.«

»Was schwebt dir vor?«

Johanne schluckte schwer. »Zuerst will ich nach Hause und Jussi beerdigen. Und was danach kommt«, sie hob die Schultern, legte den Kopf in den Nacken, »das wird wohl er entscheiden müssen.«

Frey lachte. »Ich wusste gar nicht, dass du gläubig bist.«

»Das bin ich auch nicht, aber Jussi war es. Und ich glaube, er würde wollen, dass seine Kinder nicht in einem Heim oder bei Fremden aufwachsen. Bleibt also zu hoffen, dass die Behörden dies nach meiner Rehabilitation genauso sehen.«

»Ich kannte deinen Bruder ja nicht«, sagte Frey und grinste, »aber ich denke trotzdem, dass es ihm ebenfalls wichtig wäre, dass die Kinder Teil einer richtigen Familie sind und in einem angemesseneren Umfeld als deiner Wohnung aufwachsen dürfen.« Er sah sie an, legte abwartend den Kopf schräg, zwinkerte spitzbübisch. »Außerdem denke ich, dass er sich gewünscht hätte, dass auch du endlich glücklich wirst und ein vollkommen normales Leben führst, mit allem, was dazugehört.«

Eine Weile schwiegen sie, dann lächelte Johanne. »Okay«, sagte sie, trat ganz nahe zu Frey, schmiegte sich an seine Brust. »Mit allem, was dazugehört!«

ENDE

GEWINNSPIEL

Liebe Leserin, lieber Leser, ***Die Residenz*** ist mein 47. Thriller. Und natürlich freue ich mich sehr, dass es stetig mehr Leser werden :-)

Deswegen möchte ich auch diesmal wieder unter jenen meiner Leser, die nicht bei Facebook oder Instagram sind, ein Gewinnspiel veranstalten. Verlost werden insgesamt mehrere Preise (Buchpakete, Amazon-Gutscheine und vieles mehr) unter all meinen Newsletter-Abonnenten.

Wer mitmachen möchte und bereits meinen Newsletter abonniert hat, muss nichts weiter tun, da er automatisch im Lostopf ist und dies auch bei künftigen Veröffentlichungen sein wird. Alle anderen schreiben mir bitte eine Mail an:

autorin@daniela-arnold.com

und landen somit in meinem Newsletter-Verteiler und im Lostopf.

DANKSAGUNG

Ich danke meiner grandiosen Coverdesignerin Kristin Pang, für das tolle Cover! Auf eine weiterhin so fruchtbare Zusammenarbeit!

Ich danke meiner Lektorin Inca Vogt und meiner Korrektorin Ilka Bredemeier. Ihr habt wieder einmal eine wunderbare Arbeit geleistet. Danke für das tolle Teamwork mit euch.

Ich danke Inca Vogt, dafür, dass sie meinen Büchern ein so wundervolles Innendesign verpasst.

Ich danke all jenen Lesern und Kollegen, die mich bei der Coverauswahl und sonstigen Problemchen unterstützt haben. Ich drücke euch von Herzen und bestimmt kann ich das auch ganz bald wieder in der Realität. Hoffen wir auf nächstes Jahr, was Buchmessen angeht.

Ich danke euch Bloggern da draußen, für all das, was ihr für uns Autoren macht. Eure Arbeit und Mühe ist so wertvoll – danke sehr!

Ich danke meinen Kollegen für das offene Ohr in Hinsicht auf Klappentext-Bastelarbeiten (das ist wirklich keine meiner Stärken). Besonderer Dank geht vor allem auch an Inca Vogt, die neben dem Buch-Layout auch noch mit wachsamen Augen über den gesamten Text geht und im Zuge dessen, schon so manchen Klopper entdeckt hat.

Ich danke meinem Sohn, der, obwohl er meine Bücher nicht liest, dennoch Verständnis hat, wenn ich mich tagelang im Büro verbarrikadiere und zickig bin wie … (mir fällt gar kein Vergleich ein, so schlimm ist das manchmal).

Nicht zuletzt, danke ich meinen Freunden, die mich aufbauen, wenn ich am Boden bin.

Eventuelle Fehler, die meinen Protagonisten bei der Ermittlung unterlaufen sind, gehen übrigens einzig und allein auf meine Kappe oder sind meiner Fantasie geschuldet. Im Übrigen habe ich mir auch in diesem Roman wieder einige künstlerische Freiheiten genommen – welche selbstverständlich nicht verraten werden.

Über Mails mit Anregungen und Kritik freue ich mich unter:

autorin@daniela-arnold.com

LESEPROBE

weiterer Bücher

von

Daniela Arnold

KEIN BRAVES MÄDCHEN

THRILLER

Daniela Arnold

Du kannst keinem trauen!

Nicht deiner Familie.

Und auch nicht dir selbst ...

Elly hat alles. Geld, Ruhm, ein luxuriöses Haus auf Sylt. Doch wirklich wichtig ist ihr nur Ian, ihr vierjähriger Sohn, den sie von ganzem Herzen liebt und den sie als alleinerziehende Mutter liebevoll umsorgt. Elly würde alles für Ian tun, selbst ihr Leben für ihn geben. Niemals würde sie ihm auch nur ein Haar krümmen. Niemals ein böses Wort zu ihm sagen.

Ihre heile Welt beginnt zu bröckeln, als Ian sich von einem Tag auf den anderen vollkommen zu verändern scheint. Es ist beinahe, als habe er schreckliche Angst vor etwas oder vor jemandem. Als er nach einer Verletzung behauptet, dass sie selbst es war, die ihm Schaden zugefügt hat, bricht ihre Welt zusammen.

Warum lügt er?

Die Situation eskaliert, als das Gefühl der Bedrohung für Ian und sie real wird. Jemand hat sich Zugang zu ihrem Haus verschafft und alles, was ihr lieb und teuer war, zerstört. Zu spät erkennt Elly, dass sie sich jahrzehntelang einer Trugvorstellung hingegeben hat, als sie hoffte, die Dämonen ihrer Vergangenheit hinter sich lassen zu können.

PROLOG

In den letzten Tagen war es bitterkalt geworden und ihr Körper hatte sich noch nicht an die eisigen Temperaturen gewöhnt. Sie zog die Schultern hoch, blies sich warmen Atem in die eisigen Hände, kuschelte sich tiefer in den viel zu großen Anorak. Darunter trug sie unter der Fleecejacke einen kuschligen Pullover, und trotzdem ging ihr die Kälte noch durch und durch. Sie hasste den Herbst und den Winter, doch wenigstens lag aktuell weder Schnee noch regnete es.

Das erleichterte ihre Mission.

Im Moment hockte sie zusammengekauert inmitten mehrerer dicht beieinander wachsender Büsche, zusätzlich geschützt von den ausladenden Schwengeln eines Pampasgrasgewächses. Womit gleich zwei wichtige Voraussetzungen für ihr Vorhaben erfüllt waren. Sie hatte einen fabelhaften Blick auf ihr Objekt, ohne selbst gesehen zu werden.

Eine große Hecke schützte sie vor den Bewohnern des Hauses gegenüber, die sich selbst vor neugierigen Blicken mit einer großen Hecke im Vorgarten vor neugierigen Blicken schützten, was jetzt auch ihr zugutekam. Um die

Nachbarn in den Häusern rechts und links von ihr musste sie sich auch nicht sorgen. Eine Mauer schirmte den Rest des Grundstücks von allen Blicken ab.

Die einzige Gefahr, der sie sich auf ihren nächtlichen Erkundungstouren jedes Mal stellte, war die, von der hier lebenden Familie entdeckt zu werden.

Doch sie wusste sich zu schützen. Sie trug Kleidung in gedeckten Farben, die sie mit der Dunkelheit verschmelzen ließen. Ihre hellen Haare und das Gesicht verbarg sie unter einer schwarzen Motorradmaske.

Längst hatte sie sich daran gewöhnt, sich anzuschleichen. Ihre Bewegungen glichen mittlerweile denen einer Katze auf Raubzug. Absolut lautlos pirschte sie sich Abend für Abend an das Fenster zu seinem Zimmer heran, krabbelte in das schützende Gebüsch davor, von dem aus sie ungehindert in sein Zimmer spähen konnte.

Angeblich gab es Menschen, die es spürten, wenn sie beobachtet wurden. Sie behaupteten, dass sie dann ein Kribbeln auf der Haut bemerkten, ein Hitze- oder Kältegefühl, sich irgendwie unwohl fühlten und dadurch instinktiv wussten, dass jemand sie heimlich anstarrte.

Doch er gehörte glücklicherweise nicht zu dieser Kategorie Mensch. Sie war absolut sicher, dass er nicht mal ahnte, dass sie hier draußen auf ihn lauerte. Ihm nah war, alles, was er machte, in sich aufnahm, mit ihm teilte.

Ja, sie hatte sehr wohl darauf geachtet, ob er nicht mal innehielt und sie spürte. Doch nicht ein einziges Mal hatte er auch nur nachdenklich zum Fenster gestarrt oder draußen nachgesehen, ob er wirklich ungestört war.

Er lebte einfach sein Leben, schlief, aß und tat, was Jungs in seinem Alter so machten, wenn sie nicht gerade mit ihren Kumpels um die Häuser zogen. Und dennoch war er anders, und das war ihr Glück. Statt auszugehen, verbrachte er die meiste Zeit in den eigenen vier Wänden, wo er stundenlang vor dem Computer oder der Spielkonsole saß.

Dabei irritierte sie eine Frage: Wie hatte er es dennoch geschafft, eine Freundin zu finden?

Er war ein Nerd, wie er im Buche stand, ein Stubenhocker, doch wenn sie ehrlich war, fand sie gerade diese Eigenschaft an ihm total anziehend.

Er und sie waren einander total ähnlich, und sie begriff einfach nicht, wieso er das nicht auch erkannte.

Tagtäglich sahen sie einander in der Schule. Sie saß nur wenige Bänke hinter ihm, belegte dieselben Kurse wie er, hatte schon oft versucht, ein Gespräch mit ihm anzufangen.

Doch er ging nicht mal ansatzweise auf sie ein. Für ihn war sie momentan wohl nur so etwas wie eine Statistin, irgendwie da, aber zu uninteressant, um sich näher mit ihr zu beschäftigen.

Seine Freundin dagegen …

Unbewusst schnaubte sie, als sie nur an sie dachte. Sie war eines der hübschesten Mädchen der Schule, ein Jahrgang unter ihnen, extrovertiert und wild, eine wahre Naturgewalt, was jedoch in ihrem Falle kein Kompliment darstellte.

Die beiden passten überhaupt nicht zueinander, und doch hielten sie nun schon fast ein Jahr aneinander fest.

Sie schloss die Augen bei dem Gedanken daran, wie oft sie beide schon dabei beobachtet hatte, dass sie einander küssten, in seinem Kinderzimmer im Keller seines Elternhauses miteinander schliefen, sich unterhielten, zusammen lachten, ihr Leben und ihre Liebe genossen.

Als er seine Flamme zum ersten Mal mit hierher gebracht hatte, war es grausam für sie gewesen und es hatte sich wie Verrat angefühlt. Es war, als risse ihr jemand das verdammte Herz bei lebendigem Leibe heraus.

Doch mit der Zeit hatte sie ihren Frieden damit geschlossen und sich der momentanen Situation ergeben. Ein Mädchen wie seine Freundin war nicht dafür geschaffen, ihr Leben lang an nur einem Jungen kleben zu bleiben. Jemand wie sie war stets auf der Suche nach mehr …

Nach mehr Spaß, mehr Nervenkitzel, mehr Liebe, mehr Sex.

Und tatsächlich war es genauso gekommen, wie sie von Anfang an vermutet hatte.

Dieses Flittchen mochte von ihm geliebt werden, daran zweifelte sie nicht, doch das war einseitig. Umgekehrt bedeutete er ihr nicht das Geringste, was sich schon jetzt zeigte. In letzter Zeit kam sie immer seltener zu ihm, zog stattdessen wahrscheinlich mit ihren Freundinnen um die Häuser und vergnügte sich mit anderen Typen.

Irgendwann käme es zum großen Knall, der das Aus für ihre Beziehung mit ihm bedeutete, und dann …

Dann würde sie da sein, ihn in seiner Trauer auffangen, ihm Trost spenden, ihn schließlich für sich gewinnen.

Und sie würde ihn niemals wieder loslassen, so viel stand fest.

Nur sie erkannte, wie einzigartig er war, schätzte und verehrte ihn, sah ihn als das, was er war – etwas ganz Besonderes.

Sie würden ein Leben führen, von dem andere nur träumen konnten. Eine Liebe leben, die den Rest der Welt in den Schatten stellte. Ja, genau so würde es kommen. Die Vorstellung erwärmte ihr Herz, ihren Körper, sie vergaß die eisige Kälte, fühlte sich mit ihm geborgen in einem Kokon, während sie ihn durch die angelaufene Scheibe seines Zimmers beobachtete.

Ob er vielleicht doch ahnte, dass sich bald alles verändern würde? Dass etwas Großes im Gange war?

Oh ja, anfangs würde es sich für ihn anfühlen, als läge seine Welt in Scherben. Doch dieses Gefühl war enorm wichtig. Wichtig für ihn und wichtig für sie.

Nur auf diese schmerzvolle Weise konnte er erkennen, dass es die Dunkelheit gebraucht hatte, um ins Licht treten zu können. In ihr Licht, in dem sie ihn voller Wärme empfangen und umschmeicheln würde, sodass er gar nicht mehr anders konnte, als endlich dasselbe zu sehen wie sie:

Dass sie beide zusammengehörten.

Dass sie füreinander bestimmt waren.

Nicht nur für den Moment, so wie er und dieses Flittchen.

Sondern für immer!

SYLT

2023

»Du weißt gar nicht, wie gut du es hast«, raunte Bea, die Mutter des kleinen Oliver, ihr ins Ohr und grinste.

»Was meinst du damit?«, fragte Elly leicht irritiert.

»Na ja, überleg mal.« Bea strich sich eine Strähne aus der Stirn. »Ian hat im Juli Geburtstag. Da musst du die ganze Bagage nicht im Haus bewirten, sondern kannst draußen auf der Terrasse und im Garten feiern, wo die Kinder in Ruhe toben können, ohne dass du Angst haben musst, dass sie dir das Haus auf den Kopf stellen und du hinterher tagelang aufräumen musst.«

Elly grinste. »Das meinst du! Dein Kleiner hat im Januar Geburtstag, nicht wahr?«

Bea nickte. »Ich sag dir, das ist jedes Mal eine Vollkatastrophe. Paul und ich sind am Ende des Tages immer völlig mit den Nerven runter und froh, dass es vorbei ist. Manchmal ist es so stressig, dass wir uns noch Tage danach ankeifen, was mich zum zweiten Punkt bringt, um den ich dich echt beneide.«

»Jetzt bin ich echt gespannt. Was noch?«

»Du bist Single.«

»Darum beneidest du mich?«, fragte Elly stirnrunzelnd.

»Ja, überleg doch mal. Wenn das hier heute Abend vorbei ist, Ian in seinem Bettchen liegt, dann ist da niemand, der dich noch stundenlang vollquatscht oder von dir verlangt, dass du ihm noch zum Dank einen bläst, dafür, dass er so einen wundervollen Jungen gezeugt hat.«

Elly sah sie mit halb offenem Mund an. »Dein Ernst?«

Bea stieß grunzend die Luft aus. »Was denkst du denn? Klar, ist das mein Ernst.«

Ihr Lachen sollte wohl die Worte entschärfen, doch Elly ahnte, dass sie es genau so meinte. Und das war ihr mehr als unangenehm. Warum glaubte Bea eigentlich, dass sie so eng miteinander wären, dass sie ihr solche intimen Dinge anvertrauen könne? Sie waren allenfalls gute Bekannte.

Dennoch versuchte sie, sich nicht anmerken zu lassen, wie befremdet sie war. »Wenn ich ehrlich bin, sehe ich mich gar nicht als Single, sondern als alleinerziehende Mutter. Und was das angeht, wäre es mir an fünf von sieben Tagen wirklich lieber, Teil eines Zweiergespanns zu sein, auch wenn das bedeutet, nicht ganz so viel Zeit für mich zu haben, wie ich vielleicht gerne hätte.«

Bea starrte sie betroffen an. »Es geht dir immer noch nahe? Ich meine, die Sache mit Peter?«

Elly seufzte. »Dass er mich verlassen hat, finde ich inzwischen okay. Es ist immerhin fast dreieinhalb Jahre her. Außerdem hatte er seine Gründe für diese Entscheidung, und damit muss ich wohl leben. Was hätte es mir gebracht, wenn er nur des Kindes wegen geblieben wäre? Dann lieber so …« Sie stieß die Luft aus, sah Bea an. »Es ist nur … diese Frau … seine Neue. Ich frage mich, was sie hat, was ich nicht habe, verstehst du? Es muss was Besonderes sein, etwas, was ich ihm nie bieten konnte. Doch ich sehe beim besten Willen nicht, was das sein könnte.«

Bea kniff die Augen zu Schlitzen zusammen, schüttelte den Kopf, musterte sie. »Vielleicht mag er es kurviger. Sie ist schon um einiges üppiger als du.«

Elly verneinte stumm. »So ist er nicht«, erklärte sie schließlich. »Peter mag ein Arschloch sein, aber oberflächlich ist er nicht. Es muss etwas anderes dahinterstecken.«

»Vielleicht hat ihn gestört, dass du beruflich einiges erreicht hast und gutes Geld verdienst? Manche Männer haben Probleme mit erfolgreichen Frauen.«

»Möglich«, gab Elly zurück, obwohl auch das nicht der Realität entsprach. Aber sie hatte jetzt schlicht und ergreifend keine Lust mehr, mit Bea über ihre Privatangelegenheiten zu sprechen. Sie hatte sich unbeabsichtigt schon viel zu weit geöffnet, obwohl Bea das nun wirklich nichts anging.

Aber es war nun mal so verdammt schwer, sich nicht anmerken zu lassen, wie sehr es sie nervte, dass Peter seine Neue mitgebracht hatte.

Sabine …

Allein ihr Name löste Abscheu in ihr aus. Vom ersten Augenblick an hatte sie mit jeder Faser ihres Körpers gespürt, dass sie die andere nicht ausstehen konnte, und das beruhte auf Gegenseitigkeit. Es lag nicht einmal daran, dass sie im Grunde so was wie Konkurrentinnen waren. Es ging viel tiefer, sie stießen einander regelrecht ab, Antipathie beschrieb es vielleicht am ehesten.

Freundinnen würden sie wohl nie werden.

Peter schien sich aber genau das zu wünschen. So wie er sich verhielt und bemühte, hoffte er offensichtlich, dass die beiden Frauen seines Lebens sich gut verstehen würden.

Sabine und sie hatten daher eine unausgesprochene Übereinkunft getroffen. Mochten sie sich im Geheimen auch voller Inbrunst hassen, so zeigten beide es nicht. Sie gaben sich Mühe, allen zu zeigen, dass sie einander zumindest tolerierten und respektierten.

Was für ein kräftezehrendes Theater, dachte Elly, als sie wieder einmal Sabines stechenden Blick auf sich spürte.

Leicht gruselnd fragte sie sich, ob ihre Kontrahentin Gedanken lesen konnte.

Sie erwiderte ihren Blick, hielt ihm stand, bis sie es nicht mehr aushielt und wegsehen musste.

Lautes Kindergeschrei holte sie in die Gegenwart zurück.

Ian verlangte nach seiner Geburtstagstorte.

Sie sah zu Peter, der neben Sabine stand, zog fragend die Brauen empor.

Er schien sie noch immer auch ohne Worte zu verstehen, was ihr Sabine gegenüber auf merkwürdige Weise Genugtuung verschaffte.

Elly beobachtete, wie er sich zu seiner Freundin hinunterbeugte, ihr einen Kuss auf den Mund gab, sich schließlich von ihr löste, um ihr, seiner Ex, zuzunicken.

»Wann gehts los?«, fragte Bea und schob sich zwischen sie.

»Gleich«, antwortete Elly. »Es gibt Torte und Brownies für die Kinder und Canapés mit Champagner für die Erwachsenen.«

»Na endlich«, stieß Bea aus. »Ich hatte schon Angst, diesen Nachmittag nüchtern überstehen zu müssen. Soll ich dir helfen?«

Elly schüttelte grinsend den Kopf, deutete dezent in Peters Richtung, der bereits in ihre Richtung eilte. »Ich hab schon einen Freiwilligen und wir wollen Sabine doch nicht die Chance nehmen, mich noch mehr zu hassen, oder?«

Bea stieß prustend die Luft aus und zwinkerte ihr zu, bevor sie sich zu einer Gruppe von Müttern gesellte.

In der Küche angekommen, wandte sich Elly lächelnd an ihren Ex. »Jetzt ist unser kleiner Schatz schon vier. Kaum zu glauben, wie schnell die Zeit vergeht, nicht wahr?«

Peter nickte, wirkte dabei aber seltsam abwesend.

»Stimmt etwas nicht?«, fragte sie und bemerkte selbst, dass ihre Stimme etwas Lauerndes hatte.

Er räusperte sich betreten. »Du und ich, wir müssen die Tage mal miteinander reden, okay? Es geht um etwas Wichtiges.«

Elly zuckte leicht vor ihm zurück, sah ihn verwirrt an. »Ist etwas passiert?«

Er holte Luft, verzog seinen Mund zu einem Grinsen, wurde dann schlagartig wieder ernst. »Das könnte man so sagen, ja. Aber nicht heute, einverstanden? Heute wollen wir Ians Geburtstag feiern und uns nur um ihn kümmern. Er ist so ein großartiges Kind, und ich bin glücklich, sein Vater zu sein.«

Elly wurde es bei seinen Worten heiß und kalt zugleich. Sie nickte, schluckte gegen den Widerstand in ihrem Hals an, zwang sich zu einem Schmunzeln. »Mal sehen, was unser kleiner Prinz zu seiner Torte sagt.«

Sie ging zur Anrichte, winkte Peter zu sich, hob die improvisierte Abdeckung, bestehend aus Pappkartons, an, unter der schließlich ihr in vielen Stunden entstandenes Backwerk zum Vorschein kam. Eine Torte in Form einer Lokomotive mit mehreren farbigen Wagons, von denen jeder einem Lieblingssuperhelden ihres Sohnes gewidmet war.

»Die ist ja fantastisch!«, stieß Peter aus. Er sah sie an, schüttelte fassungslos den Kopf. »Wie lange hast du daran gearbeitet?«

Elly winkte ab. »Eine knappe Woche, wenn man die Probeexemplare mitzählt, die danebengegangen sind. Ich hab immer abends gebacken, wenn Ian geschlafen hat, damit er nichts mitbekommt.«

»Wahnsinn«, hauchte Peter ehrfürchtig, beugte sich ein Stück hinunter, um sich das kunstvolle Backwerk genauer anzusehen.

»Ich hab die Wagons mit offenen Ladeflächen gestaltet, um Platz für allerlei Naschereien zu schaffen.«

Peter nickte begeistert und konnte sich kaum sattsehen. Dabei leuchteten seine Augen, als wäre er das Geburtstagskind. »Und wie bekommen wir dieses Meisterwerk jetzt heil nach draußen?«

Elly grinste. »Du hattest wohl als kleiner Junge keine Eisenbahn, oder?«

Er sah sie an, hob kopfschüttelnd die Schultern. »Sieht man mir das an?«

»Ja«, antwortete sie lachend. »Du schaust aus, als würdest du die Kucheneisenbahn am liebsten gleich hier allein vernaschen. Aber mach dir keine Gedanken um den Transport. Das Teil steht auf einer dünnen Holzplatte … Ich hab sie mit buntem Papier überzogen. Wir können sie einfach nehmen und zu zweit nach draußen tragen.«

»Ian wird ausflippen vor Freude«, sagte Peter mit strahlenden Augen. Dann nahm er die Platte an der rechten Seite, bedeutete ihr, sie an der anderen zu nehmen. »Gehts so?«

»Perfekt«, bestätigte sie. Das Backwerk vorsichtig balancierend, schritten sie gemeinsam damit nach draußen.

Als die Gäste sie mit dem riesigen Tortenkunstwerk sahen, ging ein Raunen durch die Menge.

Elly genoss stolz lächelnd die bewundernden Rufe der anderen Mütter, die aufgeregten Quietscher der Kinder, den Begeisterungsschrei von Ian.

Vorsichtig stellten Peter und sie die Platte auf der bereitstehenden leeren Bierbank ab und winkten ihren Sohn herbei. »Komm her, Spatz, du darfst gleich die Kerzen auspusten.«

Elly zog ein Feuerzeug aus ihrer Hosentasche, zündete damit die vier Kerzen an und beobachtet mit Tränen der Rührung in den Augen, wie Ian voller Ehrfurcht und Freude auf den Tisch zukam. Seine wunderschönen Augen waren riesengroß vor Aufregung.

Bei seinem Anblick musste sie schlucken. Es bereitete ihr beinahe körperliche Schmerzen, wie sehr sie dieses kleine Wesen liebte.

Ian war eine Mischung aus Peter und ihr. Und das war

etwas, das niemand, auch keine andere Frau im Leben ihres Ex, ihr jemals nehmen konnte.

Die Leute um sie herum fingen an zu singen und zu klatschen, als sie wie aus dem Nichts ein seltsames Gefühl überkam.

Zuerst eine Art Surren im Kopf, dann eine leichte Benommenheit, die schließlich in heftigen Schwindel überging. Die Umgebung vor ihren Augen verschwamm, dann war es, als zöge sich ihr Sichtfeld zu einem schmalen Streifen zusammen. Sie sah nur noch Ian, wie er tief Luft holte, sich anschickte, die Kerzen auf der Lokomotive auszupusten.

Die erste Kerze erlosch, die Menge klatschte lauter.

Danach die zweite …

Die dritte …

Als Ian den Kopf hob, seinen strahlenden Blick auf sie richtete, zuckte sie benommen zurück, strauchelte, spürte, wie sie jemanden anrempelte, der hinter ihr stand, schließlich rücklings auf den Rasen plumpste.

Nein!

Die Stimme in ihrem Kopf hatte schneller erfasst, was geschehen war, als sie selbst.

Der Junge, der gerade die Kerzen auf Ians Kuchen ausblies, war nicht ihr Sohn.

Er war etwas ganz anderes. Sein Gesicht war zu einer monströsen Fratze verzerrt, die sie böse anfunkelte.

Ich hasse dich, Mommy …

Ein Schrei gellte durch die Luft, durchbrach die lustige Partystimmung.

Hatte sie sich diese Worte nur eingebildet?

Sie spürte Hände auf ihrem Körper, Finger, die ihren Puls fühlten, vernahm einen weiteren Schrei.

Erst Bruchteile von Sekunden später wurde ihr bewusst, dass sie selbst es gewesen war, die geschrien hatte.

Sie sah Peters Gesicht über sich auftauchen, daneben das von Bea, Sabine …

Und schließlich der unheimliche Junge …

Er trug Ians Kleidung, starrte sie finster an.

»Geh weg von mir«, stammelte sie mit letzter Kraft, dann wurde es dunkel um sie herum.

Printed in Poland
by Amazon Fulfillment
Poland Sp. z o.o., Wrocław

36872140R00172